DEIXE A *Neve* CAIR

**John Green
Maureen Johnson
Lauren Myracle**

DEIXE A NEVE CAIR

Tradução de Mariana Kohnert

ROCCO
JOVENS LEITORES

Título original:
LET IT SNOW
Three Holiday romances
Todos os personagens neste livro são fictícios, e qualquer
semelhança com pessoas reais é mera coincidência.

"The Jubilee Express" ("O Expresso Jubileu") *Copyright* © Mercury Girl, Inc., 2008
"A Cheertastic Christmas Miracle" ("O Milagre da Torcida de Natal") *Copyright* © John Green, 2008
"The Patron Saint of Pigs" ("O Santo Padroeiro dos Porcos") *Copyright* © Lauren Myracle, 2008

Todos os direitos reservados.

Direitos para a língua portuguesa reservados
com exclusividade para o Brasil à
EDITORA ROCCO LTDA.
Av. Presidente Wilson, 231 – 8º andar
20030-021 – Rio de Janeiro, RJ
Tel.: (21) 3525-2000 – Fax: (21) 3525-2001
rocco@rocco.com.br | www.rocco.com.br

Printed in Brazil/Impresso no Brasil

preparação de originais
CLÁUDIA MELLO

CIP-Brasil Catalogação na fonte.
Sindicato Nacional dos Editores de Livros, RJ.

G83d
Green, John, 1977-
Deixe a neve cair / John Green, Maureen Johnson, Lauren Myracle; tradução de Mariana Kohnert. – Rio de Janeiro: Rocco Jovens Leitores, 2013. – Primeira edição.

Tradução de: Let it Snow
ISBN 978-85-7980-477-9
ISBN 978-85-7980-478-6 (e-book)

1. Romance americano. I. Johnson, Maureen. II. Myracle, Lauren.
III. Kohnert, Mariana. IV. Título.

13-03154
CDD-028.5
CDU-087.5

Este livro obedece às normas do Acordo
Ortográfico da Língua Portuguesa.

Sumário

O Expresso Jubileu
maureen johnson 7

O Milagre da Torcida de Natal
john green 119

O Santo Padroeiro dos Porcos
lauren myracle 205

O Expresso Jubileu
maureen johnson

Para Hamish, que incorporou o método "desça a montanha muito rápido e, se algo aparecer no seu caminho, vire" para me ensinar a lidar com uma encosta nevada. E para todos aqueles que trabalham arduamente atrás da fachada de um monólito corporativo; para todas as pessoas que precisam dizer grande latte *três mil vezes por dia; para todas as almas que alguma vez precisaram enfrentar uma máquina de cartão de crédito quebrada durante o frenesi do Natal... este é para vocês.*

Capítulo Um

Era a noite antes do Natal.
Bem, para ser mais precisa, era a tarde antes do Natal. Mas, antes que eu leve você para o âmago da ação, vamos esclarecer uma coisa. Sei por experiência própria que, se surgir mais tarde, vai distraí-lo tanto que você não conseguirá se concentrar em mais nada, garanto.

Meu nome é Jubileu Dougal. Pare um momento para absorver a informação.

Viu, quando a recebe logo no início, não é tão ruim. Agora, imagine se eu estivesse na metade de uma história longa (como a que estou prestes a contar) e deixasse essa bomba cair em você. "A propósito, meu nome é Jubileu." Você não saberia *o que* fazer em seguida.

Sei que Jubileu é meio que um nome de stripper. Você provavelmente acha que eu recebi o chamado do *pole*. Mas não. Se me visse, perceberia rapidinho que não sou uma stripper (eu acho). Tenho cabelos pretos no estilo *bob*. Uso óculos na metade do tempo, na outra metade uso lentes de contato. Tenho dezesseis anos, canto no coral, sou membro dos Matletas, o time de matemática do colégio. Jogo hóquei sobre grama, o qual não requer a graça do rebolado e do corpo besuntado em óleo, que é a marca registrada de uma stripper. (Não tenho nada contra strippers, caso alguma esteja lendo isto. Simplesmente não sou uma. Minha maior preocupação, no que diz respeito ao striptease, é o látex. Acho que látex deve fazer mal à pele porque não a deixa respirar.)

Minha objeção é que Jubileu *não é um nome* – é um tipo de festa. Ninguém sabe *que* tipo. Já ouviu falar de alguém que deu uma festa de jubileu? E se ouvisse, você iria? Porque eu não. Parece algo para o qual é preciso alugar um enorme objeto inflável, decorar com fileiras de bandeirolas e fazer planos complicados para se livrar do lixo.

Pensando bem, talvez o termo seja intercambiável com festa de quadrilha.

Meu nome tem muito a ver com esta história e, como eu disse, era a tarde antes do Natal. Eu estava em um daqueles dias em que você sente que a vida... *gosta* de você. As provas tinham acabado e a escola estaria em recesso até depois do ano-novo. Eu estava sozinha em casa, que estava bem aconchegante e acolhedora. Estava vestida para a noite em um novo modelito para o qual havia economizado – uma saia preta, meias-calças, uma camiseta vermelha com brilho e minhas botas pretas novas. Bebia um *eggnog latte* que eu mesma havia preparado. Todos os presentes estavam embrulhados e prontos para entrega. Tudo antecipava o grande evento: às dezoito horas eu deveria ir à casa de Noah – Noah Price, meu namorado – para o *Smörgåsbord* Anual da Noite de Natal da família dele.

O *Smörgåsbord* Anual da Família Price é uma ocasião importante na nossa história pessoal. Foi como ficamos juntos pela primeira vez. Antes do *Smörgåsbord*, Noah Price era apenas uma estrela no meu céu... constante, familiar, brilhante e bem distante. Conhecia Noah desde o quarto ano, mas era como se o conhecesse da mesma forma que conheço as pessoas na televisão. Sabia o nome. Assistia ao programa. Claro, Noah estava um pouco mais próximo do que isso... mas, de alguma forma, quando é real, quando é a sua vida... aquela pessoa pode parecer ainda mais distante e intangível do que uma celebridade verdadeira. A proximidade não leva à familiaridade.

Sempre gostei dele, mas nunca me ocorreu *gostar*, gostar dele. Jamais pensei que fosse algo razoável de se querer. Ele era um ano mais velho do que eu, trinta centímetros mais alto, tinha os ombros largos, olhos brilhantes e cabelos macios e esvoaçantes. Noah era o pacote completo – atleta, acadêmico, figurão do conselho da escola –; o tipo de pessoa que você pensa que só namora modelos, espiãs ou pessoas cujos nomes são dados a laboratórios.

Então, quando Noah me convidou para ir ao *El Smörgåsbord* na véspera de Natal do ano passado, eu quase arranquei um olho de tão animada e perplexa. Não consegui andar em linha reta durante três dias depois de ter sido convidada. A situação ficou tão ruim que eu de fato tive que *conscientemente praticar o simples ato de andar* no meu quarto antes de ir para a casa dele. Eu não sabia se ele tinha me convidado porque gostava de mim, porque a mãe o obrigou (nossos pais se conhecem) ou porque havia perdido uma aposta. Todas as minhas amigas também ficaram animadas, mas elas pareceram entender melhor do que eu. Garantiram que ele estava de olho nos Matletas por minha causa, que ria das minhas tentativas de fazer piada sobre trigonometria, que me incluía nas conversas.

Foi tudo tão *louco*... tão esquisito quanto descobrir que alguém tinha escrito um livro sobre a minha vida ou algo assim.

Quando cheguei lá, passei a maior parte da noite plantada em segurança num canto conversando com a irmã dele, que (embora eu a ame) não é exatamente uma pessoa de conteúdo. Existe um limite para o quanto se pode dizer a respeito de suas marcas preferidas de casacos com capuz antes de sentir que as paredes da conversa estão se estreitando. Mas ela dispara como um atleta. Elise tem algumas "opiniões sobre o assunto".

Finalmente consegui escapulir bem no momento em que a mãe de Noah serviu mais um prato e eu pude usar a desculpa ah-com-licença-mas-aquilo-me-parece-bom. Eu não tinha ideia do que havia ali, mas no fim das contas vi que era peixe em conserva. Estava virando as costas quando a mãe dele disse:

– Você precisa experimentar um pouco.

Como sou muito influenciável, experimentei. Mas dessa vez funcionou, pois foi quando reparei que Noah me observava.

– Fico muito feliz que tenha provado – disse ele.

Eu perguntei o motivo, pois realmente acho que suspeitava que fosse tudo uma aposta. ("Ok, eu chamo, mas vocês terão

que me dar vinte dólares se eu conseguir fazê-la comer peixe em conserva.")
— Porque eu comi isso — respondeu ele.

Eu ainda estava de pé ali, com o que presumo que fosse uma expressão muito encantadora de total estupidez estampada no rosto, quando ele acrescentou:
— E eu não poderia beijá-la a não ser que você comesse também.

Isso é ao mesmo tempo nojento e romântico de tirar o fôlego. Ele poderia muito bem ter subido e escovado os dentes, mas ficou e espreitou ao lado do peixe à minha espera. Fugimos para a garagem, onde nos beijamos debaixo da prateleira de ferramentas elétricas. Foi o começo de tudo.

Então, a véspera de Natal específica sobre a qual estou prestes a contar não era somente qualquer véspera de Natal: era nosso *aniversário de um ano*. Era quase impossível acreditar que um ano tinha se passado. Tudo aconteceu tão rápido...

É que Noah está sempre muito ocupado. Quando veio ao mundo, pequenininho, agitado e rosa, provavelmente precisou tirar as digitais do pé e sair do hospital o mais rápido possível para uma reunião. Como era veterano, jogador do time de futebol e presidente do conselho estudantil, o tempo dele fora minguado para quase nada. Acho que durante o ano em que namoramos tivemos uns doze encontros de verdade, com apenas Noah e eu, indo sozinhos a algum lugar. Mais ou menos uma vez por mês. Fizemos muitas aparições juntos. Noah e Jubileu na venda de bolinhos do conselho estudantil! Noah e Jubileu na rifa do time de futebol! Noah e Jubileu na doação de alimentos, na sala de reforço, na reunião de organização do baile de volta às aulas...

Noah estava ciente disso. E, embora aquela noite fosse um evento familiar ao qual muitas pessoas compareceriam, ele prometeu que teríamos tempo só para nós dois. E se certificou disso ao ajudar com os preparativos. Se ficássemos duas horas na festa, de acordo com o que tinha prometido, poderíamos escapar para o quarto dos fundos e trocar presentes e assistir ao filme *O Grinch* juntos. Noah me levaria em casa e pararíamos um pouquinho...

E então, claro, meus pais foram presos e a coisa toda foi para o inferno.

Você conhece a Cidade do Papai Noel Flobie? A Cidade do Papai Noel Flobie é uma parte tão importante da minha vida que eu presumo que todo mundo saiba o que é, mas recentemente me disseram que eu presumo demais, então vou explicar.

A Cidade do Papai Noel Flobie é uma série de peças de cerâmica colecionáveis que você combina para formar uma cidade. Meus pais as colecionam desde que eu nasci. Vejo aquelas minúsculas ruas de paralelepípedo de plástico desde que era pequena o bastante para ficar de pé sozinha. Temos tudo: a ponte de bengala doce, o lago Snowbegone, a loja de jujuba, a padaria de biscoitos e pães de gengibre, o beco Sugarplum. E a cidade não é nada pequena. Meus pais compraram uma mesa especial para colocá-la, que ocupa o centro na nossa sala de estar desde o dia de Ação de Graças até o ano-novo. Precisa de sete extensões para funcionar. Para diminuir o impacto ambiental, convenci meus pais a desligarem à noite, mas foi uma luta.

Recebi o nome em homenagem ao prédio nº 4 da Cidade do Papai Noel Flobie, o Salão Jubileu. O Salão Jubileu é o maior prédio da coleção. É o lugar central onde os presentes são feitos e embrulhados. Há luzes coloridas, uma esteira transportadora funcional com presentes presos a ela e pequenos elfos que se viram como se estivessem colocando e tirando os presentes. Cada elfo do Salão Jubileu tem um presente colado à mão – então na verdade parece um bando de seres atormentados, condenados a levantar e abaixar o mesmo presente repetidas vezes até o fim dos tempos ou até o motor quebrar. Lembro-me de ter mencionado isso para mamãe quando era pequena; ela falou que eu não entendia. Talvez sim. Certamente tínhamos opiniões divergentes a respeito desse assunto, considerando que ela achava aqueles prédios importantes o suficiente para nomear a única filha em homenagem a um deles.

As pessoas que colecionam a Cidade Flobie costumam ficar um pouco obcecadas com ela. Há convenções, cerca de uma dúzia de sites sérios e quatro revistas. Alguns tentam disfarçar dizendo que as peças Flobie são um investimento. E *custam* muito dinheiro, é verdade. Principalmente as numeradas. Só é possível comprar esse tipo de peça na sala de exposição da Flobie, na véspera de Natal. Nós moramos em Richmond, na Virgínia, que fica a apenas uns oitenta quilômetros de distância – assim, todo ano, na noite do dia 23 de dezembro, meus pais saem com o carro cheio de cobertores, cadeiras e mantimentos e ficam na fila a noite inteira esperando.

A Flobie costumava fabricar cem peças numeradas, mas no ano passado reduziu para dez. Foi quando as coisas pioraram. Cem peças não eram nem perto do suficiente, então, quando o número caiu para apenas um décimo disso, as garras saíram, e os pelos começaram a voar. Houve um problema no ano passado quando as pessoas começaram a guardar lugar na fila – um problema que logo evoluiu para pessoas se golpeando com catálogos enrolados da Flobie, atirando latas de biscoito, virando as cadeiras de praia umas nas outras e jogando chocolate morno em cabeças cobertas com chapéus de Papai Noel. A briga foi grande e ridícula o suficiente para chegar ao noticiário local. A Flobie disse que estava "tomando providências" para se certificar de que isso não aconteceria de novo, mas eu nunca acreditei. Não se pode comprar esse tipo de publicidade.

Mas eu não pensava nisso quando meus pais saíram de carro para entrar na fila pela peça nº 68, o Hotel dos Elfos. E ainda não estava pensando nisso enquanto bebia o *eggnog latte* e passava o tempo até chegar a hora de ir para a casa de Noah. Reparei que meus pais *estavam* demorando mais do que o normal para chegar em casa. Eles costumavam voltar da Flobie por volta da hora do almoço na véspera de Natal, mas já eram quase quatro horas da tarde. Comecei a fazer algumas das tarefas natalinas gerais para me manter ocupada. Não podia ligar para Noah... Sabia que ele estaria ocupado se preparando para o *Smörgåsbord*. Então, coloquei mais fitas e ramos de visco nos presentes dele. Liguei todas as extensões que alimentam a Cidade do Papai Noel Flobie, colocando todos os elfos escravizados para trabalhar. Pus músicas de Natal para tocar. Estava prestes a sair para acender os pisca-piscas na frente da casa quando vi Sam se aproximar com a passada de soldado imperial, de *Guerra nas estrelas*.

Sam é nosso advogado – e quando digo "nosso advogado", quero dizer "nosso vizinho que por acaso é um advogado muito poderoso em Washington". Sam é exatamente a pessoa que você quer para enfrentar uma grande corporação ou para representar você quando está sendo processado por um bilhão de dólares. Ele não é, no entanto, o sr. Sensível. Eu ia convidá-lo a experimentar um dos meus deliciosos *eggnog lattes*, mas Sam me interrompeu.

– Tenho más notícias – disse ele, me empurrando para dentro da minha própria casa. – Houve outro incidente na sala de exposição da Flobie. Do lado de dentro. Venha.

Achei que fosse me dizer que meus pais tinham sido assassinados. Ele falava com esse tom. Visualizei enormes pilhas do Hotel dos Elfos voando da esteira transportadora e derrubando todos à vista. Tinha visto fotos do Hotel dos Elfos – com torres pontiagudas de bengalas de doce que poderiam facilmente empalar uma pessoa. E se alguém um dia fosse ser morto por um Hotel dos Elfos, esse alguém seriam meus pais.

– Eles estão sob custódia – contou Sam. – Estão na cadeia.

– Quem está na cadeia? – perguntei, porque não absorvo informações muito rapidamente e porque era muito mais fácil visualizar meus pais sendo abatidos por um Hotel dos Elfos voador do que pensar neles sendo algemados.

Sam apenas olhou para mim e esperou que eu entendesse sozinha.

– Houve outra briga quando as peças saíram esta manhã – explicou ele após uma pausa. – Uma discussão sobre quem estava guardando lugar na fila. Seus pais não estavam no meio, mas não se afastaram quando a polícia mandou. Foram levados junto com os outros. Cinco pessoas foram fichadas. Está em todos os noticiários.

Senti as pernas fraquejarem, então me sentei no sofá.

– Por que não ligaram? – perguntei.

– Só podem fazer uma ligação – respondeu Sam. – Eles ligaram para mim, porque acharam que eu poderia soltá-los. O que não posso fazer.

– Como assim *não pode?*

A ideia de que Sam não poderia libertar meus pais da prisão do condado era ridícula. Era como ouvir um piloto no intercomunicador dizer: "Oi, pessoal. Acabo de me lembrar que não sou bom em pousos. Então vou só ficar voando por aí até alguém ter uma ideia melhor."

– Fiz o melhor que pude – continuou o advogado. – Mas o juiz não vai ceder. Está de saco cheio desses problemas com a Flobie, então vai fazer de todos um exemplo. Seus pais me instruíram a levá-la até a estação de trem. Tenho apenas uma hora, depois preciso voltar para comer biscoitos e uma reunião de coral às cinco. Em quanto tempo consegue fazer as malas?

Isso foi dito no mesmo tom de voz grave que Sam devia usar quando interrogava, com hostilidade, uma testemunha a respeito de por que tinha sido vista fugindo da cena do crime coberta de sangue. Ele não parecia feliz com a tarefa que lhe havia sido imposta na véspera de Natal. Mesmo assim, um leve toque de Oprah teria ajudado.

— Malas? Estação de trem? O quê?

— Você vai para a Flórida ficar com seus avós — disse Sam.

— Não consegui um voo. Foram todos cancelados por causa da nevasca.

— Que nevasca?

— Jubileu — falou Sam bem devagar, após concluir que eu era a pessoa menos atenta do planeta —, vamos ter a maior nevasca dos últimos cinquenta anos!

Meu cérebro não funcionava direito — nada disso estava sendo absorvido.

— Não posso ir — retruquei. — Tenho que ver Noah esta noite. E o Natal. E quanto ao Natal?

Sam deu de ombros, como se quisesse dizer que o Natal estava além do controle dele, e não havia nada que o sistema judiciário pudesse fazer a respeito disso.

— Mas... por que não posso simplesmente ficar aqui? Isso é loucura!

— Seus pais não querem que fique sozinha durante dois dias no Natal.

— Posso ir para a casa de Noah! Eu *preciso* ir para a casa de Noah!

— Olhe — disse ele —, está tudo acertado. Não temos como falar com seus pais agora. Estão sendo fichados. Comprei sua passagem e não tenho muito tempo. Você precisa fazer as malas agora, Jubileu.

Eu me virei e olhei para a cidadezinha brilhando ao meu lado. Conseguia ver as sombras dos elfos condenados conforme trabalhavam no Salão Jubileu, o brilho aconchegante da Loja de Bolos da sra. Muggin, o lento, porém alegre, avanço do Expresso Elfo ao redor da extensão dos trilhos.

A única coisa que consegui pensar em perguntar foi:

– Mas... e quanto à cidade?

Capítulo Dois

Eu nunca tinha estado em um trem antes. Era mais alto do que eu imaginava, com janelas no segundo "andar" que supus serem dos vagões-leitos. O lado de dentro era pouco iluminado, e a maioria das pessoas entulhadas ali parecia catatônica. Esperei que o trem soltasse fumaça e fizesse *tchu-tchu* e depois disparasse como um foguete, pois assisti a muitos desenhos durante a minha infância perdida, e era assim que os trens dos desenhos funcionavam. Esse trem deslizou com indiferença, como se tivesse ficado cansado de estar parado.

Obviamente, liguei para Noah assim que partimos. Era uma pequena violação da política "não ligue porque ficarei atolado até as dezoito então vejo você na festa", mas as circunstâncias nunca foram mais compreensíveis. Quando ele atendeu, havia um clamor alegre ao fundo. Eu conseguia ouvir canções de Natal e louças batendo, o que era um contraste deprimente com o abafamento claustrofóbico do trem.

— Leu! – disse ele. – É um momento um pouco ruim. Vejo você daqui a uma hora?

Noah soltou um leve gemido. Parecia que levantava algo pesado, talvez um dos presuntos assustadoramente grandes que a mãe sempre conseguia arranjar para o *Smörgåsbord*. Imagino que os compre em uma fazenda experimental onde os porcos são criados com lasers e superdrogas até atingirem dez metros de comprimento.

— Hã... esse é o problema – falei. – Não vou.

— Como assim não vem? O que houve?

Expliquei a situação pais-na-cadeia/eu-no-trem-na-nevasca/vida-não-saiu-como-planejado da melhor maneira que pude. Tentei manter as coisas leves, como se achasse engraçado, mais para evitar chorar dentro de um trem escuro com estranhos aturdidos.

Outro gemido. Parecia que ele estava mudando alguma coisa de lugar.

— Vai ficar tudo bem – falou Noah depois de um momento. – Sam está cuidando de tudo, certo?

— Bem, se quer dizer que ele não os tirará da cadeia, então sim. Ele nem parece preocupado.

— Deve ser só uma cadeia pequena de condado – respondeu Noah. – Não será tão ruim. E, se Sam não está preocupado, vai ficar tudo bem. Sinto muito que isso tenha acontecido, mas verei você daqui a um ou dois dias.

— Sim, mas é Natal – falei. Minha voz ficou mais grossa, e eu engasguei para conter uma lágrima. Noah me deu um minuto.

– Sei que é difícil, Leu – disse ele depois de uma pausa –, mas vai ficar tudo bem. Vai, sim. É só uma daquelas coisas.

Eu sabia que ele estava tentando me acalmar e, de modo geral, me consolar, mas ainda assim. Uma daquelas coisas? Não era *uma daquelas coisas*. Uma daquelas coisas é quando o seu carro quebra, você tem uma infecção estomacal, ou pisca-piscas com defeito produzem uma faísca e queimam a cerca viva. Eu disse isso, e ele suspirou, percebendo que eu estava certa. Depois gemeu de novo.

– O que foi? – perguntei enquanto fungava.

– Estou segurando um presunto enorme – respondeu Noah. – Precisarei desligar em um minuto. Olha, faremos outro Natal quando você voltar. Prometo. Arranjaremos tempo. Não se preocupe. Ligue quando chegar, está bem?

Eu prometi que ligaria, e ele desligou e foi embora com o presunto. Encarei o telefone agora silencioso.

Às vezes, por namorar Noah, eu simpatizava com as pessoas que eram casadas com políticos. Dá para ver que elas têm as próprias vidas, mas, como amam a pessoa com quem estão, acabam sugadas por aquela força inexorável – e logo estão acenando e sorrindo de maneira apática para a câmera, com balões caindo sobre as cabeças delas e funcionários as empurrando do caminho para chegar até a Toda-Importante Cara-Metade, que é Perfeita.

Eu sei que ninguém é perfeito, que por trás de toda fachada de perfeição há uma confusão distorcida de subterfúgios e arrependimentos secretos... mas, mesmo considerando isso, Noah é basicamente perfeito. Nunca ouvi ninguém falar mal dele. A reputação de Noah é tão inquestionável quanto a gravidade. Ao me transformar em namorada, ele demonstrou que acreditava em mim, e eu embarquei nessa convicção. Passei a andar mais reta. Senti-me mais confiante, mais positiva, consistente, mais importante. Ele *gostava* de ser visto comigo; por conseguinte, eu gostava de ser vista comigo, se é que isso faz algum sentido.

Então, sim, o excesso de compromissos de Noah às vezes era um saco. Mas eu entendia. Quando ele precisa levar um enorme presunto para a mãe, por exemplo, porque sessenta pessoas estão prestes a aportar na sua casa para um *Smörgåsbord*. Simplesmente precisa ser feito. Ele está lá para o melhor e para o pior. Peguei meu iPod e usei o resto da bateria para ver algumas fotos dele. E a bateria acabou.

Senti-me tão sozinha naquele trem... um "sozinha" esquisito, meio antinatural, que cresceu em mim. Era algo um pouco além do medo, em algum lugar à esquerda da tristeza. Cansada, mas não o tipo de cansaço que o sono conserta. Estava escuro e deprimente, mas não parecia que as coisas melhorariam se as luzes fossem acesas. Isso só serviria para eu visualizar melhor a situação desagradável.

Pensei em ligar para meus avós. Eles já sabiam que eu estava indo. Sam me contou que havia ligado para eles. Ficariam felizes em falar comigo, mas eu não estava bem-disposta. Meus avós são pessoas ótimas, mas se afobam com facilidade. Por exemplo, se o mercado anunciou no folheto uma pizza congelada ou sopa, mas os produtos se esgotam, e meus avós foram até lá só para comprar isso, eles ficam ali, de pé, debatendo o que farão durante meia hora. Se eu ligasse para eles, cada aspecto da minha visita teria que ser discutido até o mínimo detalhe. De que cobertor eu precisaria? Eu ainda comia biscoitos? O vovô deveria comprar mais xampu? Era sempre fofo, mas um pouco demais para a minha cabeça naquele momento.

Gosto de pensar que sou uma solucionadora de problemas. Eu me distrairia no meio daquela bagunça. Enfiei a mão na bolsa para ver o que tinha conseguido reunir mesmo sendo apressada para sair de casa. Descobri que estava deploravelmente preparada para a viagem que se seguiria. Tinha reunido os mais essenciais – roupa de baixo, jeans, dois casacos, algumas camisetas, meus óculos. O iPod estava sem bateria. Tinha apenas um livro comigo. Era *A abadia de Northanger*, parte da lista de leituras da aula de inglês para o recesso de inverno. Era bom, mas não exatamente o que se quer quando se sente a mão iminente do destino.

Então, por mais ou menos duas horas, eu apenas olhei pela janela conforme o sol se punha, o céu rosa como um algodão-doce se tornava prateado, e os primeiros flocos de neve começavam a cair. Eu sabia que eram lindos, mas saber que algo é lindo e se importar com aquilo são duas coisas muito diferentes, e eu não me importava. A neve ficou mais forte e rápida, até tomar a vista e não haver mais nada além de branco. Veio de todas as direções ao mesmo tempo, até soprou de baixo. Assistir a isso me deixou tonta e um pouco enjoada.

As pessoas caminhavam pelo corredor com caixas de comida – batatas fritas, refrigerante e sanduíches embalados. Claramente havia uma fonte de comida em algum lugar naquele trem.

Sam havia colocado cinquenta dólares na minha mão na estação de trem, e cada dólar desses cinquenta seria extraído dos meus pais assim que voltassem a respirar ar livre. Eu não tinha mais o que fazer, então me levantei e fui até o carrinho de lanches, onde fui prontamente informada de que tudo havia acabado a não ser uma pizza de micro-ondas molenga, dois muffins, alguns chocolates, um saco de castanhas e umas frutas de aparência deprimente. Eu queria parabenizá-los por estarem tão bem-preparados para o frenesi de Natal, mas o cara que trabalhava no balcão parecia muito exausto. Ele não precisava do meu sarcasmo. Comprei a pizza, dois chocolates, os muffins, as castanhas e um chocolate quente. Parecia inteligente armazenar um pouco para o restante da viagem, já que as coisas estavam acabando com aquela velocidade. Coloquei uma nota de cinco dólares na jarra do homem, e ele assentiu em agradecimento.

Ocupei um dos assentos vazios junto às mesas presas à parede. O trem sacudia muito agora, mesmo quando diminuía a velocidade. O vento nos açoitava dos dois lados. Deixei a pizza intocada e queimei os lábios no chocolate. Era o máximo de ação que eles conseguiriam, no fim das contas.

– Posso me sentar aqui? – perguntou uma voz.

Olhei para cima, e um cara excepcionalmente lindo estava de pé ao meu lado. Reparei de novo e, de novo, não me importava muito. Mas ele causou mais impacto do que a neve. O cabelo era tão escuro quanto o meu, quero dizer, preto. Mas era mais longo. Meu cabelo só vai até um pouquinho além do queixo. O dele estava preso num rabo de cavalo. Parecia ser de ascendência nativo-americana, com maçãs do rosto definidas.

A jaqueta de brim fina que vestia não dava proteção nenhuma contra o mau tempo. Havia algo nos olhos dele, no entanto, que realmente chamava atenção – ele parecia perturbado, como se estivesse com dificuldade para mantê-los abertos. Tinha acabado de comprar uma xícara de café, a qual segurava com força, como se temesse deixá-la cair.

– Claro – respondi.

Ele manteve a cabeça baixa quando se sentou, mas percebi que olhava para a comida que eu tinha na caixa. Algo me disse que estava com muito mais fome do que eu.

– Coma alguma coisa – falei. – Só comprei para o caso de acabarem. Não estou com tanta fome. Nem toquei na pizza. – Houve um momento de resistência, mas empurrei a pizza para a frente. – Sei que parece mais um descanso de copo em forma de pizza – acrescentei. – Era tudo o que tinham. Sério. Pode pegar.

Ele sorriu de leve.

– Sou Jeb – falou.

– Sou Julie – respondi. Não estava no clima para passar por toda aquela conversa "Jubileu? Seu nome é *Jubileu*? Diga-me, o que você usa no seu número: óleo de bebê ou algum tipo de óleo de castanha? Alguém limpa o *pole* depois de cada uso?". Tudo aquilo que expliquei a você no início. A maioria das pessoas me chama de Julie. Noah me chamava de Leu.

– Para onde vai? – perguntou ele.

Eu não tinha uma história para encobrir meus pais ou explicar por que eu estava ali. A verdade toda era um pouco demais para jogar em um estranho.

– Vou ver meus avós – falei. – Mudança de planos de última hora.

— Onde eles moram? — perguntou Jeb, olhando para a neve rodopiante que batia na janela do trem. Era impossível dizer onde acabava o céu e começava o chão. A nuvem de neve tinha caído sobre nós.

— Flórida — respondi.

— É longe. Vou só até Gracetown, a próxima parada.

Assenti. Eu tinha ouvido falar de Gracetown, mas não tinha ideia de onde ficava. Em algum lugar nesse longo e nevado caminho entre mim e lugar nenhum. Ofereci a caixa de comida a ele de novo, mas Jeb recusou.

— Tudo bem — falou. — Mas obrigado pela pizza. Eu estava meio morto de fome. Escolhemos um dia ruim para viajar. Mas acho que não há muita escolha. Às vezes é preciso fazer coisas sobre as quais não se tem certeza...

— Quem você vai visitar? — perguntei.

Ele voltou a olhar para baixo e dobrou o prato no qual a pizza tinha sido servida.

— Vou ver minha namorada. Bem, meio que namorada. Estou tentando ligar para ela, mas não consigo sinal.

— Eu tenho — falei e tirei o telefone da bolsa. — Use o meu. Não estou nem perto do limite de minutos este mês.

Jeb pegou o telefone com um sorriso amplo. Quando levantou, reparei o quanto era alto e de ombros largos. Se eu não fosse completamente dedicada a Noah, teria ficado muito apaixonada. Ele andou um pouco, apenas até um ponto do outro lado. Observei enquanto Jeb tentava ligar, mas ele fechou o flip do telefone sem falar nada.

— Não consegui — disse ele, sentando-se de novo e me devolvendo o telefone.

— Então — falei com um sorriso. — Essa é meio que a sua namorada? Ainda não tem certeza se estão namorando?

Eu me lembrava bem dessa época, assim que Noah e eu ficamos pela primeira vez, e eu não tinha certeza se era namorada dele. Eu ficava tão deliciosamente nervosa o tempo todo.

— Ela me traiu — disse Jeb de uma vez.

Ah, eu interpretei errado. Muito. Senti a dor dele, bem no meio do peito. Senti mesmo.

— Não foi culpa dela — falou ele depois de um momento. — Não completamente. Eu...

Jamais ouvi o que tinha acontecido, pois a porta do vagão se escancarou, e houve um apito agudo, como o som que Beaker — a cacatua horrível de penas oleosas que tínhamos como mascote no quarto ano — costumava fazer. Beaker era o pássaro ao qual Jeremy Rich ensinou a gritar a palavra *bunda*. Beaker adorava ganir e gritar *bunda* e o fazia muito bem. Dava para ouvi-lo do fim do corredor, no banheiro das meninas. Beaker acabou sendo transferido para a sala dos professores, onde acho que é permitido esticar as penas oleosas e gritar *bunda* o quanto quiser.

Mas não era Beaker, o gritador de bunda. Eram catorze garotas vestindo roupas de ginástica justas e combinando — em todas podia-se ler RIDGE CHEERLEADING na traseira da calça. (Uma forma de ser gritador de bunda, imagino.) Cada uma tinha o próprio nome estampado na parte de trás do casaco justo. Elas se aglomeraram ao redor da lanchonete, gritando o mais alto que conseguiam. Esperei e rezei de verdade para que não gritassem todas "Ai, meu Deus" ao mesmo tempo, mas minhas preces não foram atendidas, talvez porque Deus estivesse ocupado ouvindo as garotas.

— *Não* tem proteína magra. — Ouvi uma delas dizer.

— Eu *falei*, Madison. Devia ter comido aquele *wrap* de alface quando teve a oportunidade.

— Achei que pelo menos teria *peito de frango*!

Para aumentar meu desapontamento, notei que as duas que conversavam se chamavam Madison. Pior: três das outras se chamavam Amber. Senti como se estivesse presa em uma experiência social que deu errado — talvez algo envolvendo réplicas.

Algumas do grupo se viraram contra nós. Quer dizer, para nós. Elas se viraram para Jeb e eu.

— Ai, meu Deus! — falou uma das Ambers. — Esta não é a pior viagem do mundo? Viram a neve?

Garota esperta, essa Amber. O que perceberia a seguir? O trem? A lua? As reviravoltas hilariantes da existência humana? A própria cabeça?

Não falei nada disso porque morte por líder de torcida não é a forma como quero passar desta para melhor. Amber não tinha direcionado a pergunta a mim, de qualquer forma. Ela nem fazia ideia de que eu estava ali. Seus olhos estavam sobre Jeb. Quase dava para ver as pupilas robóticas nas córneas fazendo todos os ajustes de foco, alinhando-o com a mira.

— Está bem ruim — respondeu ele educadamente.

— Nós vamos para a Flórida?

Ela falou dessa forma, como uma pergunta.

– Deve estar melhor por lá – falou Jeb.

– É. *Se* conseguirmos chegar lá. Estamos todas participando do campeonato regional de torcida? O que é difícil, porque é o período de festas? Mas todas comemoramos o Natal mais cedo? O nosso foi ontem?

Foi quando percebi que todas pareciam carregar coisas bem novas. Telefones brilhantes, pulseiras e cordões chamativos com os quais elas brincavam, unhas recém-feitas, iPods que eu jamais tinha visto.

Amber Um sentou-se conosco – uma sentada cuidadosa, com os joelhos no mesmo ângulo e os calcanhares voltados para fora. Uma pose sentada animadinha de uma pessoa que estava acostumada a ser a mais adorável da vizinhança.

– Esta é Julie – falou Jeb, apresentando-me gentilmente a nossa nova amiga. Amber me disse que se chamava Amber, então recitou os nomes de todas as Ambers e Madisons. Havia outros nomes, mas, para mim, eram todas Ambers e Madisons. Parecia seguro pensar dessa forma. Eu tinha ao menos uma chance de estar certa.

Amber começou a tagarelar, falando sobre o campeonato. Ela fazia uma coisa incrível: me incluía na conversa *e* me ignorava ao mesmo tempo. Além disso, estava me enviando uma mensagem mental – profundamente subliminar – de que queria que eu me levantasse e cedesse meu assento para a tribo dela. As garotas ocupavam cada espaço disponível no vagão do jeito que estavam. Metade delas ao telefone, a outra metade esgotando o estoque de água, café e Coca Diet.

Decidi que eu não precisava daquilo para tornar minha vida completa.

– Vou voltar para a minha poltrona – falei.

Assim que me levantei, no entanto, o trem reduziu drasticamente a velocidade, jogando todos nós para a frente com uma enorme onda de líquidos quentes e frios. As rodas emitiram um guincho de protesto enquanto se arrastavam sobre os trilhos por mais ou menos um minuto, e então paramos subitamente. Ouvi malas por todos os cantos do trem caírem dos compartimentos, depois pessoas caindo no lugar onde estavam. Pessoas como eu. Aterrissei numa Madison e bati com o queixo e a bochecha em alguma coisa. Não tenho certeza do que era, porque as luzes se apagaram na mesma hora, o que provocou um gritinho maciço de decepção. Senti as mãos de alguém me ajudando a me levantar e não precisava enxergar para saber que era Jeb.

– Está bem? – perguntou ele.

– Sim. Acho.

As luzes piscaram e começaram a voltar uma a uma. Várias Ambers estavam agarradas ao balcão da lanchonete para salvar as próprias vidas. Havia comida por todo o chão. Jeb se abaixou e pegou o que uma vez fora seu celular e agora era um negócio de dois pedaços perfeitamente quebrado. Ele o aninhou na mão como um filhote de passarinho machucado.

O alto-falante emitiu um estalo, e a voz que falou parecia genuinamente estarrecida: não era o tom frio e mandão que usavam para anunciar as paradas pelo caminho.

– Senhoras e senhores – disse a voz –, por favor, permaneçam calmos. Um supervisor verificará as cabines para ver se alguém se machucou.

Colei o rosto na janela para ver o que acontecia. Tínhamos parado ao lado do que parecia ser uma estrada larga com muitas pistas, como uma rodovia interestadual. Do outro lado havia uma placa amarela brilhando, suspensa bem acima da estrada. Era difícil ver através da neve, mas reconheci a cor e o formato. Era de uma Waffle House. Do lado de fora do trem, um dos membros da tripulação seguia aos tropeços pela neve, verificando abaixo da locomotiva com uma lanterna.

Uma supervisora escancarou a porta do nosso vagão e começou a observar todo mundo. Estava sem o chapéu.

– O que houve? – perguntei quando ela chegou até nós. – Parece que estamos bem atolados.

Ela se abaixou e olhou para fora da janela, depois assobiou baixinho.

– Não vamos a lugar nenhum, querida – disse ela em voz baixa. – Estamos quase em Gracetown. A pista começa a submergir a partir deste ponto e está completamente coberta. Talvez possam mandar alguns veículos de emergência para nos buscar de manhã. Mas sinceramente não sei. Não contaria com isso. De qualquer forma, está ferida?

– Estou bem – assegurei a ela.

Amber Um segurava o punho.

– Amber! – exclamou outra Amber. – O que aconteceu?

– Eu torci – gemeu Amber Um. – Feio.

– Esse é o seu punho de apoio no lançamento em cesta!

Seis líderes de torcida indicaram (não de modo subliminar) que queriam que eu saísse do caminho para que elas chegassem até a colega machucada e a sentassem. Jeb ficou preso na multidão. As luzes ficaram mais fracas, o aquecedor foi audivelmente reduzido, e o alto-falante voltou a comunicar.

– Senhoras e senhores – disse a voz –, vamos cortar parte da eletricidade para economizar energia. Caso tenham cobertores ou agasalhos, podem usá-los agora. Se algum de vocês precisar de aquecimento extra, tentaremos ceder o que pudermos. Quem tiver agasalhos a mais, pedimos que compartilhe.

Olhei para a placa amarela de novo e de volta para o aglomerado de líderes de torcida. Eu tinha duas escolhas: poderia ficar ali no trem descarrilhado frio e escuro ou poderia *fazer* alguma coisa de fato. Poderia tomar as rédeas daquele dia que havia fugido de mim tantas vezes. Não seria difícil atravessar a estrada até a Waffle House. Provavelmente tinham aquecimento e muita comida. Valia a pena tentar e era um plano que senti que Noah teria aprovado. Proativa. Abri caminho gentilmente entre as Ambers até alcançar Jeb.

– Tem uma Waffle House do outro lado da rua – contei a ele. – Vou até lá ver se estão abertos.

– Uma Waffle House? – respondeu Jeb. – Devemos estar a pouca distância da cidade, beirando a estrada I-40.

– Não seja louca – disse Amber Um. – E se o trem partir?

– Não vai – respondi. – A supervisora acabou de me dizer. Ficaremos presos aqui a noite toda. Lá eles devem ter aquecimento, comida e um lugar onde as pessoas podem se mexer. O que mais podemos fazer?

– Poderíamos praticar as rimas de entusiasmo – sugeriu uma das Madisons com a voz fininha.

– Você vai sozinha? – perguntou Jeb. Dava para ver que ele queria ir junto, mas Amber estava apoiada nele no momento, como se a vida dela dependesse de Jeb.

– Ficarei bem – falei. – É ali do outro lado da rua. Passe o número do seu telefone e...

Ele ergueu o celular quebrado como um lembrete agourento. Assenti e peguei a mochila.

– Não vou demorar – ponderei. – Preciso voltar, certo? Para onde mais posso ir?

Capítulo Três

Ao olhar para o lado de fora da cabine fria, escorregadia por causa da neve que entrava pela porta aberta do trem, consegui ver a tripulação caminhando ao lado do trem com as lanternas. Estavam a alguns vagões de distância, então fui em frente.

Os degraus de metal eram íngremes, altos e estavam completamente cobertos de neve congelada. Além disso, o vão do trem até o chão tinha um pouco mais de um metro. Sentei-me no último degrau, a neve caindo forte sobre a minha cabeça, e dei impulso com o máximo de cuidado que consegui. Caí de quatro em cima de mais de trinta centímetros de neve, ensopando a meia-calça, mas não doeu muito. Não tinha um longo caminho a percorrer. Estávamos bem ao lado da estrada, só uns seis metros ou um pouco mais. Eu só precisava chegar à estrada, atravessar, passar por baixo da elevação e chegaria lá. Levaria apenas um ou dois minutos.

Eu nunca tinha atravessado uma via interestadual de seis pistas. A oportunidade não tinha se apresentado e, se tivesse, teria parecido uma má ideia. Mas não havia nenhum carro. Parecia o fim do mundo, todo um novo começo para a vida, a antiga e desaparecida ordem das coisas. Levei mais ou menos cinco minutos para atravessar, pois o vento estava muito forte, e flocos de neve ficavam entrando nos meus olhos. Quando cheguei ao outro lado, precisei atravessar outro trecho de alguma coisa. Talvez fosse grama, cimento ou mais estrada – no momento estava apenas branco e espesso. O que quer que fosse, havia um meio-fio enterrado ali, no qual tropecei. Cheguei à porta encharcada de neve.

Estava quente dentro da Waffle House. Na verdade, o aquecedor estava tão forte que as janelas ficaram embaçadas, o que fez com que os enormes decalques natalinos começassem a se soltar e descascar. Os alto-falantes tocavam canções de Natal de jazz, tão alegres quanto uma crise alérgica. Os cheiros predominantes eram de desinfetante de chão e óleo de cozinha reutilizado, mas havia um toque de esperança. Batatas e cebolas haviam sido fritas há pouco tempo – e tinham ficado boas.

Em termos de gente, a situação não era muito melhor. Do fundo da cozinha ouvi duas vozes masculinas intercaladas com sons de tapas e gargalhadas. Uma mulher matava o tempo no canto mais ao fundo, envolta em uma nuvem da própria melancolia, com um prato vazio ornado com guimbas de cigarro à frente. O único empregado à vista era um rapaz, provavelmente da minha idade, montando guarda na caixa registradora. Ele vestia uma camisa padronizada da Waffle House longa e para fora da calça, e os cabelos espetados despontavam da viseira pendurada na cabeça. A placa com o nome dizia DON-KEUN. Ele estava lendo uma revista em quadrinhos quando cheguei. Minha entrada levou um pouco de luz aos olhos dele.

– Oi – disse o rapaz. – Você parece estar com frio.

Foi bem-observado. Assenti em resposta.

O tédio consumia Don-Keun. Dava para ouvir na voz dele, ver no modo derrotado como se curvava sobre a registradora.

– É tudo de graça esta noite – falou ele. – Pode pedir o que quiser. Ordens do cozinheiro e do assistente da gerência em exercício. Eu sou ambos.

– Obrigada – respondi.

Acho que ele estava prestes a dizer mais alguma coisa, mas apenas se encolheu, constrangido com a briga nos fundos, que ficou mais alta. Havia um jornal e várias xícaras de café em frente a um dos assentos do balcão. Fui até lá para me sentar a poucos banquinhos de distância, numa tentativa de ser sociável de alguma forma. Enquanto me sentava, Don-Keun disparou de repente em minha direção.

– Hum, talvez você não queira...

Ele se interrompeu e recuou um passo quando alguém emergiu da direção dos banheiros. Era um homem, de talvez sessenta anos, cabelo louro grisalho, uma barriguinha de cerveja e óculos. Ah, e estava vestido em papel alumínio. Dos pés à cabeça. Tinha até um chapeuzinho de papel alumínio. Bem normal.

O Homem Alumínio ocupou o assento com o jornal e as xícaras e acenou para mim com a cabeça antes que eu pudesse mudar de lugar.

– Como você está esta noite? – perguntou ele.

– Poderia estar melhor – respondi com sinceridade. Não sabia para onde olhar, se para o rosto dele ou para o corpo prateado que brilhava muito.

– Noite ruim para sair.

– É – concordei, escolhendo o abdômen muito brilhante como ponto focal. – Ruim.

– Você por acaso precisa de um reboque?

– Não, a não ser que você reboque trens.

Ele pensou por um momento. É sempre esquisito quando uma pessoa não percebe que você está brincando e dedica um tempo de reflexão para o que você disse. E duplamente esquisito quando a pessoa está vestida em papel alumínio.

– Grande demais – respondeu ele finalmente, sacudindo a cabeça. – Não vai funcionar.

Don-Keun também sacudiu a cabeça e me lançou um olhar que dizia "vá embora enquanto pode, é tarde demais para me salvar".

Sorri e tentei desenvolver um interesse repentino e envolvente pelo cardápio. Parecia correto pedir alguma coisa. Olhei várias vezes, como se não conseguisse decidir entre o sanduíche de waffles ou as batatas *rösti* cobertas com queijo.

– Tome um café – sugeriu Don-Keun, aproximando-se e me entregando uma xícara. O café estava completamente queimado e cheirava mal, mas não era hora de ser exigente. Acho que ele estava apenas me oferecendo reforço, de todo modo. – Você disse que estava em um trem? – perguntou.

– Sim – respondi, apontando para a janela. Don-Keun e o Homem Alumínio se viraram para olhar, mas a tempestade havia piorado. O trem estava invisível.

– Não – falou o Homem Alumínio de novo. – Com trens não funciona.

Ele ajustou os braceletes de alumínio como que para enfatizar a observação.

– Isso ajuda? – perguntei, sentindo finalmente a necessidade de mencionar o óbvio.

– O que ajuda?

– Essas coisas. É como as que os atletas precisam usar quando terminam as maratonas?

– Que coisas?

– O alumínio.

– Que alumínio? – perguntou ele.

E com isso eu abandonei a educação e Don-Keun e fui me sentar ao lado da janela, observando o vidro tremer quando a neve e o vento batiam nele.

Bem longe dali, o *Smörgåsbord* estava bombando. Toda a comida teria acabado àquela altura: os presuntos gigantes, os vários perus, almôndegas, batatas assadas no creme de leite, pudim de arroz, biscoitos, os quatro tipos de peixe em conserva...

Em outras palavras, seria uma hora ruim para ligar para Noah. Mas ele havia pedido que eu ligasse ao chegar. Ali era o mais longe a que eu chegaria.

Então liguei e fui imediatamente transferida para a caixa postal. Não tinha planejado o que diria ou que tipo de atitude adotaria. Entrei no modo *default* "engraçado, rá, rá" e deixei uma mensagem rápida, provavelmente incompreensível, a respeito de estar presa em uma cidade estranha, à beira de uma via interestadual, dentro de uma Waffle House com um homem vestido em papel alumínio. Somente quando desliguei percebi que ele pensaria que eu estava brincando – uma brincadeira *bizarra* – e ligando para ele quando estava ocupado demais para atender. A mensagem provavelmente o irritaria.

Eu estava prestes a ligar de volta e utilizar uma voz mais sincera e triste para esclarecer que tudo antes mencionado não era uma piada... e então houve uma lufada de vento e um som de sucção quando as portas foram abertas e outra pessoa se juntou a nós. Era alto, magro e aparentemente do sexo masculino. Mas era difícil saber muito mais, porque ele estava com sacolas plásticas de compras molhadas na cabeça e presas às mãos e aos pés. Agora eram duas pessoas vestindo objetos como se fossem roupas.

Eu estava começando a não gostar de Gracetown.

– Perdi o controle do carro na Sunrise – disse o garoto para todos no salão. – Precisei deixá-lo.

Don-Keun assentiu em compreensão.

– Precisa de um reboque? – perguntou o Homem Alumínio.

– Não, está tudo bem. Está nevando tanto, eu nem sei se conseguiria encontrá-lo de novo.

Conforme tirava as sacolas, o garoto pareceu bem normal, com cabelos enrolados castanhos e encharcados, meio magrelo, a calça jeans grande demais. Ele olhou para o balcão e veio em minha direção.

— Tudo bem se eu me sentar aqui? — perguntou em voz baixa. Ele apontou ligeiramente com a cabeça para o Homem Alumínio. Obviamente também não queria se sentar lá.

— Claro — respondi.

— Ele é inofensivo — disse o rapaz, ainda bem baixinho. — Mas às vezes fala muito. Uma vez fiquei preso com ele por quase meia hora. Ele gosta muito de xícaras. Consegue falar sobre xícaras durante um bom tempo.

— Ele sempre veste alumínio?

— Acho que eu não o reconheceria sem. A propósito, sou Stuart.

— Sou... Julie.

— Como chegou aqui? — perguntou ele.

— Meu trem — falei, apontando para o panorama de neve e escuridão. — Ficamos presos.

— Para onde ia?

— Flórida. Para ver meus avós. Meus pais estão na cadeia.

Decidi que valia a pena tentar simplesmente jogar a informação no meio da conversa dessa forma. Recebi a reação que acho que esperava. Stuart riu.

— Está com alguém? — perguntou ele.

— Tenho um namorado — respondi.

Juro que não costumo ser tão burra. Meu cérebro estava em Noah. Eu ainda pensava na mensagem idiota.

Os cantos da boca de Stuart se enrugaram quando tentou não rir. Ele batucou na mesa e sorriu, como se tentasse expulsar meu momento constrangedor. Eu *deveria* ter aceitado a saída que ele me oferecia, mas não consegui deixar para lá. Precisava tentar disfarçar.

— O único motivo por que disse isso — comecei, percebendo o caminho condenado da conversa se abrir na minha frente e me endireitando na cadeira — é que eu deveria ligar pra ele, mas estou sem sinal.

Sim. Eu roubei a história de Jeb. Infelizmente, no entanto, conforme falei, não levei em consideração que meu telefone estava bem na minha frente, exibindo orgulhosamente todas as barrinhas cheias. Stuart olhou para ele, depois para mim, mas não disse nada.

Agora eu precisava *mesmo* provar algo. Jamais conseguiria deixar passar sem provar a ele o quanto eu era normal.

— Estava — falei. — Até agora.

— Deve ser o tempo — respondeu ele, solidário.

— Provavelmente. Vou tentar agora, rapidinho.

— Fique à vontade — disse Stuart.

Era justo. Ele só tinha se sentado comigo para fugir da longa conversa sobre xícaras com o Homem Alumínio. Não era como se devêssemos algo um ao outro. Stuart provavelmente estava feliz por eu interromper a conversa. Ele se levantou para tirar o casaco enquanto eu ligava. Vestia um uniforme da Target por baixo e mais sacolas plásticas. Elas saíram aos borbotões das dobras internas do casaco, cerca de uma dúzia de sacolas. Ele as reuniu de modo totalmente imperturbável.

Quando a ligação caiu na caixa postal de Noah, tentei esconder minha frustração esticando o pescoço para olhar pela janela. Não queria deixar a segunda mensagem patética na frente de Stuart, então simplesmente desliguei.

Stuart deu de ombros como se dissesse "nada?" e se sentou.

– Devem estar ocupados com o *Smörgåsbord* – falei.

– *Smörgåsbord?*

– A família de Noah é tangencialmente sueca, então servem um *Smörgåsbord* incrível na véspera de Natal.

Vi que a sobrancelha dele se ergueu quando falei "tangencialmente". Uso muito essa palavra. É uma das favoritas de Noah. Tomei emprestada dele. Gostaria de ter me lembrado de não usá-la na frente de outras pessoas, pois era tipo a *nossa palavra*. Além disso, quando se está tentando convencer um estranho de que você não tem o QI de uma galinha, jogar frases como "tangencialmente sueca" na conversa não é o melhor caminho a seguir.

– Todo mundo adora um *Smörgåsbord* – disse ele de modo gracioso.

Era hora de mudar de assunto.

– Target – falei, apontando para a camiseta dele. Só que na verdade pronunciei "Targuê", daquele modo francês que não é muito engraçado.

– Exatamente – respondeu ele. – Agora entende por que eu precisei arriscar a vida para ir trabalhar. Quando seu emprego é tão importante quanto o meu, precisa arriscar. Caso contrário, a sociedade para de funcionar. Aquele cara deve estar querendo muito fazer uma ligação.

Stuart apontou para a janela, e eu me virei. Jeb estava em frente à cabine telefônica, cercada por quase trinta centímetros de neve. Ele tentava abrir a porta à força.

— Pobre Jeb — falei. — Deveria emprestar meu telefone... agora que tenho sinal.

— Aquele é Jeb? Está certa... Espera... Como conhece Jeb?

— Ele estava no meu trem. Disse que estava vindo para Gracetown. Acho que planeja andar o resto do caminho ou algo assim.

— Parece que ele quer muito, muito mesmo fazer uma ligação — disse Stuart e empurrou a bengala de doce escorregadia na janela para enxergar melhor. — Por que ele não usa o próprio celular?

— Quebrou quando batemos.

— Bateram? — repetiu Stuart. — O trem de vocês... bateu?

— Só na neve.

Stuart estava prestes a questionar mais sobre a batida do trem quando a porta se abriu, e elas surgiram em cascata. Todas as catorze, gritando e guinchando e deixando rastros de neve.

— Ai, meu Deus — falei.

Capítulo Quatro

Não existe situação ruim que catorze líderes de torcida animadas não possam piorar.

Levou cerca de três minutos para a despretensiosa Waffle House se transformar no novo escritório de advocacia de Amber, Amber, Amber e Madison. Elas montaram acampamento em um aglomerado de cabines no canto oposto ao que nós estávamos. Algumas assentiram para mim como se dissessem "ah, bom, você ainda está viva", mas a maioria não tinha interesse em mais ninguém.

Isso não queria dizer que ninguém tinha interesse *nelas*, no entanto.

Don-Keun se transformou em um novo homem. No momento em que elas chegaram, ele sumiu durante um segundo. Ouvimos gritos abafados de êxtase vindo de algum lugar dos fundos da cozinha da Waffle House, então ele reapareceu, o rosto radiante com o tipo de brilho em geral associado a uma epifania religiosa. Olhar para ele me deixou cansada. Atrás de

Don-Keun havia dois outros caras, acólitos maravilhados que o seguiam na revelação.

— Do que precisam, senhoritas? — perguntou Don-Keun alegremente.

— Podemos praticar bananeira aqui? — respondeu Amber Um. Acho que o punho do lançamento em cesta estava melhor. Tipos resistentes, essas líderes de torcida. Resistentes e loucas. Quem caminha sob uma nevasca para praticar bananeira numa Waffle House? *Eu* só fui até ali para fugir delas.

— Senhoritas — falou ele —, podem fazer *o que* quiserem.

Amber Um gostou da resposta.

— Você poderia, talvez, tipo, limpar o chão? Só esse pedacinho aqui? Para não ficarmos com sujeira nas mãos? E poderia ficar na posição de apoio?

Ele quase quebrou os dois tornozelos tentando chegar ao armário onde estava o esfregão.

Stuart assistia a tudo isso em silêncio. Não tinha o mesmo olhar que Don-Keun ou os amigos, mas a comoção tinha claramente entrado no radar dele. Ele inclinou a cabeça para o lado, como se tentasse resolver um problema de matemática bem difícil.

— As coisas por aqui saíram do curso normal — disse Stuart.

— É — concordei. — Pode-se dizer que sim. Tem algum outro lugar para ir? Uma Starbucks, ou algo do tipo?

Stuart quase se encolheu quando mencionei Starbucks. Acho que era uma daquelas pessoas contra grandes cadeias de lojas, o que parecia esquisito para alguém que trabalhava na Target.

— Está fechada – falou ele. – Quase tudo está. Tem a Duke and Duchess. Talvez ainda esteja aberta, mas é só uma loja de conveniência. É véspera de Natal, e com essa nevasca...

Stuart deve ter sentido meu desespero pelo modo como comecei a bater levemente a testa contra a mesa.

— Vou voltar para casa – disse ele, esticando a mão sobre a mesa como amortecedor para impedir que eu me causasse mais danos. – Por que não vem comigo? Pelo menos ficará longe da neve. Minha mãe nunca me perdoaria se eu não perguntasse se você precisa de um lugar para ir.

Pensei a respeito. O trem frio e morto estava do outro lado da estrada. Minha opção no momento era uma Waffle House cheia de líderes de torcida e um cara vestindo um rolo de papel alumínio. Meus pais eram hóspedes do Estado a centenas de quilômetros de distância. E a maior nevasca em cinquenta anos estava bem sobre nós. Sim, eu precisava de um lugar para ir.

Ainda assim, era difícil desligar o alarme de "perigo, estranho" que soava na minha cabeça... muito embora fosse o estranho que estivesse arriscando. Eu havia demonstrado *todos* os sinais de loucura naquela noite. Eu não teria me levado para casa.

— Aqui – disse ele. – Uma pequena prova de identidade. É meu cartão oficial de funcionário da Target. Eles não deixam *qualquer um* trabalhar lá. E aqui está uma carteira de motorista... Ignore o corte de cabelo, por favor... Nome, endereço, CPF, está tudo aí.

Ele tirou os cartões da carteira para concluir a piada. Reparei que havia uma foto dele com uma garota na aba para fotografias, obviamente de um baile. Aquilo me acalmou. Era um cara normal com a namorada. Tinha até um sobrenome – Weintraub.

– É longe? – perguntei.

– A uns oitocentos metros para aquele lado – respondeu ele, apontando para o que parecia ser nada: saliências brancas disformes que poderiam ser casas, árvores, estátuas em tamanho natural do Godzilla.

– Oitocentos metros?

– Bem, isso se pegarmos o caminho mais curto. O caminho longo tem pouco mais de um quilômetro e meio. Não será ruim. Eu poderia ter seguido caminho, mas a Waffle House estava aberta, então parei para me aquecer.

– Tem certeza de que a sua família não vai se importar?

– Minha mãe literalmente me espancaria com uma mangueira se eu não oferecesse ajuda a alguém na véspera de Natal.

Don-Keun saltou o balcão segurando o esfregão, quase se empalando no processo. Ele começou a limpar o chão ao redor dos pés de Amber Um. Do lado de fora, Jeb tinha conseguido entrar na cabine. Estava profundamente absorto em um drama próprio. Eu estava sozinha.

– Tudo bem – falei. – Eu vou.

Acho que ninguém reparou que nos levantamos para sair, exceto o Homem Alumínio. Ele estava de costas para as líderes de torcida em total desinteresse e nos cumprimentou conforme seguimos para a porta.

– Vai precisar de um chapéu – disse Stuart quando entramos no vestíbulo gelado.

— Não tenho um chapéu. Estava a caminho da Flórida.

— Eu também não. Mas tenho isso...

Ele ergueu os sacos plásticos e demonstrou o que fazer ao colocar um deles na cabeça, enrolando uma vez e colocando a ponta para dentro, de modo a formar um turbante estável, porém muito esquisito, com o topo bufante. Colocar um saco na cabeça perecia algo que Amber e Amber e Amber se recusariam a fazer... e senti vontade de provar que *eu* não era assim. Prontamente enrolei um na cabeça.

— Deveria colocar ao redor das mãos também — falou Stuart, passando-me mais sacolas plásticas. — Não sei o que fazer quanto a suas pernas. Devem estar geladas.

Estavam, mas por algum motivo eu não queria que ele pensasse que eu não conseguiria aguentar.

— Não — menti. — Essas meias-calças são bem grossas. E as botas... são sólidas. Mas vou pegá-los para as mãos.

Ele ergueu uma sobrancelha.

— Tem certeza?

— Absoluta. — Não fazia ideia de por que dizia aquilo. Só parecia que dizer a verdade seria como admitir uma fraqueza.

Stuart precisou empurrar com força para abrir a porta completamente contra o vento e a neve acumulada. Eu não sabia que neve podia jorrar. Já tinha visto lufadas de neve e mesmo neve firme que cobria de dois a cinco centímetros, mas aquilo era grudento e pesado, e os flocos eram do tamanho de moedas. Dentro de segundos eu estava ensopada. Hesitei na base da escada, e Stuart se virou para me ver.

– Tem certeza? – perguntou de novo.

Eu sabia que daria meia-volta bem ali ou seguiria até o fim.

Olhei rapidamente para trás e vi três Madisons formando uma pirâmide de bananeiras no meio do restaurante.

– Sim – respondi. – Vamos.

Capítulo Cinco

Pegamos uma estradinha secundária afastada da Waffle House, guiados somente pelas luzes de aviso de tráfego que piscavam a cada segundo, cortando um caminho de luzes amarelas estroboscópicas pelo escuro. Andamos bem pelo meio da rua, novamente naquele estilo pós-apocalíptico. O silêncio imperou por pelo menos quinze minutos. Falar gastava a energia de que precisávamos para apenas seguir em frente, e abrir a boca significava deixar o ar frio entrar.

Cada passo era um minúsculo teste. A neve estava tão profunda e grudenta que eu precisava de muita força para retirar o pé da própria pegada. Minhas pernas, é claro, estavam tão congeladas que em certo ponto pareceram estar quentes de novo. Os sacos na minha cabeça e nas mãos eram, de alguma forma, eficientes. Quando conseguimos acertar o passo, Stuart iniciou a conversa.

– Onde está sua família, de verdade? – perguntou ele.

– Na cadeia.

— É. Você disse isso lá dentro. Mas quando eu disse *de verdade*...

— Estão *na cadeia* — falei pela terceira vez.

Tentei fazer com que essa fosse convincente. Ele entendeu o bastante para não fazer a pergunta de novo, mas levou um momento para digerir a resposta.

— Por quê? — perguntou finalmente.

— Hã... participaram de um... tumulto.

— O quê, eles são manifestantes?

— São consumidores — expliquei. — Era um tumulto de compras.

Ele parou de repente onde estava.

— Não me diga que estavam no tumulto da Flobie, em Charlotte.

— Esse mesmo — confirmei.

— Ai, meu Deus! Seus pais então entre os Cinco da Flobie!

— Os Cinco da Flobie? — repeti com a voz fraca.

— Os Cinco da Flobie foram *o* assunto do dia no trabalho. Acho que vários clientes mencionaram. Exibiram as filmagens do tumulto o dia todo no noticiário...

Noticiário? Filmagem? O dia todo? Ah, que bom. Que bom, que bom, que bom. Pais famosos — tudo com que uma garota sonha.

— Todos amam os Cinco da Flobie — disse ele. — Bem, muita gente. Ou, pelo menos, as pessoas acham engraçado.

E então ele deve ter percebido que não era tão engraçado para mim e que esse era o motivo de eu estar caminhando em uma cidade estranha na véspera de Natal com sacolas plásticas na cabeça.

– Isso torna você muito legal – comentou Stuart, dando passos grandes e saltados para ficar à frente de mim. – A CNN entrevistaria você com certeza. Filha da Flobie! Mas não se preocupe. Eu os manterei afastados!

Ele fez um gesto exagerado fingindo segurar repórteres e socar fotógrafos, o que era uma coreografia complicada. Chegou a me animar um pouco. Comecei a entrar no personagem um pouquinho também, jogando as mãos sobre o rosto como se flashes estivessem disparando. Fizemos isso durante um tempinho. Foi uma boa distração da realidade.

– É ridículo – falei, finalmente, depois de quase cair ao tentar me desviar de um paparazzo imaginário. – Meus pais estão na cadeia. Por causa de uma casa de Papai Noel de cerâmica.

– Melhor do que por traficarem crack – respondeu ele enquanto alinhava seus passos aos meus. – Certo? Deve ser.

– Você é sempre engraçadinho assim?

– Sempre. É um requisito para trabalhar na Target. Sou como o Capitão Sorridente.

– Sua namorada deve adorar.

Eu só disse isso para parecer inteligente e observadora, esperando que ele dissesse "Como sabia que eu...?". E então eu responderia "Vi a foto na sua carteira". E ele pensaria que eu era muito Sherlock Holmes e pareceria um pouco menos maluca do que na Waffle House. (Às vezes é preciso esperar um pouco para receber esse tipo de gratificação, mas ainda assim vale a pena.)

Em vez disso, ele virou a cabeça na minha direção rapidamente, piscou, depois se virou para a estrada, dando passos muito determinados. A brincadeira tinha acabado, e ele estava concentrado no trabalho.

– Não é muito mais longe. Mas é aqui que temos que decidir. Há dois caminhos que podemos pegar daqui. Seguindo esta estrada, o que provavelmente levará mais quarenta e cinco minutos no ritmo que estamos fazendo. Ou o atalho.

– O atalho – respondi imediatamente. – Óbvio.

– É muito, muito mais curto, porque esta estrada faz curvas, e o atalho segue reto. Eu definitivamente o pegaria se estivesse sozinho, o que era o caso há meia hora...

– Atalho – repeti.

De pé na tempestade, com a neve e o vento queimando a pele do rosto e a cabeça e as mãos enroladas em sacolas plásticas... senti que não precisava mesmo de muito mais informações. Qualquer que fosse o atalho, não poderia ser muito pior do que o que já estávamos fazendo. E, se Stuart estivesse planejando pegá-lo antes, não havia motivo para não pegá-lo comigo.

– Tudo bem – falou Stuart. – Basicamente, o atalho nos leva por trás dessas casas. A minha é logo ali atrás, a quase duzentos metros. Acho. Algo assim.

Saímos do caminho amarelo que piscava e cortamos por um caminho totalmente sombreado entre algumas casas. Tirei o celular do bolso para verificar enquanto andávamos. Não havia ligações de Noah. Tentei fazer isso disfarçadamente, mas Stuart me viu.

– Nenhuma ligação? – perguntou ele.

– Ainda não. Deve estar ocupado.

— Ele sabe sobre seus pais?
— Sabe — confirmei. — Eu conto tudo a ele.
— Isso vale para os dois? — perguntou Stuart.
— O que vale para os dois?
— Você disse que conta tudo a ele — respondeu Stuart. — Não falou *nós* contamos tudo *um ao outro*.

Que tipo de pergunta era aquela?
— Claro — falei rapidamente.
— Como ele é, além de tangencialmente sueco?
— É inteligente — respondi. — Mas não do tipo irritante, como uma daquelas pessoas que sempre precisa dizer qual é a média que tem ou dá dicas sutis sobre os resultados do vestibular ou em que posição está no ranking do colégio. É algo natural para ele. Não se esforça muito pelas notas e não se importa tanto. Mas são boas notas. Muito boas. Ele joga futebol. Faz parte dos Matletas. É muito popular.

Sim, eu realmente disse isso. Sim, parecia que eu estava vendendo um produto. Sim, Stuart exibiu mais uma vez aquele olhar espertinho que dizia "estou tentando não rir de você". Mas como eu deveria responder àquela pergunta? Todo mundo que eu conhecia também conhecia Noah. Sabiam o que ele era, o que representava. Eu normalmente não precisava explicar.

— Belo currículo — falou Stuart, sem parecer tão impressionado. — Mas como ele é? — Ai, meu Deus. Essa conversa ia continuar.

— Ele é... como eu acabei de falar.

— Em termos de personalidade. Escreve poesias secretamente ou algo assim? Dança pelo quarto quando acha que não tem ninguém olhando? É engraçado como você? Qual é a *essência* dele?

Stuart só podia estar brincando com a minha mente com essa história de essência. No entanto, tinha alguma coisa no modo como ele perguntou se Noah era engraçado como eu. Foi meio que legal. E a resposta era não. Noah era muitas coisas, mas engraçado não era uma delas. Ele em geral parecia relativamente entretido comigo, mas, como você já deve ter percebido, às vezes eu não consigo calar a boca. Nessas ocasiões, ele apenas parecia cansado.

– Intensa – falei. – A essência dele é intensa.

– Intensa no bom sentido?

– Eu namoraria com ele se não fosse? É muito longe?

Stuart entendeu o recado dessa vez e calou a boca. Andamos em silêncio até só haver um espaço vazio com poucas árvores. Eu conseguia ver que, ao longe, no topo de uma inclinação, havia mais casas. Mal dava para distinguir o brilho distante de pisca-piscas. A neve estava tão grossa no ar que tudo estava embaçado. Seria lindo se não machucasse tanto. Percebi que minhas mãos tinham ficado tão frias que deram a volta e pareciam quase quentes. Minhas pernas não durariam muito.

Stuart estendeu o braço e me parou.

– Certo – disse ele. – Preciso explicar uma coisa. Vamos passar sobre um riacho. Está congelado. Vi algumas pessoas patinando nele mais cedo.

– Qual é a profundidade do riacho?

– Não é muito fundo. Talvez um metro e meio.

– Onde fica?

– Em algum lugar bem à nossa frente – respondeu ele.

Olhei para o horizonte vazio. Em algum lugar ali abaixo havia um pequeno corpo d'água escondido sob a neve.

– Podemos voltar – sugeriu ele.

– Você tomaria este caminho de qualquer jeito? – perguntei.

– Sim, mas você não precisa provar nada para mim.

– Tudo bem – falei, tentando parecer mais segura do que me sentia. – Então, só continuamos andando?

– Esse é o plano.

E foi o que fizemos. Soubemos que havíamos chegado ao riacho quando a neve ficou um pouco menos espessa e estava levemente escorregadio sob nós, em vez da sensação sólida, grossa e quebradiça. Foi quando Stuart decidiu falar de novo.

– Aqueles caras na Waffle House são tão sortudos. Vão ter a melhor noite da vida deles – disse ele.

Havia algo no tom de voz que parecia um desafio, como se quisesse que eu mordesse a isca. Isso significa que eu não deveria ter mordido. Mas, é claro, mordi.

– Nossa! – exclamei. – Por que todos os garotos são fáceis assim?

– Assim como? – perguntou ele, olhando para mim pelo canto dos olhos e escorregando ao fazer isso.

– Você diz que são sortudos.

– Porque... estão presos numa Waffle House com uma dúzia de líderes de torcida?

– De onde vem essa fantasia arrogante? – falei, talvez um pouco mais ríspida do que pretendia. – Os garotos realmente acreditam que, se são os únicos homens do local, as garotas, de repente, vão se jogar aos pés deles? Como se garimpássemos por sobreviventes solitários e os recompensássemos com sessões de pegação em grupo?

— Não *é* isso que acontece? — perguntou ele.

Nem honrei essa observação com uma resposta.

— Mas qual é o problema das líderes de torcida? — perguntou Stuart, parecendo muito satisfeito por ter conseguido que eu me exaltasse. — Não estou dizendo que *só* gosto de líderes de torcida. Só não tenho preconceito contra elas.

— Não é preconceito — afirmei.

— Não é? O que é, então?

— É a ideia de líderes de torcida — respondi. — Garotas fora do campo, usando minissaias, dizendo aos garotos como eles são bons. Escolhidas pela aparência.

— Não sei — discordou ele com cuidado. — Julgar grupos de pessoas que você não conhece, presumir, falar sobre a aparência delas... *parece* preconceito, mas...

— Eu não sou *preconceituosa*! — disparei, incapaz de controlar minha reação naquele momento. Havia tanta escuridão ao redor naquela hora. Acima de nós havia um céu enevoado, cor de estanho rosado. Em volta, havia somente os contornos das árvores esguias e sem folhas, como mãos finas emergindo da terra. Um chão branco interminável abaixo e flocos rodopiantes, além de um assobio solitário do vento e as sombras das casas.

— Olhe — falou Stuart, recusando-se a abandonar aquele jogo irritante —, como você sabe se no tempo livre elas não são voluntárias em um hospital ou algo assim? Talvez salvem gatinhos, administrem doações de comida ou...

– Porque não – retruquei, colocando-me à frente dele. Escorreguei um pouquinho, mas me endireitei. – No tempo livre, elas fazem depilação com cera.

– Você não sabe disso – gritou ele atrás de mim.

– Eu não precisaria explicar isso a Noah – falei. – Ele simplesmente entenderia.

– Sabe – disse Stuart casualmente –, por mais que você ache que Noah é maravilhoso... não estou tão impressionado com ele no momento.

Foi a gota d'água. Virei-me e comecei a andar de volta pelo caminho que tomamos, dando passadas fortes e firmes.

– Aonde vai? – perguntou ele. – Ah, por favor...

Ele tentou fazer parecer que não era grande coisa, mas eu simplesmente tinha ficado de saco cheio. Pisei com força para manter o ritmo regular.

– É um longo caminho de volta! – falou ele, correndo para me alcançar. – Não faça isso. Sério.

– Sinto muito – argumentei como se não me importasse tanto. – Apenas acho que seria melhor se eu...

Houve um ruído. Um novo ruído sob o assobio e os apitos e mudanças do vento e da neve. Era o som de algo se partindo, meio que se parecia com o de um galho numa fogueira, o que era desagradavelmente irônico. Nós dois paramos exatamente onde estávamos. Stuart me lançou um olhar alarmante.

– Não se mex...

E a superfície abaixo de nós simplesmente sumiu.

Capítulo Seis

Talvez você nunca tenha caído em um riacho congelado. Eis o que acontece.

1. É frio. Tão frio que o Departamento de Reconhecimento de Temperatura dentro do seu cérebro faz leituras e diz: "Não posso lidar com isso. Estou fora." Ele pendura o cartaz de FUI ALMOÇAR e passa toda a responsabilidade para o...

2. Departamento de Dor e Seu Processamento, que por sua vez pega toda aquela baboseira do departamento de temperatura que não consegue entender. "Essa não é nossa tarefa", diz ele. E começa a apertar botões aleatórios, enchendo você de sensações estranhas e desagradáveis, e chama o...

3. Escritório de Confusão e Pânico, onde há sempre alguém pronto para pular no telefone no momento em que toca. Esse escritório pelo menos está disposto a tomar uma atitude. O Escritório de Confusão e Pânico *adora* apertar botões.

Então, por uma fração de segundo, Stuart e eu ficamos incapazes de fazer qualquer coisa por causa dessa bagunça burocrática que estava acontecendo em nossas mentes. Quando nos recuperamos um pouco, consegui processar o que estava acontecendo comigo. A boa notícia era que a água estava apenas na altura do peito. Bem, no meu caso. A água estava exatamente sobre os peitos. No caso de Stuart, estava no meio do abdômen. A má notícia era que estávamos em um buraco no gelo, e é difícil sair de um buraco no gelo quando se está praticamente paralisado pelo frio. Nós dois tentamos subir, mas o gelo se partia sempre que o pressionávamos.

Em uma reação automática, nós nos agarramos.

– Tudo bem – falou Stuart, tremendo muito. – Está f-frio. E um pouco ruim.

– Não? Sério? – gritei. Mas não havia ar suficiente nos meus pulmões para gritar, então saiu como um chiado assustador.

– Nós... d-deveríamos... q-quebrá-lo.

Essa ideia me ocorreu também, mas era reconfortante ouvi-la em voz alta. Começamos a quebrar o gelo com braços robóticos rígidos, até chegarmos à crosta mais espessa. A água estava um pouco mais rasa, mas não muito.

– Vou erguer você com a mão – disse Stuart. – Suba.

Quando tentei mexer a perna, ela se recusou a cooperar de imediato. Minhas pernas estavam tão dormentes que não funcionavam mais. Quando consegui movê-las, as mãos de Stuart estavam frias demais para me segurar. Levou algumas tentativas, mas finalmente consegui apoiar o pé.

É claro que, assim que subi, fiz a relevante descoberta de que *o gelo é escorregadio* e, consequentemente, é muito difícil se segurar nele, principalmente quando as mãos também estão cobertas por sacos plásticos molhados. Estiquei o braço para trás e ajudei Stuart a se impulsionar. Ele aterrissou direto no gelo.

Estávamos do lado de fora. E o lado de fora parecia bem pior do que o de dentro, estranhamente.

— N-n-não... é... tão... longe — disse ele. Era difícil entendê-lo. Meus pulmões pareciam tremer. Ele segurou minha mão e me puxou em direção a uma casa logo no topo da elevação. Se não tivesse me arrastado, eu nunca conseguiria chegar ao topo da colina.

Eu nunca, nunca fiquei tão feliz em ver uma casa. Estava completamente delineada por um brilho verde esmaecido, entrecortado por minúsculos pontos vermelhos. A porta dos fundos estava destrancada, e nós entramos em um paraíso. Não que fosse a casa mais incrível na qual eu já tivesse entrado — era apenas uma casa, com aquecimento e um cheiro residual de peru assado, biscoitos e árvore.

Stuart não parou de me puxar até chegarmos a uma porta, a qual se revelou ser de um banheiro com um boxe de vidro.

— Aqui — falou ele, me empurrando. — Banho. Agora. Água quente.

A porta bateu, e eu o ouvi correr. Tirei imediatamente o que estava vestindo e tropecei ao tentar alcançar o registro. Minhas roupas estavam assustadoramente pesadas, cheias de água e neve e lama.

Fiquei lá dentro um bom tempo, recostada à parede, enchendo o pequeno cômodo de vapor. A água mudou de temperatura uma ou duas vezes, provavelmente porque Stuart também tomava banho em outro lugar da casa.

Só desliguei a água quando começou a ficar fria. Ao emergir para o vapor espesso, vi que minhas roupas tinham desaparecido. Alguém as havia tirado do banheiro sem que eu notasse. No lugar, havia duas toalhas grandes, um par de calças de moletom, um casaco de moletom, meias e pantufas. As roupas eram de menino, menos as meias e as pantufas. As primeiras eram grossas e cor-de-rosa, e as pantufas eram botinhas de cano curto brancas e peludas, bem gastas.

Peguei o item mais próximo, que era o casaco, e usei para cobrir meu corpo nu, embora eu estivesse claramente sozinha no banheiro no momento. *Alguém* havia entrado. *Alguém* havia espreitado, levado minhas roupas e as substituído por roupas novas e secas. Teria Stuart entrado enquanto eu estava no banho? Será que me viu no estado natural? Será que eu me importava àquela altura?

Vesti as roupas rapidamente, colocando cada um dos itens que haviam sido deixados para mim. Abri a porta um pouquinho e olhei para fora. A cozinha parecia vazia. Abri mais, e de repente uma mulher surgiu do nada. Tinha idade de mãe, com cabelos louros cacheados que pareciam ter sido fritados usando um kit caseiro de tintura. Vestia um casaco de moletom com a imagem de dois coalas se abraçando com chapéus de Papai Noel. A única coisa com que me importava, no entanto, era o fato de ela estar segurando uma caneca fumegante.

– Pobrezinha! – disse ela. Falava bem alto, uma daquelas pessoas que se ouve facilmente do lado oposto de um estacionamento. – Stuart está lá em cima. Sou a mãe dele.

Aceitei a caneca. Poderia ser uma xícara de veneno quente, mas eu teria bebido mesmo assim.

– Pobrezinha – falou ela de novo. – Não se preocupe. Vamos aquecer você. Sinto muito, mas não consegui encontrar nada que servisse melhor. Essas roupas são de Stuart e foram as únicas limpas que consegui encontrar na área de serviço. Coloquei suas roupas na máquina de lavar, e os sapatos e o casaco estão secando no aquecedor. Se precisar ligar para alguém, vá em frente. Não se preocupe se for interurbano.

E assim fui apresentada à mãe de Stuart ("Pode me chamar de Debbie"). Eu a conhecia por longos vinte segundos, e ela já tinha visto minha calcinha e me oferecia as roupas do filho. Imediatamente me pôs à mesa da cozinha e começou a tirar da geladeira bandejas envolvidas com filme plástico.

– Comemos o jantar de véspera de Natal quando Stuart estava no trabalho, mas eu fiz muita coisa! Muita! Coma!

Havia muita comida: peru e purê de batatas, molho, farofa, a coisa toda. Ela serviu *tudo* e insistiu em me fazer um prato cheio, e serviu ao lado uma xícara de canja quente com umas bolinhas dentro. Àquela altura eu estava com fome – talvez mais do que já tinha estado na vida.

Stuart reapareceu na porta. Como eu, estava vestido para se aquecer. Usava uma calça de pijama de flanela e um suéter de tricô esticado. Não sei... talvez fosse um senso de gratidão, minha felicidade geral por estar viva, a ausência de uma sacola na cabeça dele... mas ele era até bonitinho. E toda a minha irritação anterior com Stuart tinha desaparecido.

— Vai ajeitar as coisas para Julie passar a noite? — perguntou ela. — Lembre-se de desligar a árvore para não mantê-la acordada.

— Sinto muito... — falei. Só então percebi que tinha entrado de penetra na vida deles durante o Natal.

— Não se desculpe! Estou feliz que tenha tido o bom senso de vir para cá! Vamos cuidar de você. Certifique-se de que ela tenha cobertores suficientes, Stuart.

— Haverá cobertores — assegurou ele.

— Ela precisa de um agora. Olhe. Está congelando. Você também. Sente-se aí.

Debbie correu até a sala. Stuart ergueu as sobrancelhas como que para dizer *Isso pode levar um tempo*. Ela voltou com duas mantas de flanela. Fui embrulhada em uma azul-escura. Ela me aninhou na manta, como se eu fosse um bebê, ao ponto de ficar difícil mexer os braços.

— Precisa de mais chocolate quente — falou Debbie. — Ou chá? Temos de tudo.

— Deixa comigo, mãe — disse Stuart.

— Mais sopa? Tome a sopa. É caseira, e canja é como uma penicilina natural. Depois da fria em que vocês estiveram...

— Deixe comigo, mãe.

Debbie pegou minha xícara de canja meio vazia e a encheu até a borda, depois colocou no micro-ondas.

— Certifique-se de que ela saiba onde está tudo, Stuart. Se quiser alguma coisa durante a noite, é só pegar. Pode se sentir em casa. Você é uma de nós agora, Julie.

Fiquei agradecida pela sensibilidade, mas achei que foi uma forma estranha de verbalizar.

Capítulo Sete

Stuart e eu passamos vários minutos quietos, nos empanturrando com muita satisfação, depois que Debbie foi embora. Mas tive a impressão de que ela não tinha ido embora de verdade – não a ouvi andando. Acho que Stuart também teve essa sensação, pois ficava se virando.

– Esta sopa está realmente incrível – falei, porque parecia uma boa observação para ser espionada. – Nunca comi nada assim. São essas bolinhas...

– Você não deve ser judia, é por isso – disse ele, levantando-se e fechando a porta sanfonada da cozinha. – São bolinhas de matzá.

– Você é judeu?

Stuart ergueu um dedo, indicando que eu deveria esperar. Ele abriu um pouquinho a porta, e ouvimos uma série de passos rápidos e estalos, como alguém tentando subir as escadas às pressas e em silêncio.

— Foi mal — disse ele. — Achei que tínhamos companhia. Devem ter sido ratos. Sim, minha mãe é judia, então, tecnicamente, também sou. Mas ela tem essa coisa com o Natal. Acho que faz isso para se encaixar. Só que exagera um pouco.

A cozinha havia sido completamente convertida para a ocasião. As toalhas de mão, o pano que cobria a torradeira, os ímãs de geladeira, as cortinas, a toalha de mesa, o arranjo de centro... quanto mais eu olhava, mais natalino ficava.

— Reparou no visco elétrico falso na entrada? — perguntou Stuart. — Nossa casa nunca aparecerá na capa da revista *Judeus Sulinos* desse jeito.

— Então por que...

Ele deu de ombros.

— Porque é o que as pessoas fazem — disse ele, pegando mais um pedaço de peru, dobrando e enfiando na boca. — Principalmente por aqui. Não existe o que se chamaria exatamente de uma comunidade judaica bem-sucedida. Minha aula de hebreu tinha só eu e outra garota.

— Sua namorada?

Algo passou pelo rosto dele, uma rápida onda de enrugamento da testa e torção da boca que suspeitei ser uma gargalhada reprimida.

— Só porque há apenas dois de nós não significa que temos que ficar juntos — respondeu ele. — Não é como se alguém dissesse "Tudo bem... dois judeus! Dancem!". Não, ela não é minha namorada.

— Desculpa — falei rapidamente. Era a segunda vez que eu mencionava a namorada, tentando mostrar minha habilidade de observação, e ele apenas ignorava. Chega. Não a mencionaria mais. Ele obviamente não queria falar sobre ela, o que era um pouco estranho... Stuart parecia o tipo que rapidamente começaria a tagarelar sobre a namorada por umas sete horas. Ele dava essa impressão.

— Tudo bem. — Stuart pegou mais peru, parecendo já ter se esquecido de como eu poderia ser idiota às vezes. — Costumo pensar que as pessoas gostam de nos ter por perto. Como se acrescentássemos algo à vizinhança. Temos um playground, um sistema de reciclagem eficiente e duas famílias judias.

— Mas não é estranho? — perguntei, pegando o saleiro em formato de boneco de neve. — Todas essas decorações de Natal.

— Talvez. Mas é apenas um grande feriado, entende? Tudo parece tão falso que fica bem. Minha mãe gosta de comemorar tudo, na verdade. Nossos parentes acham estranho nós termos uma árvore, mas árvores são legais. Não é como se fossem religiosas.

— Verdade — falei. — O que o seu pai acha?

— Não tenho ideia. Ele não mora aqui.

Stuart não pareceu muito incomodado com esse fato. Ele batucou na mesa para afastar o assunto, depois se levantou.

— Vou preparar as coisas para você dormir — disse ele. — Volto já.

Levantei-me para olhar em volta. Havia *duas* árvores de Natal: uma pequenininha próxima à janela panorâmica e uma enorme, de uns dois metros e meio, no canto. Estava praticamente dobrada devido ao peso de todos os enfeites artesanais, os múltiplos fios de luzes e o que deveriam ser dez caixas de fios prateados.

Havia um piano na sala repleto de páginas abertas de uma música, algumas com comentários escritos à caneta. Não toco nenhum instrumento, então todas as músicas parecem complicadas para mim – mas essa parecia ainda mais complicada do que o normal. Alguém ali sabia o que estava fazendo. Não era apenas um caso de "piano como mobília".

Mas o que realmente chamou minha atenção foi o que estava apoiado sobre o piano. Era muito menor e bem menos complexa, tecnicamente, do que a nossa, mas era uma Cidade do Papai Noel Flobie, emoldurada em uma pequena cerca de festão.

– Você deve saber o que é – falou Stuart, descendo as escadas com uma pilha enorme de cobertores e travesseiros, que ele jogou no sofá.

Eu sabia, é claro. Eles tinham cinco peças: o Café Homens Alegres, a loja de jujubas, a Loja de Suprimentos Festivos do Frank, a Elfateria e a sorveteria.

– Imagino que vocês tenham mais desses do que nós – disse ele.

– Nós temos cinquenta e seis peças.

Ele assobiou com espanto e esticou o braço para ligar a cidade na energia. Diferentemente de nós, eles não tinham um sistema chique para ligar todas as casas ao mesmo tempo. Precisavam ligar o botão de cada casa, dando vida à cidade.

– Minha mãe acha que valem alguma coisa – contou ele. – Trata as casas como se fossem *o precioso*.

— Todos pensam assim — falei em solidariedade.

Olhei para as peças com olhar de especialista. Não costumo espalhar por aí, mas na verdade sei muito sobre a Cidade do Papai Noel Flobie, por razões óbvias. Eu me garanto em qualquer exposição.

— Bem — comecei, apontando para o Café Homens Alegres —, este meio que vale alguma coisa. Está vendo como é feito de tijolos, com a moldura da janela em verde? É uma peça de primeira geração. No segundo ano, fizeram as molduras das janelas pretas.

Eu a peguei com cuidado e verifiquei a base.

— Não é uma peça numerada — disse eu, examinando a base. — Mas ainda assim... qualquer peça de primeira geração com uma diferença notável é boa. E aposentaram o Café Homens Alegres há cinco anos, então isso faz com que valha um pouquinho mais. Venderia por cerca de quatrocentos dólares, mas parece que a chaminé foi quebrada e depois colada de volta.

— Ah, sim. Minha irmã fez isso.

— Você tem uma irmã?

— Rachel — falou Stuart. — Tem cinco anos. Não se preocupe. Você vai conhecê-la. E isso aí que você fez foi tipo incrível.

— Não acho que incrível seja a palavra certa. Talvez *deprimente*.

Ele desligou todas as casas de novo.

— Quem toca piano? — perguntei.

— Eu. É meu talento. Acho que todos temos um.

Stuart fez uma careta meio ridícula, o que me fez rir.

– Você não deveria desdenhar assim – falei. – As faculdades adoram pessoas com habilidades musicais.

Nossa, eu soei tão... bem, tão como aquelas pessoas que fazem as coisas só porque acham que assim as faculdades gostarão delas. Fiquei chocada quando percebi que estava citando Noah. Nunca tinha pensado em como isso era irritante.

– Foi mal – acrescentei. – Estou cansada.

Ele fez um aceno para esquecer, como se não precisasse de explicação ou desculpas.

– Mães também gostam – observou Stuart. – E vizinhos. Sou tipo o macaco artista desta subdivisão de casas. Felizmente, também gosto de tocar, então está tudo certo. E... os lençóis e travesseiros são para você e...

– Estou bem – falei. – Isso é demais. É muito legal de sua parte me deixar ficar.

– Como eu disse, não é problema algum.

Ele se virou para ir embora, mas parou no meio da escada.

– Ei – falou Stuart. – Desculpa se fui um idiota mais cedo, quando estávamos andando. Foi só...

– A caminhada na neve. Eu sei. Estava frio, estávamos rabugentos. Não se preocupe. Sinto muito também. E obrigada.

Ele parecia prestes a dizer uma coisa, mas apenas assentiu e começou a subir as escadas novamente. Ouvi-o chegar ao topo, depois descer alguns degraus. Olhou pelo corrimão.

– Feliz Natal – acrescentou Stuart antes de desaparecer.

Foi quando eu me dei conta. Meus olhos se encheram d'água. Sentia falta da minha família. Sentia falta de Noah.

Sentia falta de casa. Aquelas pessoas haviam feito tudo o que podiam, mas não eram minha família. Stuart não era meu namorado. Fiquei ali por um longo tempo, virando-me no sofá, ouvindo um cachorro roncar em algum lugar no andar de cima (acho que era um cachorro), vi duas horas se passarem no relógio que fazia tic-tac muito alto.

Simplesmente não consegui aguentar.

Meu telefone estava no bolso do casaco, então fui descobrir onde minhas roupas tinham ido parar. Encontrei-as na área de serviço. O casaco havia sido pendurado sobre uma saída do aquecedor. Pelo visto, meu telefone não tinha gostado de ser totalmente mergulhado em água fria. A tela estava apagada. Por isso não tinha recebido notícias dele.

Havia um telefone no balcão da cozinha. Fui até lá silenciosamente na ponta dos pés, tirei-o do gancho e disquei o número de Noah. Tocou quatro vezes antes de ele atender. A voz parecia cansada e profunda.

— Sou eu — sussurrei.

— Leu? — Noah engasgou. — Que horas são?

— Três da manhã — respondi. — Você não ligou de volta.

Sons diversos de respiração, enquanto Noah tentava organizar os pensamentos.

— Desculpa. Foi um dia cheio. Sabe como é minha mãe e o *Smörgåsbord*. Podemos nos falar amanhã? Ligo assim que terminarmos de abrir os presentes.

Fiquei em silêncio. Eu tinha desbravado a maior nevasca do ano — de muitos anos —, caído em um riacho congelado, e meus pais estavam na cadeia... e, *mesmo assim*, ele não podia falar comigo?

Mas... Noah teve uma noite cheia, e parecia um desperdício obrigá-lo a ouvir minha história quando estava quase inconsciente. As pessoas não conseguem ser devidamente solidárias com você quando as acorda, e eu precisava de Noah cem por cento para isso.

– Claro – falei. – Amanhã.

Subi novamente para a caverna de cobertores e travesseiros. Tinham um cheiro forte e pouco familiar. Não era ruim... só de sabão muito forte que eu jamais havia sentido.

Às vezes eu simplesmente não *entendia* Noah. Às vezes até sentia como se ele me namorasse como parte do plano, como apresentar um checklist nos documentos de inscrição e uma das coisas para marcar seria: "Você tem uma namorada razoavelmente inteligente que compartilha suas aspirações e está pronta para aceitar sua disponibilidade limitada? Uma namorada que gosta de ouvir você falar sobre suas realizações durante horas seguidas?"

Não. Eram o medo e o frio falando. Era por estar em um lugar estranho, longe da família. Era o estresse pelo fato de meus pais terem sido presos em um tumulto por umas casas de cerâmica. E, se eu apenas dormisse, meu cérebro voltaria ao normal.

Fechei os olhos e senti o mundo inteiro girando com a neve. Fiquei tonta por um momento e um pouco enjoada, depois caí em um sono bem profundo, sonhei com sanduíches de waffles e líderes de torcida fazendo abertura de pernas sobre as mesas.

Capítulo Oito

Amanhã chegou na forma de uma menina de cinco anos pulando no meu estômago. Meus olhos se arregalaram com a força.

– Quem é você? – disse ela, animada. – Sou Rachel!

– Rachel! Pare de pular nela! Está dormindo!

Era a voz da mãe de Stuart.

Rachel era um ministuart cheio de sardas com um cabelo incrivelmente bagunçado, de quem acabou de se levantar, e um sorriso enorme. Cheirava levemente a cereais e precisava de um banho. Debbie também estava bem ali, segurando uma xícara de café enquanto ligava a Cidade do Papai Noel Flobie. Stuart veio da direção da cozinha.

Odeio quando acordo e vejo que as pessoas estavam andando ao meu redor e me viram dormindo. Infelizmente, acontece muito. Eu durmo como uma campeã. Certa vez dormi enquanto um alarme de incêndio disparava. Durante três horas. *Dentro do meu quarto.*

– Vamos adiar a abertura dos presentes – falou Debbie. – Esta manhã simplesmente comeremos alguma coisa e teremos uma boa conversa!

Isso era obviamente para meu benefício, pois não havia presentes para mim. O rosto de Rachel parecia prestes a se dividir ao meio, como um pedaço de fruta madura. Stuart olhou para a mãe, como se perguntando se era mesmo uma boa ideia.

– Menos Rachel – disse ela rapidamente.

É incrível como o humor de crianças pequenas se altera rapidamente. Ela foi de desespero total para felicidade extrema no tempo que se leva para dar um espirro.

– Não – falei. – Não, vocês também deveriam abrir.

Debbie sacudia a cabeça com firmeza e sorria.

– Stuart e eu podemos esperar. Por que não vai se arrumar para tomarmos café?

Deslizei até o banheiro, com a cabeça baixa, para tentar fazer alguns reparos matinais básicos. Meu cabelo parecia estar concorrendo em um festival de comédia, minha pele estava queimada e rachada. Fiz o melhor que pude com água fria e sabonetes para as mãos decorativos, o que significa que não fiz muito progresso.

– Quer ligar para sua família? – perguntou Debbie quando eu voltei. – Desejar feliz Natal a eles?

Percebi que olhava para Stuart para pedir ajuda.

– Vai ser difícil – interveio ele. – Eles são parte dos Cinco da Flobie.

Bom trabalho escondendo o fato. Mas Debbie não pareceu espantada. Em vez disso, ficou com um brilho nos olhos, como se tivesse acabado de conhecer uma celebridade.

— Seus pais estavam lá? – perguntou ela. – Ah, por que não disse antes? Eu amo a Cidade do Papai Noel Flobie. E foi uma besteira colocá-los na cadeia. Os Cinco da Flobie! Ah, tenho certeza de que os deixarão falar ao telefone com a filha! No Natal! Não é como se tivessem matado alguém.

Stuart olhou para mim de modo sábio, como se dissesse *Eu falei.*

— Nem sei em que cadeia eles estão – expliquei. Senti-me culpada assim que falei. Meus pais estavam mofando numa cela em algum lugar, e eu nem sabia onde.

— Bem, isso é fácil de descobrir. Stuart, entre na internet e descubra em que cadeia estão. Com certeza está nos noticiários.

Stuart já estava saindo da sala, dizendo para deixar com ele.

— Stuart é um mago nessas coisas – falou Debbie.

— Que tipo de coisas?

— Ah, ele consegue encontrar tudo na internet.

Debbie era daquele tipo de mãe que ainda não tinha entendido que usar a internet não é exatamente magia e que *todos* podíamos encontrar qualquer coisa on-line. Não falei isso porque não é certo querer que as pessoas sintam como se não compreendessem algo bem óbvio, ainda que não compreendam.

Stuart voltou com a informação, e Debbie pegou o telefone.

— Eu *vou* fazê-los permitir que você fale com seus pais – disse ela com a mão no telefone. – Eles não têm ideia de como sou persist... Ah, alô?

Parecia que estavam dificultando as coisas para Debbie, mas ela os venceu. Sam teria ficado impressionado. Ela me passou o telefone e saiu da cozinha, toda sorrisos. Stuart pegou Rachel, que se sacudia, e a carregou para fora também.

– Jubileu? – falou minha mãe. – Querida! Você está bem? Acabou de chegar à Flórida? Como estão a vovó e o vovô? Ah, querida...

– Não estou na Flórida. O trem não chegou. Estou em Gracetown.

– Gracetown? – repetiu ela. – Só conseguiu chegar até aí? Ah, Jubileu... onde você está? Está bem? Ainda está dentro do trem?

Eu não sentia vontade de contar toda a história das últimas 24 horas, então a encurtei.

– O trem ficou preso – expliquei. – Precisamos descer. Conheci umas pessoas. Estou na casa delas.

– Pessoas? – A voz dela se elevou um tom de preocupação, o tipo que dizia que ela suspeitava de traficantes e molestadores. – Que tipo de *pessoas*?

– Pessoas legais, mãe. A mãe e dois filhos. Têm uma Cidade do Papai Noel Flobie. Não é tão grande quanto a nossa, mas algumas peças são iguais. Têm a loja de jujubas, com o letreiro completo. E a padaria de biscoitos e pães de gengibre. Têm até um Café Homens Alegres da primeira geração.

– Ah – respondeu ela, de alguma forma aliviada.

Acho que meus pais pensam que é preciso ter *algum* caráter para fazer parte do grupo da Flobie. Degenerados sociais não desperdiçam tempo para arrumar com dedicação os minúsculos homens de gengibre na janela da padaria. E, ainda assim, muita gente tomaria isso como um sinal de que a pessoa era desequilibrada. O que é loucura para um pode ser sanidade para o outro, imagino. Além disso, achei que fui muito ardilosa ao descrever Stuart como um de "dois filhos" em vez de "um cara que eu conheci na Waffle House que estava com sacolas plásticas na cabeça".

– Ainda está aí? – perguntou ela. – E quanto ao trem?

– Acho que ainda está atolado. Ficou preso em um banco de neve ontem à noite, e precisaram desligar a energia e o aquecimento. Por isso descemos.

De novo, muito esperta ao dizer "descemos", e não "apenas eu, caminhando por uma interestadual de seis pistas durante a nevasca". Não era mentira também. Jeb e as Ambers e Madisons tinham feito a caminhada sozinhos, logo depois que eu abandonei os trilhos. Ter dezesseis anos significa precisar ser um genial editor de conversas.

– Como está... – Como se pergunta aos pais como está a *cadeia*?

– Estamos bem – disse mamãe, corajosa. – Estamos... ah, Julie. Ah, querida. Sinto muito por isso. Muito, muito mesmo. Não queríamos...

Pelo que ouvi, ela estava prestes a perder a compostura, e isso significava que eu também perderia em breve se não a interrompesse.

– Estou bem – falei. – As pessoas aqui estão cuidando muito bem de mim.

— Posso falar com elas?

Elas queria dizer Debbie, então a chamei. Ela pegou o telefone e teve uma daquelas conversas de mãe para mãe nas quais exprimem preocupação pelas crianças como um todo e fazem muitas expressões ansiosas. Debbie estava bem no meio da tarefa de confortar minha mãe, de ouvi-la falar, e eu descobri que ela não me deixaria ir a lugar nenhum por pelo menos um dia. Ouvi-a mencionar a ideia de que meu trem não ia a lugar nenhum, que não havia qualquer chance de eu conseguir chegar à Flórida.

— Não se preocupe — disse ela a mamãe. — Vamos cuidar muito bem da sua filha aqui. Temos muita comida boa, e vamos mantê-la contente e aconchegada e quentinha até as coisas melhorarem. Ela terá um bom Natal, prometo. E a enviaremos de volta para você em seguida.

Uma pausa enquanto minha mãe fazia promessas fraternas de gratidão em um tom agudo.

— Não é problema algum! — continuou Debbie. — Ela é muito agradável. E não é para isso que serve o Natal? Apenas tomem conta de si mesmos aí. Nós, fãs da Flobie, estamos torcendo por vocês.

Quando desligou, Debbie estava secando os olhos e anotando um número no ímã "Lista do Elfo" na geladeira.

— Eu deveria ligar para perguntar do trem — falei. — Se não tiver problema.

Não consegui falar com ninguém ao telefone, provavelmente porque era Natal, mas uma gravação disse que havia "atrasos substanciais". Olhei pela janela enquanto ouvia a voz citar as escolhas do menu. Ainda nevava. Não era um fim do mundo como na noite anterior, mas estava bem consistente.

Debbie ficou por ali um tempo, mas depois saiu. Liguei para Noah. Ele atendeu no sétimo toque.

– Noah! – falei, mantendo a voz baixa. – Sou eu! Estou...

– Oi! – disse ele. – Olha, íamos todos nos sentar para tomar café.

– Eu meio que tive uma noite ruim – falei.

– Ah, não. Sinto muito, Leu. Olha, ligo de volta daqui a pouquinho, está bem? Tenho o número. Feliz Natal!

Nada de "Amo você". Nada de "Meu Natal está arruinado sem você".

Então eu senti que ia perder a calma. Fiquei toda chorosa, mas não queria ser uma daquelas namoradas que choraminga quando o namorado não pode falar... mesmo que minhas circunstâncias fossem um pouco além do normal.

– Claro – respondi, mantendo a voz firme. – Depois a gente se fala. Feliz Natal.

E corri para o banheiro.

Capítulo Nove

Você só pode ficar durante certo tempo em um banheiro sem levantar suspeitas. Depois de meia hora, as pessoas começam a encarar a porta, imaginando como você está. Fiquei lá dentro por pelo menos isso, sentada no boxe com a porta fechada, soluçando em uma toalha de mão em que estava escrito DEIXE A NEVE CAIR!

É, deixe a neve cair. Deixe nevar e nevar e me enterre. Muito engraçado, Vida.

Eu estava meio que morrendo de medo de sair, mas, quando saí, vi que a cozinha estava vazia. No entanto, havia sido um pouco alegrada. Tinha uma vela de Natal acesa no meio do fogão, músicas do Bing Crosby estavam tocando, e uma chaleira fumegante de café fresco e bolo esperavam no balcão. Debbie surgiu da área de serviço que ficava ao lado do fogão.

– Pedi que Stuart fosse até o vizinho para pegar uma roupa de neve emprestada para Rachel – falou. – Ela cresceu, e a outra não cabe mais, e o vizinho tem uma bem do tamanho dela. Ele voltará logo.

Debbie acenou com a cabeça para mim como se dissesse *Sei que você precisava de um tempo sozinha. Eu dou cobertura.*

– Obrigada – respondi, sentando-me à mesa.

– E falei com seus avós – acrescentou ela. – Sua mãe me deu o número. Estavam preocupados, mas os acalmei. Não se preocupe, Jubileu. Sei que as festas podem ser difíceis, mas tentaremos tornar esta especial para você.

Obviamente, minha mãe havia contado a ela qual era meu nome verdadeiro. Ela o pronunciou com cuidado, como se quisesse me dizer que havia tomado nota. Que estava sendo sincera.

– Elas costumam ser ótimas – falei. – Nunca tive um Natal ruim antes.

Debbie se levantou e me serviu um pouco do café, colocando a xícara à minha frente junto com uma garrafa de leite e um enorme açucareiro.

– Sei que deve ser uma experiência muito ruim para você – disse ela –, mas acredito em milagres. Sei que parece brega, mas acredito. E acho que sua vinda para cá foi um pequeno milagre para nós.

Olhei para ela conforme colocava o leite no café e quase fiz a caneca transbordar. Eu tinha reparado em uma placa no banheiro que dizia ABRAÇOS DE GRAÇA AQUI! Não havia nada de errado com isso – Debbie era claramente uma boa pessoa –, mas talvez ela tendesse para o lado mais bobalhão do sentimentalismo.

– Obrigada? – respondi.

– O que quero dizer é... Stuart parece mais feliz hoje do que em... Bem, eu provavelmente não deveria dizer isso, mas... Bem, talvez ele já tenha contado. Ele conta a todo mundo, e vocês dois parecem já se dar muito bem, então...

– Contou o quê?

– Sobre Chloe – falou ela com os olhos arregalados. – Ele não contou?

– Quem é Chloe?

Debbie precisou se levantar e me servir uma fatia grossa de bolo antes de responder. E digo grossa de verdade. Tipo o sétimo livro do Harry Potter. Eu conseguiria derrubar um assaltante com aquela fatia de bolo. Assim que provei, no entanto, pareceu ser bem do tamanho certo. Debbie não brincava quando o assunto era manteiga e açúcar.

– Chloe – repetiu ela, baixando a voz – era a namorada de Stuart. Eles terminaram há três meses, e ele... bem, ele é um garoto tão doce... foi difícil para ele. Chloe era horrível com Stuart. Horrível. A noite passada foi a primeira em muito tempo em que vi uma chama do velho Stuart, quando você estava sentada com ele.

– Eu... o quê?

– Stuart tem um coração tão bom – continuou ela, ignorando o fato de que eu estava imóvel, com uma fatia de bolo a meio caminho da boca. – Quando o pai dele e de Rachel, meu ex-marido, foi embora, ele só tinha doze anos. Mas você devia ter visto como me ajudou e como era com Rachel. É um garoto tão bom.

Eu não sabia por onde começar. Havia algo chocante e esquisito em discutir o fim do namoro de Stuart com a mãe dele. A expressão diz que: o melhor amigo de um garoto é a mãe. Não é: o melhor *cafetão* de um garoto é a mãe dele. É assim por um motivo.

O pior, se é que poderia ficar pior, o que aparentemente havia acontecido... é que eu era o bálsamo que havia curado as feridas do filho dela. O milagre de Natal de Debbie. Ela me manteria ali para sempre, me enchendo de bolo e me vestindo em moletons grandes demais. Eu seria a Noiva de Flobie.

– Você mora em Richmond, não é? – continuou ela. – Fica a quê? Umas duas ou três horas de carro...

Eu estava pensando em me trancar no banheiro de novo quando Rachel entrou saltitando pela porta e escorregou até mim de pantufas. Ela subiu até metade do meu colo e observou meus olhos de perto. A menina ainda precisava de um banho.

– O que foi? – perguntou ela. – Por que está chorando?

– Ela está com saudade dos pais – respondeu Debbie. – É Natal, e ela não pode vê-los por causa da neve.

– Vamos cuidar de você – disse Rachel, pegando minha mão e usando aquela adorável voz do tipo "deixa eu lhe contar um segredo" que só as crianças podem usar. Mas, à luz dos comentários recentes da mãe dela, parecia um pouco ameaçador.

– Que gracinha, Rachel – falou Debbie. – Por que não vai escovar os dentes como uma garota crescida? Jubileu sabe escovar os dentes.

Sabe, mas não tinha escovado. Não havia escova de dente na minha mochila. Eu não estava no meu melhor estado quando fiz as malas.

Ouvi a porta da frente se abrir, e, um momento depois, Stuart entrou na cozinha com a roupa de neve.

— Precisei ver duzentas fotos em um porta-retratos digital — contou ele. — Duzentas. A sra. Henderson queria muito que eu soubesse como era incrível ele conseguir armazenar duzentas fotos. Mencionei que havia *duzentas* delas? Enfim.

Ele apoiou a roupa de neve, depois pediu licença para trocar a calça jeans, que estava ensopada de neve.

— Não se preocupe — falou Debbie quando ele saiu. — Vou levar a menininha para brincar lá fora para você poder relaxar. Você e Stuart passaram um frio terrível ontem à noite. Fique aqui e se aqueça pelo menos até descobrirmos algo sobre seu trem. Prometi a sua mãe que cuidaria de você. Portanto, você e Stuart fiquem aqui e façam alguma coisa. Tomem um bom chocolate quente, comam alguma coisa, fiquem aninhados debaixo de um cobertor...

Sob quaisquer outras circunstâncias, eu teria presumido que a última frase significava "Fiquem aninhados debaixo de *dois cobertores* separados, a muitos metros de distância, possivelmente com um lobo preso a uma corrente frouxa entre vocês", porque é isso que os pais sempre querem dizer. Debbie me passou a sensação de não se importar com a situação do modo como a quiséssemos levar. Se quiséssemos nos sentar no sofá e compartilhar um cobertor para conservar a temperatura corporal, ela não se oporia. Na verdade, era possível que diminuísse a temperatura do aquecedor e escondesse todos os cobertores menos um. Ela pegou a roupa de neve e foi atrás de Rachel.

Era tão alarmante que por um momento me esqueci do meu trauma.

– Você parece assustada – disse Stuart ao voltar. – Minha mãe andou assustando você?

Gargalhei um pouco alto demais e tossi o bolo, e Stuart me lançou o mesmo olhar que havia lançado na Waffle House na noite anterior, quando eu estava tagarelando a respeito dos tangencialmente suecos e da falta de sinal no celular. Mas, como na noite anterior, ele não fez comentários sobre meu comportamento. Simplesmente se serviu de uma xícara de café e me observou pelo canto do olho.

– Ela vai sair um pouquinho com minha irmã – falou ele. – Então seremos apenas nós. O que quer fazer?

Coloquei mais bolo na boca e fiquei em silêncio.

Capítulo Dez

Cinco minutos depois, estávamos na sala, e a minúscula Cidade do Papai Noel Flobie piscava. Stuart e eu nos sentamos no sofá, mas não, como Debbie provavelmente esperava, aconchegados sob o mesmo cobertor. Tínhamos dois separados, e me sentei com as pernas para cima, formando uma barreira protetora com os joelhos. No andar de cima, conseguia ouvir os gritinhos abafados de Rachel conforme ela era enfiada em uma roupa de neve.

Observei Stuart com atenção. Ele ainda parecia bonito. Não do mesmo modo que Noah. Noah não era perfeito. Não tinha nenhuma característica incrível. Em vez disso, tinha uma confluência de aspectos harmônicos que se aceitavam mutuamente e formavam um todo muito atraente, embalado com perfeição nas roupas certas. Noah não esnobava com as roupas, mas tinha um jeito esquisito de prever o que seria popular a seguir. Tipo, ele começava a usar as camisas com um lado para dentro da calça e o outro para fora, e logo depois a gente recebia um catálogo em que todos os caras usavam a camisa daquele jeito. Ele estava sempre um passo à frente.

Não havia nada estiloso em Stuart. Devia ter apenas um leve interesse em roupas e – eu imaginava – nenhuma ideia de que havia opções de uso de camisetas e jeans. Ele tirou o suéter, revelando uma camiseta vermelha lisa por baixo. Seria genérica demais para Noah, mas Stuart não tinha um pingo de timidez, então parecia certa. E, ainda que estivesse larga, dava para ver que ele era bem musculoso. Alguns garotos podem surpreender nesse sentido.

Se tinha qualquer conhecimento do que a mãe estava tramando, Stuart não demonstrou sinais. Fazia comentários divertidos sobre os presentes de Rachel, e eu mantinha um sorriso rígido, fingindo ouvir.

– Stuart! – gritou Debbie. – Pode subir aqui? Rachel ficou presa.

– Já volto – disse ele para mim.

Subiu as escadas dois degraus por vez, e eu saí do sofá pra examinar as peças Flobie. Talvez, se conseguisse conversar com Debbie sobre o valor potencial das peças, ela parasse de falar comigo sobre Stuart. Claro que esse plano poderia dar errado e fazer com que ela gostasse *mais* de mim.

Havia uma conferência familiar abafada no andar de cima. Eu não tinha certeza do que havia acontecido com Rachel e a roupa de neve, mas parecia ser complexo.

– Talvez se a virarmos de cabeça para baixo – dizia Stuart.

Eis aqui outra questão: por que ele não havia mencionado a tal Chloe para mim? Não que fôssemos melhores amigos ou algo assim, mas parecíamos nos dar bem, e ele se sentira confortável o bastante para me encher o saco a respeito de Noah. Por que não dissera alguma coisa quando mencionei a namorada, principalmente, se Debbie estivesse certa nesse ponto, se ele contava a *todos* sobre isso?

Não que eu me importasse, claro. Não era da minha conta. Stuart apenas queria manter a dor para si mesmo – provavelmente porque não tinha intenção de chegar a lugar algum comigo. Éramos amigos. Novos amigos, mas amigos. Eu, mais do que qualquer um, não poderia julgar alguém porque a mãe havia se comportado de modo estranho e o colocado numa situação constrangedora. Eu, com os pais na cadeia e a corrida pela nevasca à meia-noite. Se Debbie tinha o gene assustador da casamenteira, o filho não poderia ser culpado por isso.

Quando os três desceram as escadas (Rachel nos braços de Stuart, pois pelo visto ela não conseguia se mover na roupa de neve), senti-me muito mais relaxada com a situação. Stuart e eu éramos vítimas dos comportamentos de nossos pais. Ele era como um irmão para mim nesse aspecto.

Quando Debbie apressou Rachel, que estava enrolada como uma múmia, para o lado de fora, eu tinha me acalmado. Teria por volta de uma hora legal e amigável com Stuart. Gostava da companhia dele, e não havia com o que me preocupar. Quando me virei para começar essa hora legal e amigável, reparei que Stuart estava com uma expressão de dúvida no rosto. Ele me olhava com cautela.

– Posso fazer uma pergunta? – disse ele.

– Hum...

Ele cruzou os dedos de modo nervoso.

— Não sei como dizer isso. Preciso perguntar. Eu estava conversando com minha mãe e...

Não. Não, não, não, não.

— Seu nome é *Jubileu?* — disse ele. — Sério?

Caí no sofá aliviada, o que fez com que Stuart quicasse um pouco. A conversa que eu geralmente detestava... agora era a coisa mais bem-vinda e maravilhosa do mundo. Jubileu estava cheia de júbilo.

— Ah... sim. É. Ela ouviu certo. Recebi o nome em homenagem ao Salão Jubileu.

— Quem é Salão Jubileu?

— Não quem. O quê. É uma das peças da Flobie. Você não tem. Tudo bem. Pode rir. Eu sei que é idiota.

— Eu recebi o nome do meu pai — falou ele. — O mesmo nome e o nome do meio. Isso é tão idiota quanto.

— É? — perguntei.

— Pelo menos você ainda tem sua peça — disse ele de modo casual. — Meu pai nunca esteve muito por perto.

Era uma boa observação, precisei admitir. Ele não parecia especialmente amargurado em relação ao pai. Parecia algo que havia passado há muito tempo e não era mais relevante na vida dele.

— Não conheço nenhum Stuart — falei. — A não ser por Stuart Little. E você.

— Exatamente. Quem chama o filho de Stuart?

— Quem chama o filho de *Jubileu?* Não é nem um nome. Não é nem uma coisa. O que é um jubileu?

— É uma festa, não é? – perguntou ele. – Você é uma grande festa itinerante.

— Ah, e eu não sei?!

— Aqui – disse ele, levantando-se e pegando um dos presentes de Rachel. Era um jogo de tabuleiro chamado Armadilha. – Vamos jogar.

— É da sua irmãzinha – falei.

— E daí? Vou ter que jogar com ela mesmo. Posso ir aprendendo. E parece que tem muitas peças. Uma boa maneira de matar o tempo.

— Eu nunca consigo apenas matar o tempo – falei. – Sinto como se devesse estar fazendo alguma coisa.

— Como o quê?

— Como...

Não fazia ideia. Eu sempre estava a caminho de alguma coisa. Noah não era de matar tempo. Como diversão, atualizávamos o site do conselho do colégio.

— Entendo – disse Stuart, erguendo a caixa do Armadilha e sacudindo a tampa até sair – que você provavelmente leva uma vida chique na cidade grande. De onde quer que você seja.

— Richmond.

— A chique Richmond. Mas, aqui em Gracetown, matar o tempo é uma arte. Agora... que cor você quer?

Não sei o que Debbie e Rachel faziam, mas elas ficaram na neve durante duas boas horas ou mais – e Stuart e eu jogamos Armadilha o tempo todo. Da primeira vez tentamos fazer do jeito certo, mas Armadilha tem um monte de apetrechos e coisas que giram e deixam cair uma bolinha de gude. É estranhamente complicado para um jogo de criança.

Da segunda vez que jogamos, criamos regras totalmente novas, das quais gostamos muito mais. Stuart era uma ótima companhia – tão boa que eu nem reparei (muito) que Noah estava demorando para ligar de volta. Quando o telefone tocou, eu pulei.

Stuart atendeu, porque eu estava na casa dele, e passou para mim com uma expressão meio estranha, como se estivesse descontente.

– Quem era esse? – perguntou Noah quando atendi.

– Stuart. Estou aqui na casa dele por um tempo.

– Achei que tinha dito que ia para a Flórida?

Ao fundo, dava para ouvir muito barulho. Música, pessoas conversando. O Natal prosseguia normalmente na casa dele.

– Meu trem atolou – expliquei. – Batemos em um banco de neve. Acabei saindo e andei até uma Waffle House e...

– Por que saiu?

– Por causa das líderes de torcida – respondi com um suspiro.

– Líderes de torcida?

– De qualquer forma, acabei conhecendo Stuart e estou ficando com a família dele. Caímos em um riacho congelado no caminho. Estou bem, mas...

– Uau – disse Noah. – Isso parece bem complicado. – Finalmente. Ele estava entendendo. – Olhe – continuou. – Vamos visitar os vizinhos. Eu ligo de volta daqui a uma hora, e você me conta a história toda.

Precisei afastar o telefone da orelha, de tão grande que foi meu choque.

— Noah — falei ao colocá-lo de volta no lugar. — Você ouviu o que acabei de dizer?

— Ouvi. Você precisa me contar tudo. Não vou demorar muito. Talvez uma hora ou duas.

E ele desligou *de novo*.

— Que rápido — disse Stuart ao entrar na cozinha e seguir até o fogão. Ele acendeu o fogo da chaleira.

— Ele precisou ir a um lugar — falei com pouco entusiasmo.

— E ele simplesmente saiu? Isso é meio idiota.

— Por que isso é idiota?

— Estou só dizendo. Eu ficaria preocupado. Sou preocupado.

— Você não parece ser preocupado — murmurei. — Parece bem feliz.

— Você pode ser feliz e preocupado. Eu definitivamente me preocupo.

— Com o quê?

— Bem, a nevasca, por exemplo — disse, apontando para a janela. — Meio que me preocupo com a possibilidade de o meu carro ser destruído por uma escavadeira de neve.

— Isso é muito profundo — comentei.

— O que eu deveria dizer?

— Você não *deveria* dizer nada — respondi. — Mas e quanto ao fato de essa nevasca ser prova da mudança climática? E quanto às pessoas que ficam doentes e não podem ir ao hospital por causa da neve?

– É isso que Noah diria?

Essa menção inesperada a meu namorado não foi bem-vinda. Não que Stuart estivesse errado. Eram exatamente as coisas que Noah teria mencionado. Era estranhamente preciso.

– Você me fez uma pergunta – disse ele –, e eu dei a resposta. Posso falar uma coisa que você realmente não quer ouvir? – perguntou Stuart.

– Não.

– Ele vai terminar com você.

Assim que Stuart falou, senti uma pancada no estômago.

– Só estou tentando ser prestativo e sinto muito – continuou ele, observando meu rosto. – Mas ele *vai* terminar com você.

Mesmo conforme ele falava, algo em mim sabia que Stuart havia atingido um ponto terrível, um ponto... possivelmente verdadeiro. Noah estava me evitando como se eu fosse uma obrigação – mas Noah não fugia das obrigações. Ele as tomava para si. Eu era a única coisa da qual ele fugia. O lindo, popular e fabuloso "em todos os sentidos" Noah estava me afastando. Essa percepção ardia. Eu odiava Stuart por dizer isso e precisava que ele soubesse.

– Você só está dizendo isso por causa de Chloe? – perguntei.

Funcionou. A cabeça de Stuart caiu um pouquinho para trás. Ele empurrou o maxilar para trás e para a frente algumas vezes, depois se acalmou.

– Deixe-me adivinhar – disse ele. – Minha mãe contou tudo a você.

– Ela não me contou *tudo*.

– Isso não tem nada a ver com Chloe – falou Stuart.

– Ah, não? – respondi. Eu não tinha ideia do que havia acontecido entre Stuart e Chloe, mas consegui a reação que queria.

Ele se levantou e pareceu bem alto de onde eu estava.

– Chloe não tem nada a ver com isso – repetiu ele. – Quer saber como eu sei o que vai acontecer?

Na verdade, não. Eu não queria. Mas Stuart ia me contar de qualquer forma.

– Primeiro, ele está evitando você no Natal. Quer saber quem faz isso? Pessoas que estão prestes a terminar com alguém. Sabe por quê? Porque datas importantes fazem com que elas entrem em pânico. Feriados, aniversários, aniversários de namoro... Sentem-se culpadas e não conseguem embarcar nessa com você.

– Ele só está ocupado – falei com a voz fraca. – Tem muito o que fazer.

– É, bem, se eu tivesse uma namorada e os pais dela tivessem sido presos na véspera de Natal, e ela tivesse que fazer uma longa viagem de trem no meio de uma nevasca... Eu ficaria com o telefone na mão a noite toda. E o atenderia. No primeiro toque. Todas as vezes. Eu ligaria para saber como ela estava.

Fiquei em silêncio pelo choque. Ele estava certo. Era exatamente o que Noah *deveria* ter feito.

– Além disso, você acabou de dizer a ele que caiu em um riacho congelado e ficou presa em uma cidade estranha. E ele desligou? Eu *faria* alguma coisa. Viria até aqui, com ou sem neve. Talvez pareça idiota, mas eu faria. E quer meu conselho? Se ele não terminar com você, você deveria dar um chute na bunda dele.

    Stuart falou tudo isso com pressa, como se as palavras estivessem sendo sopradas por uma tempestade emocional bem no fundo dele. Porque havia uma força nas palavras, e foi... tocante. Porque claramente foi sincero. Disse tudo que eu desejava que Noah dissesse. Acho que se sentiu mal, porque se mexeu para a frente e para trás depois disso, esperando para ver que danos havia causado. Levei um ou dois minutos para conseguir falar.

    — Preciso de um minuto — admiti finalmente. — Tem algum lugar... aonde eu possa ir?

    — Meu quarto — ofereceu ele. — O segundo à esquerda. Está meio bagunçado, mas...

    Levantei-me e deixei a mesa.

Capítulo Onze

O quarto de Stuart era bagunçado. Ele não estava de brincadeira. Era o oposto do quarto de Noah. A única coisa que estava perfeitamente no lugar era uma cópia emoldurada, sobre a escrivaninha, da foto que eu vira na carteira dele. Eu me aproximei para olhar. Chloe era uma beldade, sem brincadeira. Cabelo castanho-escuro longo. Cílios com os quais era possível varrer o chão. Um sorriso grande e alegre, bronzeado natural, algumas sardas. Tinha beleza até os ossos.

Sentei sobre a cama desfeita de Stuart e tentei pensar, mas havia apenas um zumbido baixinho na minha cabeça. Do andar de baixo, ouvi o som de piano sendo muito bem tocado. Stuart tocava músicas de Natal. Ele tinha estilo de verdade – não apenas como uma daquelas pessoas que toca de modo mecânico. Ele poderia tocar em um restaurante ou no saguão de um hotel. Talvez em algum lugar melhor, até, mas esses eram os únicos lugares em que eu vira pianistas, na verdade.

Do lado de fora da janela, dois passarinhos se aninhavam em um galho, sacudindo a neve de cima das penas.

Havia um telefone no chão de Stuart. Peguei-o e disquei. Noah parecia um pouquinho irritado quando atendeu.

– Oi – disse ele. – O que foi? Estávamos saindo e...

– Nas últimas vinte e quatro horas – comecei a falar, interrompendo-o –, meus pais foram presos. Eu fui colocada em um trem, que ficou atolado em uma nevasca. Andei quilômetros sobre neve espessa com sacolas plásticas na cabeça. Caí em um riacho e estou presa em uma cidade estranha com pessoas que não conheço. E a sua desculpa para não poder falar comigo é... qual exatamente? O Natal?

Isso o calou. Não era exatamente o que eu queria, mas fiquei feliz em ver que Noah tinha algum senso de vergonha.

– Ainda quer namorar comigo? – perguntei. – Seja sincero comigo, Noah.

O outro lado da linha ficou silencioso por um longo tempo. Longo demais para a resposta ser "Sim. Você é o amor da minha vida".

– Leu – disse Noah, a voz baixa e rouca. – Não deveríamos conversar sobre isso agora.

– Por quê? – perguntei.

– É Natal.

– Não é *mais* motivo ainda para conversar?

– Você sabe como as coisas são aqui.

– Bem – falei e ouvi a raiva tomar minha voz. – Você precisa conversar comigo porque eu estou terminando com você.

Eu mal acreditava no que saía da minha boca. As palavras pareciam vir de um lugar bem no fundo, muito além do lugar onde eu as guardava, depois das ideias... de algum quartinho dos fundos que eu nem sabia que estava ali.

Houve um longo silêncio.

— Tudo bem — disse ele. Era impossível saber qual era o tom de voz. Pode ter sido tristeza. Pode ter sido alívio. Ele não me implorou para eu retirar o que disse. Ele não chorou. Simplesmente não fez nada.

— Bem? — perguntei.

— Bem, o quê?

— Não vai nem falar nada?

— Eu meio que sei há um tempo — falou ele. — Também andava pensando nisso. E, se é o que você quer, sabe, acho que é melhor assim e...

— Feliz Natal — falei. Desliguei. Minha mão tremia. O corpo inteiro praticamente. Fiquei sentada na cama de Stuart e passei os braços ao redor do corpo. No andar de baixo, a música parou, e a casa se encheu de um tipo sufocante de silêncio.

Stuart apareceu à porta e a abriu com cuidado.

— Só queria saber se você está bem — disse ele.

— Eu falei tudo — respondi. — Peguei o telefone e falei tudo.

Stuart entrou e se sentou. Não colocou os braços ao redor de mim, apenas se sentou ao meu lado, meio que perto, mas com um pequeno espaço entre nós.

— Ele não pareceu surpreso — falei.

— Imbecis nunca ficam. O que ele disse?

– Algo sobre saber há algum tempo, que provavelmente é melhor assim.

Por algum motivo, isso me fez soluçar. Ficamos em silêncio durante um tempo. Minha cabeça estava girando.

– Chloe era como Noah – disse ele por fim. – Realmente... perfeita. Linda. Boas notas. Cantava, fazia caridade e era... você vai gostar disso... líder de torcida.

– Parece um partidão – comentei de forma sombria.

– Eu nunca soube por que ela saía comigo. Eu era só um cara, e ela era *Chloe Newland*. Namoramos por catorze meses. Éramos bem felizes, até onde eu sabia. Pelo menos eu era. O único problema é que ela estava sempre ocupada e ficou cada vez mais ocupada. Ocupada demais para passar pelo meu armário no colégio ou na minha casa, para ligar, para mandar um e-mail. Então eu ia até a casa dela. Ligava para ela. Mandava e-mails para ela.

Era tudo tão terrivelmente familiar.

– Uma noite – continuou ele –, deveríamos estudar juntos, e ela simplesmente não apareceu. Fui de carro até a casa dela, mas a mãe disse que ela não estava lá. Comecei a ficar meio preocupado, porque normalmente ela ao menos me mandava uma mensagem se precisasse cancelar. E comecei a dirigir por aí, procurando o carro de Chloe, quer dizer, existe um limite de lugares para onde se pode ir em Gracetown. Encontrei-o em frente à loja do Starbucks, o que fazia sentido. Estudamos muito lá porque... que outra opção a sociedade nos dá, certo? É a Starbucks ou a morte às vezes.

Ele sacudia as mãos furiosamente, puxando os dedos.

— O que eu *imaginei* — disse Stuart enfaticamente — é que eu tinha cometido um erro e deveria estar estudando com ela na Starbucks o tempo todo, mas havia esquecido. Chloe não gostava muito de vir aqui, em casa. Às vezes ficava com um pouco de medo da minha mãe, se é que dá para acreditar nisso.

Ele olhou para cima, como se esperasse uma gargalhada minha. Consegui dar um sorriso fraco.

— Fiquei *tão aliviado* quando vi o carro dela ali. Estava cada vez mais preocupado ao dirigir por aí. Sentia-me um idiota. *É claro* que ela estava esperando por mim na Starbucks. Entrei, mas ela não estava em nenhuma das mesas. Uma das minhas amigas, Addie, trabalha no balcão. Perguntei se havia visto Chloe, pois o carro dela estava ali.

Stuart passou as mãos pelos cabelos até ficarem meio cheios. Resisti à vontade de baixá-los. Meio que gostava daquela forma. Algo sobre o cabelo bem cheio dele fez com que eu me sentisse melhor — acabou com parte da queimação que eu sentia no peito.

— Addie estava apenas com uma expressão muito triste no rosto e disse "Acho que ela está no banheiro". Não entendi o que poderia ser tão triste em estar no banheiro. Comprei uma bebida para mim e uma para Chloe e me sentei para esperar. Há apenas um banheiro na Starbucks, então ela precisaria sair em algum momento. Eu não estava com o computador ou nenhum livro, então fiquei só olhando para o mural na parede onde fica a porta do banheiro. Estava pensando em como era idiota ficar preocupado com ela e como eu a havia deixado esperando e percebi que Chloe estava no banheiro havia muito, muito tempo, e que Addie ainda estava me olhando de um jeito muito triste. Addie foi até lá e bateu à porta, e Chloe saiu. Além de Todd, o Puma.

– Todd, o *Puma?*

– Não é um apelido. Ele é *literalmente* o Puma. Nosso mascote. Veste a fantasia de puma e faz as danças do puma e tudo isso. Durante um minuto, meu cérebro tentou juntar as peças... tentou entender por que Chloe e Todd, o Puma, estavam em um banheiro da Starbucks. Acho que minha primeira expectativa foi de que não poderia ser nada ruim, pois todos pareciam saber que eles estavam ali dentro. Mas, pelas expressões no rosto de Addie e no de Chloe, não olhei para Todd, tudo finalmente se encaixou. Ainda não sei se foram lá pra dentro porque me viram chegar ou se estavam lá havia algum tempo. Se você está se escondendo do namorado em um banheiro com o Puma... os detalhes meio que não importam.

Por um momento, esqueci completamente o telefonema. Estava naquela Starbucks com Stuart, vendo uma líder de torcida que eu não conhecia surgir de dentro de um banheiro com Todd, o Puma. Mas na minha imaginação ele vestia a fantasia de puma, o que provavelmente não foi o que aconteceu.

– O que você fez? – perguntei.

– Nada.

– Nada?

– Nada. Simplesmente fiquei parado, pensando que ia vomitar bem ali. Mas Chloe ficou furiosa. Comigo.

— Como *isso* é possível? – falei com ódio em defesa dele.

— Acho que ficou assustada com o fato de ter sido descoberta, e foi a única forma que pensou em reagir. Ela me acusou de espioná-la. E me chamou de possessivo. Disse que eu colocava pressão demais sobre ela. Acho que quis dizer emocionalmente, acho, mas soou *tão mal*. Então, além de tudo, ela fez com que eu parecesse um pervertido na frente de todo mundo na Starbucks, o que poderia muito bem ter sido todo mundo na cidade, porque nada fica em segredo por aqui. Eu queria dizer "Você está se agarrando com o Puma no banheiro da Starbucks. *Eu não sou o vilão desta história*". Mas não falei, porque literalmente não conseguia falar. Deve ter parecido que eu *concordei* com ela. Como se eu estivesse admitindo que era um perseguidor maníaco sexual possessivo e grudento... e não o cara que estava apaixonado por ela, que estava apaixonado por ela fazia mais de um ano, que teria feito tudo o que ela pedisse...

Em algum momento após o término do namoro, Stuart deve ter contado essa história o tempo todo, mas ele obviamente não fazia isso havia algum tempo. Estava sem prática. A expressão no rosto não mudou muito – toda a emoção parecia vir das mãos. Ele havia parado de sacudi-las, e no momento tremiam só um pouquinho.

— Addie finalmente levou Chloe para o lado de fora a fim de acalmá-la – disse ele. – Foi assim que tudo terminou. E eu ganhei um *latte* por conta da casa. Então não foi uma perda total. Virei um cara célebre por ter sido chutado em público quando a namorada o traiu com o Puma. De qualquer forma... Eu tinha um objetivo em dizer tudo isso. Meu objetivo é que

esse cara... – Ele apontou de modo acusatório para o telefone.
– É um babaca, embora isso não deva significar muito para você agora.

Minhas lembranças do último ano estavam passando na mente como um filme em alta velocidade, mas eu estava assistindo a todas de um ângulo diferente da câmera. Lá estava eu, Noah segurava minha mão, um passo à frente, puxando-me pelo corredor, falando com todo mundo menos comigo pelo caminho. Eu me sentava com ele na primeira fileira nos jogos de basquete da escola, mesmo que Noah soubesse que, desde que fui atingida por uma bola desgovernada no rosto, eu morria de medo desses assentos. Ainda assim, ficávamos ali, eu congelada pelo terror, assistindo a um jogo que nunca me interessou. Sim, eu me sentava com os veteranos de alto escalão no almoço, mas as conversas eram repetitivas. Só falavam sobre como eram ocupados, como estavam montando os currículos para os documentos de admissão na faculdade. Como iam se encontrar com recrutadores. Como organizavam os calendários on-line. Quem os estava recomendando.

Nossa... passei um ano entediada. Não falava sobre *mim* havia séculos. Stuart estava falando sobre mim. Estava prestando atenção. Senti-me como uma estranha e um pouco desconfortavelmente íntima, mas até que ótima. Meus olhos se encheram d'água.

Ao ver isso, Stuart se ajeitou e abriu um pouco os braços, como se me convidasse a desistir dos esforços para me conter. Havíamos nos aproximado bastante em algum momento, e havia uma energia latente. Algo estava prestes a ceder. Senti que estava para chorar. Isso me deixou com ódio. Noah não merecia. Eu *não ia começar a chorar.*

Então, beijei Stuart.

Quer dizer, beijei mesmo. Derrubei-o para trás. Ele me beijou de volta. Um beijo bom. Não muito seco, não muito molhado. Beirou um pouco o frenético, talvez porque nenhum de nós tivesse se preparado mentalmente, então estávamos pensando *Ah, certo! Beijar! Rápido! Rápido! Mais movimento! Engatar a língua!*

Levamos mais ou menos um minuto para nos recuperarmos e estabelecermos um ritmo um pouco mais lento. Senti que flutuava, e então houve um enorme baque, algo caindo, e gritos vindos do andar de baixo. Parece que Debbie e Rachel haviam escolhido aquele momento para amarrar o trenó com os cães e retornar de sua corrida pessoal pelas ruas de Gracetown. Entraram na casa aos tropeços daquele modo ridiculamente barulhento com que se costuma voltar da neve ou da chuva. (Por que o clima nos torna mais barulhentos?)

– Stuart! Jubileu! Tenho cupcakes especiais do Papai Noel! – gritava Debbie.

Nenhum de nós se mexeu. Eu ainda estava debruçada sobre Stuart, basicamente o prendendo ao chão. Ouvimos Debbie chegar à metade das escadas, onde deve ter visto a luz do quarto acesa.

De novo, a reação normal de um pai seria dizer algo como: "É melhor saírem neste momento ou eu vou virar bicho!" Mas Debbie não era uma mãe normal, então ouvimos uma risadinha, e ela virou as costas.

– Shhh... Rachel! Venha com a mamãe! Stuart está ocupado! – falou ela.

A aparição repentina de Debbie na cena fez meu estômago se contrair. Stuart revirou os olhos para trás em agonia. Eu o soltei, e ele se levantou em um salto.

– É melhor eu descer – disse ele. – Você está bem? Precisa de alguma coisa ou...

– Estou ótima! – respondi com um entusiasmo repentino e insano. Mas, a essa altura, Stuart estava acostumado com minhas táticas, minhas tentativas de me fazer parecer normal.

Com muita sensibilidade, ele saiu do quarto.

Capítulo Doze

Quer saber quanto tempo levou para eu terminar com meu namorado "perfeito" e me agarrar com um garoto novo? Levou... espere só... *vinte e três minutos*. (Olhei para o relógio de Stuart assim que peguei o telefone. Eu não tinha um cronômetro.)

Por mais que quisesse, eu não podia me esconder no andar de cima para sempre. Mais cedo ou mais tarde, teria que descer e enfrentar o mundo. Sentei-me no chão sob a porta e parei para ouvir com o máximo de atenção que pude o que acontecia lá embaixo. A maior parte do que ouvi foi Rachel batendo em alguns brinquedos e depois ouvi alguém sair da casa. Parecia uma boa deixa. Desci as escadas em silêncio. Na sala, Rachel estava mexendo no jogo Armadilha, que ainda estava sobre a mesa. Ela me deu um sorriso cheio de dentes.

— Estava brincando com Stuart? – perguntou.

A pergunta tinha muitos sentidos. Eu era uma mulher muito, muito suja, e até uma menina de cinco anos sabia.

— Sim — respondi, tentando manter alguma dignidade. — Estávamos brincando de Armadilha. Como estava a neve, Rachel?

— Mamãe disse que Stuart gosta de você. Eu consigo enfiar uma bolinha de gude no nariz. Quer ver?

— Não, você não deveria...

Rachel enfiou uma das bolinhas de gude do Armadilha bem dentro do nariz. Depois a extraiu e ergueu para que eu examinasse.

— Viu? — disse ela.

Ah, eu vi, sim.

— Jubileu? É você?

Debbie apareceu à porta da cozinha com o rosto corado, parecendo meio nervosa e muito encharcada.

— Stuart foi até o outro lado da rua para ajudar a sra. Addler a limpar a entrada da casa — falou ela. — Ele viu que ela estava com dificuldades. Ela tem um olho de vidro e as costas ruins, sabe? Vocês dois tiveram uma tarde... boa?

— Foi legal — respondi, inexpressiva. — Brincamos de Armadilha.

— É assim que se chama hoje em dia? — perguntou Debbie com um sorriso terrível na minha direção. — Preciso dar um banho rápido em Rachel. Sinta-se à vontade para fazer um chocolate quente ou o que quiser!

Ela parou pouco antes de acrescentar "futura jovem noiva do meu único filho".

Debbie rodeou Rachel com um enfático "Vamos, podemos subir *agora*", deixando-me com o chocolate quente e minha vergonha e depressão. Fui até a janela da sala e olhei para fora. Claro que Stuart estava lá, dando uma ajuda bem-vinda à vizinha no momento de necessidade. Ele estava apenas fugindo de mim, é claro. Fazia total sentido. Eu teria feito o mesmo. Era perfeitamente racional deduzir que eu só ia piorar. Poderia continuar em uma espiral descendente, mergulhando mais e mais num pântano de incômodo e comportamentos inexplicáveis. Como meus pais presidiários antes de mim, eu era imprevisível. Melhor ir empurrar algumas toneladas de neve para a vizinha com olho de vidro e torcer para que eu fosse embora.

E era precisamente o que eu precisava fazer. Ir embora. Sair daquela casa e daquela vida enquanto eu ainda tinha um pingo de dignidade. Eu iria encontrar o trem, que deveria deixar a cidade em breve, de qualquer forma.

Fiz movimentos rápidos assim que tomei a decisão e corri até a cozinha. Peguei o telefone no balcão, dei uns tapas nele e cutuquei o botão liga/desliga. Não esperava que funcionasse, mas alguém teve piedade de mim. Depois de um momento, ele voltou à vida com dificuldade. A tela não estava centralizada, e as palavras estavam todas embaralhadas, mas havia um vestígio de vida na coisa.

Minhas roupas, o casaco e a mochila estavam todos na área de serviço do lado de fora da cozinha, em diversos estágios de secagem. Vesti-os, deixando os moletons sobre a máquina de lavar. Havia um contêiner de sacolas plásticas no canto, então peguei umas dez. Senti-me mal ao pegar algo sem pedir, mas sacolas plásticas não contam de verdade como "algo". São como lenços, mas menos caros. Em um último gesto, estiquei o braço e peguei uma das etiquetas natalinas de endereço sobre um organizador no balcão. Eu mandaria um bilhete quando chegasse em casa. Talvez eu fosse completamente lunática, mas era completamente lunática e *educada*.

É claro que precisei sair pela porta dos fundos, aquela por onde havia entrado na noite anterior. Se saísse pela frente, Stuart me veria. A neve tinha se acumulado na porta dos fundos, tinha pelo menos sessenta centímetros de espessura – e não era mais a neve fofa e úmida da noite anterior. Tinha endurecido com o frio. Mas eu estava operando com o combustível da confusão e do pânico, o departamento que, como falei, está sempre pronto e a postos para começar a trabalhar. Joguei todo o meu peso contra a porta e senti que ela balançou e se entortou. Fiquei com medo de quebrá-la com a força, o que daria um sentido completamente diferente à minha partida. Eu conseguia visualizar muito claramente: Stuart ou Debbie encontraria a porta amassada fora das dobradiças, caída na neve. "Ela entrou, violentou o menino, roubou sacolas plásticas e arrebentou a porta durante a fuga", diria a polícia no boletim de ocorrência. "Provavelmente a caminho de libertar os pais da cadeia."

Consegui abri-la o suficiente para me esgueirar para fora, rasgando as sacolas e arranhando o braço no processo. Assim que saí, a porta ficou emperrada na posição em que estava, então gastei mais dois ou três minutos empurrando-a de volta. Feito isso, deparei-me com outro problema. Não podia tomar de volta o caminho pelo qual tínhamos chegado, pois não queria dar outro mergulho no riacho congelado. Não que eu fosse capaz de descobrir o caminho. Todos os quatro rastros haviam desaparecido. Eu estava em uma leve colina diante de um aglomerado pouco familiar de árvores nuas retorcidas e os fundos de uma dúzia de casas idênticas. A única coisa de que tinha certeza era que o rio estava abaixo de mim, provavelmente em algum lugar naquelas árvores. A aposta mais segura seria me manter próxima às casas e trilhar o caminho por alguns quintais. Então conseguiria voltar para uma estrada, e dali, presumi, seria fácil encontrar o caminho de volta para a interestadual, a Waffle House e o trem.

Ver observação anterior sobre a minha pessoa e minhas suposições.

A subdivisão do bairro de Stuart não seguia a adorável e organizada lógica das ruas da Cidade do Papai Noel Flobie. Aquelas casas haviam sido fincadas com uma aleatoriedade alarmante – os espaços eram desiguais, as linhas eram tortas, como se quem tivesse projetado o local dissesse: "Vamos seguir esse gato, e onde ele se sentar nós construímos alguma coisa." A desorientação era tanta que eu nem consegui descobrir onde deveria ser a rua. A neve não havia sido escavada em lugar algum, e as luzes da rua da noite anterior estavam apagadas. O céu estava branco em vez do rosa maluco da noite. Era o horizonte mais indefinido que eu já vira, e não havia uma rota óbvia de saída.

Enquanto caminhava com dificuldade pelo condomínio, tive bastante tempo para considerar o que eu tinha acabado de fazer com a minha vida. Como explicaria o término para minha família? Eles *amavam* Noah. Não tanto quanto eu, é claro, mas muito. Meus pais estavam claramente orgulhosos de eu ter um namorado tão impressionante. No entanto, meus pais estavam na cadeia por causa de um Hotel dos Elfos da Flobie, então eles talvez precisassem rever as prioridades. Além disso, se eu dissesse que estava mais feliz assim, eles aceitariam.

Meus amigos, as pessoas da escola... era outra história. Eu não namorei Noah pelos benefícios – eles apenas vinham como parte do serviço.

E havia Stuart, é claro.

Stuart, que tinha acabado de testemunhar minha passagem por um arco-íris inteiro de emoções e experiências. Havia a Jubileu dos "pais que acabaram de ser presos", a Jubileu "presa numa cidade estranha", a Jubileu "maluca que não cala a boca", a Jubileu "meio desconfiada do cara estranho tentando me ajudar", a Jubileu do término e a extremamente popular Jubileu que "agarra você de repente".

Eu tinha estragado tanto, tanto aquilo. Tudo. O arrependimento e a humilhação doíam muito mais do que o frio. Precisei de algumas ruas para perceber que não estava arrependida por causa de Noah... era Stuart. Stuart que havia me salvado. Stuart que parecia mesmo querer passar o tempo comigo. Stuart que era direto comigo e me disse para me valorizar.

Esse último era o Stuart que ficaria muito aliviado em ver que eu tinha ido embora, por todas as razões que acabei de listar. Contanto que as notícias sobre a prisão de meus pais não fossem muito detalhadas, eu seria irrastreável. Bem, meio irrastreável. Talvez ele conseguisse me encontrar em algum lugar on-line, mas nunca procuraria. Não depois do show de horrores que eu acabara de apresentar.

A não ser que eu acabasse na porta dele de novo. Depois de uma hora caminhando pelo condomínio, percebi que isso era um perigo real. Estava olhando para as mesmas casas idiotas, ficava presa em becos sem saída. Ocasionalmente parava e pedia orientações a pessoas que limpavam as entradas das casas, mas todas pareciam muito preocupadas por eu estar querendo andar até tão longe e não queriam me dizer como chegar lá. Pelo menos metade delas me convidou para entrar e me aquecer, o que pareceu bom, mas eu não arriscaria mais. Tinha entrado em uma casa em Gracetown e olha aonde isso havia me levado.

Eu me arrastava por um grupo de menininhas que ria na neve quando o desespero realmente se instaurou. As lágrimas estavam prestes a descer. Não conseguia mais sentir os pés. Meus joelhos estavam duros. Foi quando ouvi a voz dele atrás de mim.

– Espera aí – disse Stuart.

Parei de repente. Fugir é bem patético, mas ser pega é bem pior. Fiquei parada ali por um momento, pouco disposta (e parcialmente incapaz) a me virar para encará-lo. Tentei fazer a expressão mais casual que pude, do tipo "engraçado topar com você aqui, a vida não é hilária"?! Pelo modo como os músculos da minha mandíbula estavam repuxando as orelhas, tenho certeza de que ficou mais parecida com minha expressão "tive um derrame"!

– Desculpa – falei por entre o sorriso rígido. – Apenas achei que deveria voltar para o trem e...

– É – disse ele, interrompendo-me baixinho. – Eu meio que imaginei.

Stuart não estava nem olhando para mim. Tirou um chapéu de verdade, ainda que levemente constrangedor, do bolso. Parecia ser de Rachel. Tinha um grande pompom no topo.

– Acho que você vai precisar disto – falou ele ao estender o chapéu. – Pode ficar. Rachel não precisa dele.

Peguei o chapéu e o achatei na cabeça, porque Stuart parecia disposto a ficar ali de pé, segurando o chapéu até que a neve derretesse ao redor dele. Ficou apertado, mas mesmo assim provocou um calor bem-vindo nas orelhas.

– Segui suas pegadas – disse ele em resposta à pergunta não feita. – É mais fácil fazer isso na neve.

Eu havia sido rastreada, como um urso.

– Desculpe-me por dar tanto trabalho a você – respondi.

– Não precisei ir tão longe, na verdade. Você está a mais ou menos três ruas de distância. Ficou andando em círculos.

Um urso muito incapaz.

– Não acredito que saiu com essa roupa de novo – disse Stuart. – Deveria me deixar andar com você. Não vai chegar lá por este caminho.

– Estou bem – falei rapidamente. – Alguém acaba de me dizer qual é o caminho.

– Você não precisa ir, sabe?

Eu queria dizer mais alguma coisa, mas não consegui pensar em nada. Ele interpretou isso como se eu quisesse que ele fosse embora, então assenti.

— Tome cuidado, está bem? E pode me avisar quando chegar? Ligar ou...

Nesse momento, meu telefone começou a tocar. A campainha também devia ter sido afetada pela água, pois estava com um toque agudo e estridente — mais ou menos como eu imagino que uma sereia deve fazer se for socada no rosto. Surpresa. Um pouco indignada. Magoada. Voz borbulhante.

Era Noah. A tela embaralhada dizia que "Mogb" estava ligando, mas eu sabia o que queria dizer. Não atendi. Apenas o encarei. Stuart o encarou. As menininhas ao nosso redor nos encararam encarando o telefone. Parou de tocar, depois começou de novo. Vibrava na minha mão com insistência.

— Sinto muito se fui um idiota — falou Stuart em voz alta para superar o barulho da campainha. — E você provavelmente não se importa com o que eu penso, mas não deveria atender.

— O que quer dizer com *você* foi um idiota? — perguntei.

Stuart ficou em silêncio. A campainha parou e começou de novo. Mogb queria mesmo falar comigo.

— Eu disse a Chloe que esperaria por ela — falou ele finalmente. — Disse que esperaria o quanto precisasse. Ela me falou para não perder tempo, mas eu esperei mesmo assim. Durante meses, estava determinado a nem olhar para outra garota. Tentei até não olhar para as líderes de torcida. Não olhar, olhar, quero dizer.

Eu sabia o que ele queria dizer.

— Mas eu percebi você — continuou Stuart. — E isso me levou à loucura desde o primeiro minuto. Não só porque eu havia notado você, mas porque podia ver que você estava saindo com um cara supostamente perfeito que era óbvio que não a merecia. Para falar a verdade, era meio que a mesma situação em que eu estava. Mas parece que ele percebeu o erro que cometeu.

Stuart fez um gesto com a cabeça para o telefone, que começou a tocar de novo.

— Ainda estou muito feliz por você ter vindo — acrescentou ele. — E não ceda para esse cara, está bem? De todas as coisas? Não ceda para esse cara. Ele não merece você. Não deixe que ele a engane.

O telefone tocou e tocou e tocou. Olhei para a tela uma última vez, depois para Stuart, então estiquei o braço para trás e atirei o aparelho o mais forte que pude (infelizmente não foi tão forte assim), e ele sumiu na neve. As menininhas de oito anos, que estavam realmente fascinadas com cada um dos nossos movimentos àquela altura, saíram correndo atrás dele.

— Perdi — falei. — Ops.

Foi a primeira vez durante essa conversa toda que Stuart realmente olhou para meu rosto. Ele havia desfeito a careta horrível nesse ponto. Deu um passo à frente, ergueu meu queixo e me beijou. *Beijou*, beijou. E eu não reparei que estava frio, nem me importei que as garotinhas que agora estavam com meu celular estivessem atrás de nós falando "UuuuUUUuuuUUuuh".

— Só uma coisa — falei quando nos separamos e a sensação rodopiante na minha cabeça passou. — Talvez... não conte a sua mãe sobre isso. Acho que ela fica criando ideias.

— O quê? — perguntou Stuart, todo inocente, enquanto colocava um dos braços sobre meus ombros e me levava de volta para a casa dele. — Seus pais não torcem e encaram quando você está beijando alguém? Isso é esquisito de onde você vem? Acho que eles não devem ver muita coisa, na verdade. Da cadeia, quero dizer.

— Cala a boca, Weintraub. Se eu derrubar você na neve, essas crianças vão formar um bando e devorar você.

Um caminhão solitário passou por nós e o Homem Alumínio nos lançou um cumprimento rigoroso conforme se dirigia mais para o centro de Gracetown. Todos saímos do caminho para dar passagem a ele — Stuart, eu e as menininhas. Stuart abriu o zíper do casaco e me convidou a ficar aconchegada sob o braço dele, e seguimos pela neve.

— Quer voltar lá para casa pelo caminho longo? — perguntou ele. — Ou pelo atalho? Você deve estar com frio.

— Caminho longo — respondi. — O caminho longo, com certeza.

O Milagre da Torcida de Natal

john green

Para Ilene Cooper, que me guiou por tantas nevascas.

Capítulo Um

JP, Duke e eu estávamos no quarto filme da maratona James Bond quando minha mãe ligou para casa pela sexta vez em cinco horas. Eu nem olhei para o identificador de chamadas. Sabia que era ela. Duke revirou os olhos e pausou o filme.

– Ela acha que você vai *sair*? Está caindo uma nevasca.

Dei de ombros e atendi o telefone.

– Sem sorte – disse mamãe. Nos fundos, uma voz alta tagarelava sobre a importância de manter o território seguro.

– Sinto muito, mãe. Isso é uma droga.

– Isso é ridículo! – gritou ela. – Não conseguimos um voo para lugar nenhum, muito menos para casa. – Eles estavam presos em Boston havia três dias. Uma conferência médica. Ela estava meio desanimada de ter que passar o Natal em Boston. Era como se Boston fosse uma zona de guerra. Sinceramente, eu estava um pouco animado com isso. Algo em mim sempre gostou do drama e da inconveniência do mau tempo. Quanto pior, melhor, na verdade.

– É, que droga – comentei.

– Deve melhorar de manhã, mas tudo está tão atrasado. Não podem garantir que estaremos em casa *amanhã*. Seu pai está tentando alugar um carro, mas as filas estão longas. E, mesmo assim, chegaremos oito ou nove da manhã, ainda que passemos a noite toda dirigindo! Mas não podemos passar o Natal separados!

– Posso ir para a casa de Duke – falei. – Os pais dela já disseram que eu poderia ficar lá. Vou lá e abro todos os meus presentes e explico como meus pais me negligenciaram, e, então, talvez Duke me dê alguns dos presentes dela, porque vai se sentir muito mal por minha mãe não me amar. – Olhei para Duke, que deu um risinho contido.

– Tobin – disse mamãe com reprovação. Não era uma pessoa particularmente engraçada. Isso combinava com ela do ponto de vista profissional, quer dizer, você não quer que seu cirurgião oncologista entre no consultório e aja tipo: "O cara entra num bar. O barman diz: 'O que vai querer?' E o cara diz: 'O que você tem?' E o barman diz: 'Não sei o que eu tenho, mas sei o que você tem: melanoma em estágio IV.'"

– Só estou dizendo que vou ficar bem. Vocês vão voltar para o hotel?

– Acho que sim, a não ser que seu pai consiga um carro. Ele está agindo como um santo em relação a tudo isso.

– Tudo bem – respondi. Olhei na direção de JP, e ele formou as palavras: *Desliga. O. Telefone.* Eu queria muito voltar para o lugar no sofá entre JP e Duke e continuar a assistir ao novo James Bond matar pessoas de modos fascinantes.

— Está tudo bem aí? — perguntou mamãe. Meu Deus.

— Sim, sim. Quer dizer, está nevando. Mas Duke e JP estão aqui. E não podem exatamente me abandonar também, porque congelariam se tentassem voltar para casa. Estamos só vendo filmes do James Bond. Ainda tem eletricidade e tudo.

— Ligue se alguma coisa acontecer. *Qualquer coisa.*

— Tá, pode deixar — respondi.

— Tudo bem — disse ela. — Tudo bem. Ai, meu Deus, sinto muito por isso, Tobin. Eu amo você. Sinto muito.

— Não é nada demais — falei, porque realmente não era. Lá estava eu, em uma casa enorme sem a supervisão de um adulto, com meus melhores amigos no sofá. Nada contra meus pais, que são ótimas pessoas e tudo, mas eles poderiam ter ficado em Boston até o ano-novo, e eu não ficaria chateado.

— Ligarei do hotel — disse ela.

JP aparentemente a ouviu pelo telefone, pois murmurou um "não duvido" enquanto eu me despedia.

— Acho que ela tem algum distúrbio de afeição — falou JP quando eu desliguei.

— Bem, é Natal — respondi.

— E por que você não vai para a *minha* casa no Natal? — perguntou ele.

— A comida é uma porcaria — falei. Dei a volta no sofá e ocupei meu assento na almofada do meio.

— Racista! — exclamou JP.

— Não é racismo — retruquei.

— Você acabou de dizer que a comida coreana é uma porcaria — disse ele.

— Não falou, não — afirmou Duke, erguendo o controle remoto para reiniciar o filme. — Ele disse que a comida coreana *da sua mãe* é uma porcaria.

— Exatamente — confirmei. — Eu gosto muito da comida na casa de Keun.

— Você é um tapado — falou JP, que é o que ele diz quando não tem uma resposta. E, em termos de resposta de quem não tem resposta, até que é muito boa. Duke reiniciou o filme, e JP continuou: — Deveríamos ligar para Keun.

Duke pausou o filme de novo e se inclinou para a frente, na minha direção, a fim de falar diretamente com JP.

— JP — chamou ela.

— Sim?

— Pode, por favor, parar de falar para eu poder voltar a admirar o corpo incrivelmente lindo de Daniel Craig?

— Isso é tão gay — comentou JP.

— Eu sou uma *menina* — disse Duke. — Não é gay eu me sentir atraída por homens. Agora, se eu dissesse que *você* tem um corpo gostoso, *isso* seria gay, porque você tem o físico de uma dama.

— Ai, toma — falei.

Duke ergueu os olhos na minha direção e falou:

— Embora JP seja um bizarro modelo de masculinidade comparado a você.

Eu não tinha resposta para aquilo.

— Keun está no trabalho — falei. — Ele recebe em dobro na véspera de Natal.

— Ah, é — disse JP. — Esqueci que as Waffle Houses são como as pernas da Lindsay Lohan: sempre abertas.

Eu ri. Duke apenas fez cara feia e reiniciou o filme. Daniel Craig saiu da água vestindo cuecas europeias que se passavam por sunga. Duke suspirou, satisfeita, enquanto JP exprimiu seu sofrimento. Depois de alguns minutos, ouvi um som de cliques baixinho ao meu lado. Era JP. Passando fio dental. Ele é obcecado por fio dental.

— Isso é nojento — comentei. Duke pausou o filme e me olhou com cara de sermão. Não havia muita maldade no rosto; ela enrugou o nariz de botão e apertou os lábios. Mas eu sempre sabia pelos olhos se ela estava realmente com raiva de mim, e os olhos pareciam bem sorridentes.

— O quê? — falou JP com o fio dental pendendo da boca entre os molares.

— Passar fio dental em público. É muito... Por favor, pare com isso.

Ele parou, relutante, mas insistiu em ter a última palavra.

— Meu dentista diz que nunca viu gengivas mais saudáveis. *Nunca.*

Revirei os olhos. Duke passou um cacho de cabelo rebelde para trás da orelha e reiniciou o James Bond. Assisti por um minuto, mas então percebi que estava olhando pela janela. Uma luz distante na rua iluminava a neve como um bilhão de estrelas cadentes em miniatura. E, ainda que odiasse incomodar meus pais ou privá-los de um Natal em casa, não pude evitar desejar mais neve.

Capítulo Dois

O telefone tocou dez minutos depois de reiniciarmos o filme.
— Jesus — falou JP, pegando o controle para apertar o botão *pause*.
— Sua mãe liga mais do que um namorado grudento — acrescentou Duke.
Pulei por cima do encosto do sofá e peguei o telefone.
— Oi — falei. — Como está?
— Tobin — respondeu a voz do outro lado da linha. Não era mamãe. Era Keun.
— Keun, você não deveria...
— JP está com você?
— Está.
— Você tem viva voz?
— Hã, por que quer s...
— VOCÊ TEM VIVA VOZ? — gritou ele.
— Espera aí. — Enquanto procurava o botão, falei: — É Keun. Ele quer que o coloque no viva voz. Está esquisito.

– Imagine só – falou Duke. – E depois você vai me dizer que o Sol é uma massa de gás incandescente ou que JP tem bolas pequenas.
– Não começa – disse JP.
– Não começa o quê? A olhar dentro da sua calça com lente de aumento especial à procura das suas bolas minúsculas? Encontrei o botão do viva voz e o apertei.
– Keun, está me ouvindo?
– Sim – respondeu ele. Havia muito barulho no fundo. Barulho de garotas. – Preciso que vocês escutem.
– E por que a dona dos menores peitos do mundo acha que pode denegrir as partes íntimas de outra pessoa? – disse JP para a Duke, que, por sua vez, jogou um travesseiro nele.
– VOCÊS PRECISAM ESCUTAR AGORA! – gritou Keun ao telefone. Todo mundo calou a boca. Keun era incrivelmente esperto e sempre falava como se tivesse memorizado os tópicos com antecedência. – Muito bem. Então, meu gerente decidiu faltar hoje, porque o carro dele ficou atolado na neve. Então eu sou o cozinheiro e o assistente da gerência em exercício. Há mais dois empregados aqui: são, um, Mitchell Croman e, dois, Billy Talos. – Mitchell e Billy estudavam na nossa escola, embora não fosse correto dizer que eu os conhecia, porque duvidava de que ambos conseguissem me reconhecer. – Até mais ou menos doze minutos atrás, era uma noite calma. Nossos únicos clientes eram o Homem Alumínio e Doris, a fumante mais velha dos Estados Unidos. Então chegou essa garota, depois Stuart Weintraub chegou coberto de sacolas plásticas da Target. – Stuart era outro que estudava com a

gente, um cara legal. – Eles distraíram o Homem Alumínio um pouquinho, e eu estava lendo *O cavaleiro das trevas* e...

– Keun, você vai chegar a *algum* lugar? – perguntei. Ele às vezes se distraía.

– Ah, vou chegar – respondeu Keun. – A catorze lugares. Porque cerca de cinco minutos depois de Stuart Weintraub chegar, o bom e misericordioso Deus Todo-Poderoso foi gentil com o servo Keun e achou justo enviar catorze líderes de torcida da Pensilvânia, *vestindo o uniforme de aquecimento*, para nossa humilde Waffle House. Cavalheiros, não estou brincando. Nossa Waffle House está cheia de líderes de torcida. O trem delas ficou preso na neve, e elas vão passar a noite aqui. Estão cheias de cafeína. Abrindo espacates no balcão do café da manhã.

"Deixe-me ser perfeitamente claro: houve um Milagre da Torcida de Natal na Waffle House. Estou olhando para essas garotas agora mesmo. São tão gostosas que poderiam derreter a neve. Elas poderiam cozinhar waffles com o calor do corpo. O calor do corpo delas poderia, não, *vai*, aquecer os lugares no meu coração que estão tão frios há tanto tempo que eu quase esqueci que existem."

A voz de uma garota – uma voz que parecia ao mesmo tempo animada e triste – gritou ao telefone nesse momento. Eu estava, agora, diretamente acima do fone, encarando-o com um tipo de reverência. JP estava ao meu lado.

– São seus amigos? Ai, meu Deus, peça para trazerem Twister!

Keun falou de novo.

– E agora vocês percebem o que está em jogo! A melhor noite da minha vida acaba de começar. E estou convidando vocês a se juntarem a mim, porque sou o melhor amigo do mundo. Mas existe um porém: depois que eu desligar o telefone, Mitchell e Billy ligarão para os amigos deles. E combinamos com antecedência que só tem espaço para mais um carro cheio de homens. Não posso diminuir mais a proporção líder de torcida/homem. Agora, liguei primeiro porque sou o assistente da gerência em exercício. Então vocês têm uma vantagem. Sei que não falharão. Sei que posso contar com vocês para trazerem o Twister. Cavalheiros, façam uma viagem segura e rápida. Mas, se morrerem esta noite, morram cientes de que sacrificaram as vidas pela mais nobre das causas do homem. A busca por líderes de torcida.

Capítulo Três

JP e eu nem nos incomodamos em desligar o telefone.
— Preciso trocar de roupa — falei.
— Eu também — disse ele.
— Duke: Twister! No armário dos jogos! — falei em seguida.

Corri para o andar de cima, as meias escorregando no chão de madeira da cozinha, e entrei no quarto aos tropeços. Escancarei a porta do armário e comecei a escolher fervorosamente uma das camisetas jogadas no chão, numa esperança vã de que naquela pilha houvesse uma incrível e perfeita camisa bonita, de botões e listrada, sem nenhum vinco, e que dissesse "Sou forte e valente, mas também um ouvinte surpreendentemente bom com uma paixão verdadeira e duradoura por torcidas e suas líderes". Infelizmente, tal camisa não existia. Sem demora me decidi por uma camiseta suja, mas legal, amarela e de estampa personalizada, por baixo de um suéter preto com gola V. Tirei os jeans de "assistir a James Bond com Duke e JP" e rapidamente coloquei meu jeans escuro mais bonito.

Aproximei o queixo do peito e cheirei. Corri para o banheiro e freneticamente passei desodorante debaixo do braço mesmo assim. Olhei para meu reflexo no espelho. Parecia bom, tirando o cabelo meio assimétrico. Corri de volta para o quarto, peguei o casaco de inverno no chão, calcei o Puma e corri para o andar de baixo com o sapato meio calçado.

– Todo mundo pronto? Eu estou! Vamos! – gritei.

Quando cheguei lá embaixo, Duke ainda estava sentada no meio do sofá assistindo ao filme de James Bond.

– Duke. Twister. Casaco. Carro. – Virei-me de costas e gritei para o andar de cima. – JP, cadê você?

– Tem um casaco extra? – perguntou ele.

– Não, vista o seu! – gritei.

– Mas eu só trouxe uma jaqueta! – gritou ele de volta.

– Ande logo! – Por alguma razão, Duke ainda não tinha pausado o filme. – Duke – repeti. – Twister. Casaco. Carro.

Ela pausou o filme e se virou para me olhar.

– Tobin, como você acha que é o inferno?

– Essa parece uma pergunta que poderia ser respondida no carro!

– Porque, para mim, inferno é passar a eternidade numa Waffle House cheia de líderes de torcida.

– Ah, por favor – falei. – Não seja idiota.

Duke se levantou, o sofá ainda entre nós.

– Você está dizendo que deveríamos sair na pior nevasca em cinquenta anos e dirigir trinta quilômetros para ficar com um monte de garotas desconhecidas cuja ideia de diversão é jogar um jogo cuja caixa diz que foi feito para crianças de seis anos, e *eu* sou a idiota?

Virei a cabeça na direção da escada.

— JP! Rápido!

— Estou tentando! — gritou ele de volta. — Mas preciso equilibrar a necessidade de ir rápido com a necessidade de ficar magnífico!

Dei a volta no sofá e coloquei o braço ao redor de Duke. Sorri para ela. Éramos amigos havia bastante tempo. Eu a conhecia bem. Sabia que ela odiava líderes de torcida. Sabia que odiava o frio. Sabia que odiava sair do sofá quando estava vendo filmes de James Bond.

Mas Duke amava as batatas *rösti* da Waffle House.

— Há duas coisas às quais você não consegue resistir — disse a ela. — A primeira é James Bond.

— Verdade — respondeu Duke. — Qual é a segunda?

— Batatas *rösti* — falei. — As douradas e deliciosas batatas *rösti* da Waffle House.

Ela não olhou para mim, não exatamente. Olhou através de mim, através das paredes da casa, através da neve, e os olhos se apertavam conforme ela encarava a distância. Estava pensando naquelas batatas.

— Pode pedir as grelhadas com cebola e cobertas com queijo — falei.

Ela piscou forte e sacudiu a cabeça.

— Meu Deus, sou sempre tapeada pelo amor por batatas *rösti*! Mas não quero ficar presa lá a noite toda.

— Uma hora, a não ser que esteja se divertindo — prometi. Ela assentiu. Enquanto Duke colocava o casaco, abri o armário dos jogos e peguei uma caixa de Twister com as bordas amassadas.

Quando me virei, JP estava na minha frente.

— Ai, meu Deus! — exclamei. Ele havia encontrado alguma coisa terrível em algum canto obscuro do armário do meu pai: estava vestindo um macacão violeta bufante e justo nos tornozelos e um chapéu com abas sobre as orelhas. — Você parece um lenhador com fetiche por bebês adultos — comentei.

— Cala a boca, seu tapado — respondeu JP simplesmente. — É uma roupa sexy de esqui. Diz: "Estou vindo das montanhas após um longo dia salvando vidas com a patrulha de esquis."

— Na verdade, diz "Só porque eu não fui a primeira astronauta mulher, não quer dizer que não posso usar a roupa dela" — falou Duke e riu.

— Jesus, está bem, vou trocar de roupa — falou JP.

— NÃO TEMOS TEMPO! — gritei.

— Você devia pôr botas — disse Duke, olhando para o meu tênis Puma.

— NÃO HÁ TEMPO! — repeti aos berros.

Empurrei os dois até a garagem, e logo estávamos dentro de Carla, a SUV Honda branca dos meus pais. Oito minutos haviam se passado desde que Keun desligara. Nossa vantagem provavelmente tinha evaporado. Eram 23h42. Em uma noite normal, levava mais ou menos vinte minutos para chegar à Waffle House.

Aquela não seria uma noite normal.

Capítulo Quatro

Quando apertei o botão da porta da garagem, o escopo do nosso desafio começou a tomar forma diante de mim: uma parede de neve de sessenta centímetros pressionava a porta. Como a Duke e o JP tinham chegado por volta da hora do almoço, devia ter nevado pelo menos quarenta e cinco centímetros.

Mudei Carla para o modo de tração nas quatro rodas.

– Vou só, hã... Acham que eu deveria dirigir por cima dela?

– VÁ! – falou JP do banco de trás. Duke tinha ganhado o banco da frente. Respirei fundo e dei ré em Carla. O carro se ergueu um pouco quando batemos na neve, mas afastou a maior parte dela. Comecei a dirigir de ré pela entrada da garagem. Na verdade, não era bem dirigir, era mais patinar no gelo de ré, mas funcionou. Logo, graças mais à sorte do que à habilidade, Carla estava fora da entrada da garagem, voltada para a direção da Waffle House.

A neve nas ruas tinha trinta centímetros de espessura. Nada no nosso quarteirão tinha sido escavado, e não haviam jogado sal na neve.

– Esse é um jeito tão estúpido de morrer – observou Duke, e eu estava começando a concordar com ela.

Mas, do banco de trás, JP gritou:

– Espartanos! Esta noite jantaremos na Waffle House!

Assenti, engatei a primeira e pisei o acelerador. Os pneus giraram e giraram e partimos. A neve que caía parecia viva à luz dos faróis. Não conseguia ver os meios-fios, muito menos as linhas pintadas que dividiam as pistas, então basicamente tentei ficar entre as caixas de correio.

Grove Park é como uma tigela, então para sair dali é preciso subir uma colina bem modesta. JP, Duke e eu crescemos na subdivisão chamada Grove Park, e eu subi aquela colina, de carro, umas mil vezes.

Então, o problema em potencial nem me ocorreu conforme começamos a subir. Mas logo percebi que a pressão que eu colocava sobre o pedal do acelerador não afetava de maneira nenhuma a velocidade com que subíamos a montanha. Senti uma pontada de medo.

Começamos a perder velocidade. Pisei o pedal do acelerador e ouvi os pneus girarem na neve. JP xingou. Ainda estávamos nos arrastando para a frente, no entanto, e eu já conseguia ver o topo da colina e o asfalto preto da estrada cuja neve havia sido escavada acima de nós.

– Vamos lá, Carla – murmurei.

– Acelere mais – sugeriu JP. Acelerei, e os pneus giraram mais um pouco, mas, de repente, Carla parou de subir.

Houve um longo momento entre Carla parar de se mover para a frente e começar a escorregar, com os pneus travados, de volta para baixo da colina. Foi um momento silencioso, de contemplação. Em geral, sou bom em não correr riscos. Não sou o tipo de pessoa que faz trilha pela Appalachian Trail ou passa o verão estudando no Equador, nem mesmo o tipo de pessoa que come sushi.

Quando era pequeno e me preocupava com as coisas à noite e não conseguia dormir, minha mãe sempre perguntava: "Qual é a pior coisa que pode acontecer?" Ela achava que isso era muito reconfortante – achava que me faria perceber que os possíveis erros cometidos no dever de casa de matemática do segundo ano não teriam grandes repercussões na minha qualidade de vida. Mas não era isso que acontecia. O que acontecia era eu ficar pensando na pior coisa que poderia acontecer. Digamos que eu estivesse preocupado com os erros no dever de casa de matemática. Talvez minha professora, a sra. Chapman, gritasse comigo. Ela não *gritaria*, mas talvez fizesse uma reclamação gentil. Talvez a reclamação gentil me chateasse. E talvez eu começasse a chorar. Todos me chamariam de bebê chorão, o que aumentaria meu isolamento social, pois ninguém gostava de mim. Eu me voltaria para as drogas em busca de conforto e, quando chegasse ao quinto ano, estaria fortemente viciado em heroína. E então morreria. *Isso* era o pior que poderia acontecer. E *pode* acontecer. E eu acreditava que pensar em situações como essa antes que acontecessem poderia evitar que eu me viciasse em heroína e/ou morresse. Mas eu havia jogado tudo isso fora. E pelo quê? Por líderes de torcida que eu não conhecia? Nada contra líderes de torcida, mas com certeza havia coisas melhores pelas quais se sacrificar.

Senti Duke me olhando, e olhei de volta para ela. Os olhos dela estavam arregalados, redondos, assustados e talvez um pouco irritados. E somente então, numa pausa arrastada, foi que pensei no pior que poderia acontecer: aquilo. Considerando que eu sobrevivesse, meus pais me matariam por dar perda total no carro. Eu ficaria de castigo durante anos – possivelmente décadas. Trabalharia centenas de horas durante o verão para pagar pelo conserto do carro.

E então o inexorável aconteceu. Começamos a derrapar de ré na direção de casa. Bombeei o freio. Duke puxou o freio de mão, mas Carla simplesmente deslizou de ré, respondendo apenas ocasionalmente aos giros frenéticos que eu dava ao volante.

Senti uma lombada fraca e imaginei que tivéssemos passado por um meio-fio. Estávamos voltando colina abaixo pelos jardins dos nossos vizinhos conforme escavávamos o caminho pela neve na altura dos encaixes dos pneus. Passamos de ré pelas casas, tão perto que eu conseguia ver os enfeites nas árvores de Natal pelas janelas das salas de estar. Carla milagrosamente desviou de uma picape estacionada na entrada de uma garagem e, conforme eu prestava atenção em caixas de correio, carros e casas que se aproximavam pelo espelho retrovisor, dei uma olhada em JP. Ele sorria. A pior coisa que poderia acontecer tinha finalmente acontecido. E havia um certo alívio nisso, talvez. De qualquer forma, alguma coisa no sorriso dele me fez sorrir também.

Olhei para Duke e tirei as mãos do volante. Ela sacudiu a cabeça como se estivesse com raiva, mas também sorriu. Para demonstrar até que ponto eu não conseguia controlar Carla, peguei o volante e comecei a girá-lo dramaticamente de um lado para o outro.

– Estamos muito ferrados – falou Duke depois de rir mais um pouco.

E então, do nada, os freios começaram a funcionar, e eu senti que estava sendo pressionado no banco, e, finalmente, conforme a estrada se nivelou, diminuímos a velocidade até parar.

– Caraca, não acredito que não estamos mortos. Não estamos mortos! – exclamou JP em voz alta.

Olhei ao redor para tentar me situar. A mais ou menos um metro e meio da porta do carona estava a casa de uns velhinhos aposentados, o sr. e a sra. Olney. Uma luz estava acesa e, depois de uma segunda olhada, vi a sra. Olney vestida em uma camisola branca, o rosto quase grudado no vidro, olhando para nós com a boca escancarada. Duke olhou para ela e a cumprimentou. Coloquei Carla no modo *dirigir* e cuidadosamente saí do jardim dos Olney e voltei para o que eu achava ser a rua. Coloquei a marcha no ponto morto e tirei as mãos trêmulas do volante.

– Tudo bem – disse JP, tentando se acalmar. – Tudo bem. Tudo bem. Tudo bem. – Ele respirou fundo e falou: – Aquilo foi *sensacional*! A melhor montanha-russa *do mundo*!

– Estou tentando não mijar nas calças – respondi. Eu estava pronto para voltar para casa, voltar para os filmes de James Bond, ficar acordado até de madrugada, comer pipoca, dormir algumas horas, passar o Natal com Duke e os pais. Vivi sem a companhia de líderes de torcida da Pensilvânia por dezessete anos e meio. Podia ficar mais um dia sem elas.

JP continuava falando.

– O tempo todo eu estava só pensando *Cara, vou morrer numa roupa de esqui azul bebê*. Minha mãe vai ter que identificar meu corpo e vai passar o resto da vida pensando que, nos momentos íntimos, o filho gostava de se vestir como uma estrela pornô dos anos 1970 com hipotermia.

– Acho que consigo passar uma noite sem batatas *rösti* – falou Duke.

– Sim – concordei. – Sim. – JP protestou aos berros que queria andar na montanha-russa de novo, mas para mim já era o suficiente. Liguei para Keun, o dedo tremendo conforme apertava o número dele na discagem rápida.

– Olha, cara, não conseguimos nem sair de Grove Park. Neve demais.

– Cara – disse Keun. – Se esforce mais. Os amigos de Mitchell ainda nem saíram, acho que não. E Billy ligou para alguns universitários que conhece e pediu para trazerem um barril de cerveja, porque a única maneira de essas mocinhas adoráveis darem alguma atenção a ele seria se estivessem intoxic... Ei! Foi mal, Billy acaba de me bater com o chapéu de papel. Sou o assistente da gerência em exercício, Billy! E vou delatar seu comportam... Ei! De qualquer forma, por favor, venha. Não quero ficar preso aqui com Billy e um bando de bêbados largados. Meu restaurante vai ser destruído, e eu serei demitido e então... por favor.

Ao fundo, JP gritava "Montanha-russa! Montanha-russa! Montanha-russa!". Eu apenas fechei o celular e me virei para Duke. Estava prestes a fazer lobby para voltarmos para casa quando o celular tocou de novo. Mamãe.

– Não conseguimos alugar um carro. Voltamos para o hotel – disse ela. – Faltam só oito minutos para o Natal, e eu ia esperar, mas seu pai está cansado e quer dormir, então vamos dizer agora. – Papai se inclinou na direção do telefone e ouvi seu desanimado "Feliz Natal" uma oitava abaixo do alegre de mamãe.

– Feliz Natal – respondi. – Liguem se algo acontecer. Ainda temos mais dois filmes do James Bond para assistir. – Pouco antes de mamãe desligar, ouvi o bipe da chamada em espera. Keun. Coloquei-o no viva voz.

– Diga que saiu de Grove Park.

– Cara, você acabou de ligar. Ainda estamos na base da colina – falei. – Acho que vamos para casa, cara.

– Venha. Para. Cá. Agora. Acabei de descobrir quem Mitchell convidou: Timmy e Tommy Reston. Estão a caminho. Ainda podem chegar antes deles. Eu sei que podem! Vocês precisam! Meu Milagre da Torcida de Natal não será arruinado pelos gêmeos Reston! – Ele desligou. Keun tinha uma queda para o drama, mas eu entendia o que queria dizer. Os gêmeos Reston poderiam arruinar quase qualquer coisa.

Timmy e Tommy Reston eram gêmeos idênticos que não tinham qualquer semelhança um com o outro. Timmy pesava cento e cinquenta quilos, mas não era gordo. Era apenas forte e incrivelmente rápido, por isso era o melhor jogador de futebol americano do time. Tommy, por outro lado, poderia caber em uma das pernas da calça jeans de Timmy, mas o que não tinha em tamanho mais do que compensava em agressividade desenfreada. Quando estávamos no ensino fundamental, Timmy e Tommy se metiam em brigas épicas um com o outro na quadra de basquete. Acho que nenhum dos dois tem os dentes originais.

Duke se virou para mim.

– Tudo bem, não é mais sobre nós nem sobre as líderes de torcida. A questão é proteger Keun dos gêmeos Reston – disse ela.

– Se ficarem isolados pela neve na Waffle House durante alguns dias e a comida ficar escassa, vocês sabem o que vai acontecer – falou JP.

Duke entendeu a piada. Era boa nisso.

– Terão que recorrer ao canibalismo. E Keun será o primeiro a morrer.

Apenas sacudi a cabeça.

– Mas o carro – falei.

– Pense nas líderes de torcida – implorou JP. Mas eu não estava pensando nas líderes de torcida quando assenti. Estava pensando em subir a colina, nas ruas sem neve que poderiam nos levar a qualquer lugar.

Capítulo Cinco

Duke, como sempre, tinha um plano. Ainda estávamos estacionados no meio da rua quando ela o compartilhou conosco.

— Então, o problema é que perdemos a velocidade na subida da colina. Por quê? Porque não *entramos* nela com velocidade suficiente. Dê ré o máximo que puder em linha reta, depois pise fundo. Chegaremos à colina bem mais rápido, e a energia potencial nos levará ao topo.

Não me pareceu um plano particularmente animador, mas não consegui pensar em um melhor, então dei ré o máximo que pude, com a colina diretamente à frente, embora mal desse para vê-la por causa da neve que caía com rapidez na frente da luz dos faróis. Não parei até estar no jardim de alguém, com um carvalho enorme a poucos centímetros do para-choque traseiro de Carla. Girei levemente os pneus para afundarmos até uma camada de neve mais coesa.

— Cintos apertados? — perguntei.

— Sim — responderam juntos os dois.
— Todos os air bags funcionando?
— Afirmativo — respondeu Duke. Olhei para ela, que sorriu e ergueu uma das sobrancelhas. Assenti.
— Preciso de uma contagem regressiva, galera.
— Cinco — contaram eles em uníssono. — Quatro. Três. — Coloquei o carro em ponto morto e comecei a acelerar o motor. — Dois. Um. — Engatei a primeira marcha de Carla e partimos, acelerando bruscamente entre momentos de aquaplanagem na camada de gelo. Chegamos à colina a sessenta e cinco quilômetros por hora, quarenta a mais do que a velocidade-limite em Grove Park. Permaneci erguido do assento, fazendo força contra o cinto de segurança e apoiando todo o peso no acelerador, mas os pneus giravam sem tração. Começamos a perder velocidade, então passei a reduzir.
— Vamos lá! — incentivou Duke.
— Você consegue, Carla — murmurou JP baixinho do assento traseiro, conforme o carro continuava indo para a frente, reduzindo a velocidade a cada momento.
— Carla, leve essa bunda gorda e bebedora de gasolina até o topo da colina! — gritei, batendo no volante.
— Não deboche dela — falou Duke. — Ela precisa de um encorajamento gentil. Carla, querida, nós amamos você. É um carro tão bom. E acreditamos em você. Acreditamos cem por cento em você.
JP começou a entrar em pânico.
— Não vamos conseguir.
Duke respondeu com uma voz tranquilizadora.

— Não preste atenção nele, Carla. Você vai conseguir. — Eu via o topo da colina de novo e o topo da estrada negra recém-escavada. E Carla estava tipo *Acho que consigo, acho que consigo*, e Duke só continuou fazendo carinho no painel e dizendo: — Eu amo você, Carla. Você sabe disso, não sabe? Todas as manhãs, quando acordo, a primeira coisa em que penso é que amo o carro da mãe de Tobin. Sei que é estranho, querida, mas é verdade. Eu amo você. E sei que consegue.

Continuei pisando no acelerador e as rodas ainda giravam. Estávamos a doze quilômetros por hora. Nós nos aproximávamos de um banco de neve de quase um metro de altura onde a escavadeira de neve havia jogado todo o material escavado da estrada, bloqueando nosso caminho. Estávamos tão perto. O velocímetro batia nos oito quilômetros por hora.

— Ai, meu Deus, é uma longa descida – falou JP com a voz falhando. Olhei pelo espelho retrovisor. Com certeza era.

Ainda nos movíamos para a frente aos centímetros, mas somente isso. A colina estava começando a ficar nivelada, mas não íamos conseguir por pouco. Continuei pisando o acelerador sem sucesso.

— Carla – disse Duke –, é hora de contar a verdade. Estou apaixonada por você. Quero ficar com você, Carla. Nunca me senti desse jeito em relação a nenhum outro c...

Os pneus alcançaram a neve quando afundei o pedal do acelerador até o chão e disparamos para a frente através do banco de neve, a neve na altura da base no para-brisa, mas passamos, metade por cima e metade pelo meio da neve. Carla emergiu do outro lado, e pisei o freio conforme nos aproximamos da placa de PARE. A traseira de Carla derrapou e, do nada, em vez de estarmos sob a placa de PARE, estávamos na estrada, na direção certa. Soltei o freio e segui pela estrada.

— Iiiissssssooo! — gritou JP de trás do carro. Ele se inclinou para a frente e esfregou a bagunça que era o cabelo cacheado de Duke. — ACABAMOS DE CUMPRIR A INCRÍVEL TAREFA DE NÃO MORRER!

— Você sabe mesmo falar com um carro — falei para Duke. Sentia o sangue fluindo pelo corpo inteiro. Ela parecia incrivelmente calma enquanto penteava os cabelos com os dedos.

— Momentos de desespero demandam medidas desesperadas — respondeu ela.

Os oito primeiros quilômetros foram a felicidade extrema — a estrada serpenteia para cima e para baixo de algumas montanhas, o que requer uma direção cautelosa, mas éramos o único carro, e, embora a pista estivesse molhada, o sal impedia que ficasse escorregadia. Além disso, eu dirigia a prudentes trinta quilômetros por hora, o que fazia as curvas parecerem menos assustadoras. Ficamos todos em silêncio por um longo tempo — pensando no topo da montanha, acho —, embora periodicamente JP suspirasse e dissesse "Não acredito que não estamos mortos" ou alguma variante desse tema. A neve estava muito espessa; e a estrada, molhada demais para música. Então apenas ficamos em silêncio.

Depois de um tempo, Duke falou:

— Qual é o problema com vocês e líderes de torcida? — Ela falou isso para mim. Eu sei porque durante alguns meses saí com uma garota chamada Brittany que por acaso era líder de torcida. Nossa equipe de líderes de torcida era muito boa, na verdade. Eram, em geral, atletas bem melhores do que o time de futebol americano para o qual torciam. Também eram famosas por deixarem um rastro de corações partidos: Stuart Weintraub, o cara que Keun tinha visto na Waffle House, tinha sido completamente aniquilado por uma líder de torcida chamada Chloe.

– Hum, poderia ser porque são gostosas? – sugeriu JP.

– Não – falei, tentando ficar sério. – Foi uma coincidência. Eu não gostei dela *porque* era líder de torcida. Quer dizer, ela é legal, não?

– É, naquele estilo "sou Joseph Stálin e vou esmagar meus inimigos" – disse Duke com escárnio.

– Brittany era legal. Ela apenas não gostava de *você* porque não entendia – disse JP a Duke.

– Não entendia o quê? – perguntou ela.

– Você sabe, que você não é, tipo, uma ameaça. Tipo, a maioria das garotas, se tem um namorado, não quer ele andando o tempo todo com outra garota. E Brittany não entendia que você, tipo, não é uma garota de verdade.

– Se com isso quer dizer que eu não gosto de revistas de celebridades, prefiro comida à anorexia, me recuso a assistir aos programas de TV sobre modelos e odeio a cor rosa, então, sim. Estou orgulhosa de não ser uma garota de verdade.

Era verdade que Brittany não gostava de Duke, mas também não gostava de JP. Nem gostava tanto de mim, na realidade. Quanto mais andávamos juntos, mais Brittany ficava irritada com meu senso de humor e meus modos à mesa e tudo, e foi por isso que terminamos. A verdade é que isso nunca importou muito para mim. Fiquei deprimido quando ela terminou comigo, mas não foi uma catástrofe do estilo Weintraub. Acho que nunca amei Brittany. Essa era a diferença. Ela era bonita, inteligente e não era desinteressante de se conversar, mas nunca *chegamos* a conversar sobre muitas coisas. Eu nunca senti como se estivesse arriscando tudo com ela porque sempre soube como acabaria. Ela nunca pareceu valer o risco.

Meu Deus, eu odiava conversar sobre Brittany, mas Duke falava nela o tempo todo, provavelmente só pelo puro prazer de me irritar. Ou porque nunca tinha um drama próprio para discutir. Muitos caras gostavam de Duke, mas ela nunca parecia interessada em ninguém. Não queria tagarelar incessantemente sobre um garoto e como ele era gatinho, como às vezes o cara prestava atenção nela e às vezes não, e essa besteira toda. Eu gostava disso nela. Duke era apenas normal: gostava de brincar e falar sobre filmes e não se importava em gritar ou que gritassem com ela. Era muito mais como uma pessoa do que as outras garotas eram.

— Eu não tenho uma queda por líderes de torcida — repeti.

— Mas — falou JP — nós dois temos uma queda por garotas gostosas que amam Twister. A questão não é amar líderes de torcida, Duke: é amar a liberdade, a esperança e o espírito americano indômito.

— É, bem, podem me chamar de antipatriota, mas não vejo essa coisa nas líderes de torcida. Torcer não é sexy. O sombrio é sexy. A ambivalência é sexy. "Mais profundo do que parece à primeira vista" é sexy.

– Certo – falou JP. – É por isso que você está saindo com Billy Talos. Nada tão sombrio e deprimente quanto um garçom da Waffle House.

Olhei pelo retrovisor para ver se JP estava brincando, mas não parecia estar. Ela esticou o braço para trás e o socou no joelho.

– É apenas um emprego.

– Espera aí, você está saindo com Billy Talos? – perguntei. Fiquei surpreso mais porque parecia que Duke jamais sairia com alguém e também porque Billy Talos era do tipo de cara que gosta de cerveja e futebol americano, e Duke era do tipo de garota que gosta de Shirley Temple e teatro.

Duke não disse nada por um segundo.

– Não, ele apenas me convidou para o Baile de Inverno.

Não falei nada. Parecia estranho Duke contar algo a JP, mas não a mim.

– Sem querer ofender, mas Billy Talos é um pouco *ensebado*, não é? Parece que se espremêssemos o cabelo dele todos os dias acabaríamos de vez com a dependência dos Estados Unidos de petróleo importado – falou JP.

– Não estou ofendida – disse Duke, gargalhando. Obviamente ela não estava *tão* ligada nele. Mas, ainda assim, eu não conseguia imaginar Duke com Billy Talos. Cabelo ensebado à parte, ele não parecia muito, tipo, engraçado ou interessante. Mas não importa. Duke e JP passaram para uma discussão acalorada sobre o cardápio da Waffle House e se a torrada com passas era superior à torrada normal. Era um som de fundo divertido para dirigir. Os flocos de neve caíam no para-brisa e derretiam instantaneamente. Os limpadores os jogavam para o lado. Os faróis altos iluminavam a neve e a estrada molhada e dava para ver asfalto suficiente para saber onde estava minha pista e para onde eu ia.

Eu poderia ter dirigido por aquela estrada por um bom tempo antes de me cansar, mas estava quase na hora de virar na Sunrise Avenue e seguir pela interestadual até a Waffle House. Era 00h26. Madrugada.

– Ei – falei, interrompendo os dois.

– O quê? – perguntou Duke.

Tirei o olhar rapidamente da estrada para olhar para ela.

– Feliz Natal.

– Feliz Natal – disse ela de volta. – Feliz Natal, JP.

– Feliz Natal, seus tapados.

Capítulo Seis

Os montes de neve nos dois lados da Sunrise Avenue eram enormes, tão altos quanto o carro, e senti como se estivéssemos dirigindo no fundo de uma rampa de snowboard. JP e Duke estavam quietos, todos estávamos concentrados na estrada. Ainda tínhamos alguns quilômetros para percorrer antes de chegar ao centro da cidade, e de lá a Waffle House ficava a um quilômetro e meio ao leste, junto à interestadual. O silêncio foi interrompido por um rap dos anos 1990 no celular de JP.

– Keun – falou ele e ligou o viva voz.

– ONDE DIABOS VOCÊS ESTÃO?

Duke se inclinou para o telefone para poder ser ouvida.

– Keun, olhe pela janela e diga o que vê.

– Eu digo o que não vejo! Não vejo você, JP e Tobin no estacionamento da Waffle House! Nada dos amigos da faculdade de Mitchell, mas Billy acaba de receber notícias dos gêmeos: estão prestes a virar na Sunrise.

– Estão estamos bem, porque *já* estamos na Sunrise – falei.

– RÁPIDO. As líderes de torcida querem o Twister! Espere, um segundo... Estão treinando uma pirâmide e precisam que eu fique na posição de apoio. *Posição de apoio.* Sabem o que quer dizer? Se caírem, cairão *nos meus braços.* Preciso ir. – Ouvi o clique quando Keun desligou.

– Pise fundo – falou JP. Eu ri e mantive a velocidade constante. Precisávamos apenas manter a liderança.

Quanto a patinar em uma estrada com uma SUV, a Sunrise Avenue não oferece muito risco, pois, ao contrário da maioria das ruas em Gracetown, ela é bem reta. Com as marcas de pneu como guia, a velocidade subiu para quarenta quilômetros por hora. Imaginei que estaríamos no centro em dois minutos e comeríamos os waffles de Keun, cheios de queijo e que não estavam no cardápio, em uns dez. Pensei naqueles waffles cobertos com fatias de queijo para sanduíche, em como eles tinham um gosto saboroso e doce e tão profundo e complexo que não pode nem ser comparado com outros gostos, somente com emoticons. Waffles cobertos de queijo, eu estava pensando, têm gosto de amor sem o medo da dissolução do amor. E, quando chegamos à curva em noventa graus da Sunrise Avenue, pouco antes de seguir direto para o centro da cidade, eu quase sentia o gosto deles.

Aproximei-me da curva exatamente como me ensinaram na autoescola: com as mãos nas posições duas e dez horas, virei o volante de leve para a direita enquanto pisava gentilmente os freios. Mas Carla não respondeu como deveria. Continuou seguindo reto.

– Tobin – falou Duke. E continuou: – Vire, Tobin, vire.

Não falei nada. Simplesmente continuei girando o volante para a direita e pisando o freio. Começamos a perder velocidade conforme nos aproximamos do banco de neve, mas não fizemos a mínima menção de virar. Em vez disso, batemos em uma parede de neve com um barulho que pareceu uma explosão sônica.

Droga. Carla estava inclinada para a esquerda. O para-brisa era uma parede de salpicados brancos.

Assim que paramos, virei a cabeça a tempo de ver pedaços de neve gelada caindo atrás do carro e começando a nos cobrir. Respondi a esses acontecimentos com a linguagem sofisticada pela qual sou famoso.

– Bosta bosta bosta bosta bosta bosta bosta burro burro burro burro burro bosta.

Capítulo Sete

Duke estendeu o braço e desligou o carro.
— Risco de envenenamento por monóxido de carbono — disse ela com calma, como se não estivéssemos completamente ferrados a dezesseis quilômetros de casa. — Saiam por trás! — ordenou, e a autoridade no tom de voz me acalmou.

JP foi até a saída traseira e abriu o porta-malas. Ele se lançou para fora. Duke seguiu, e depois eu, com os pés primeiro. Tendo organizado os pensamentos, finalmente consegui articular de modo eloquente meus sentimentos em relação ao assunto.

— Bosta bosta bosta! — Chutei o para-choque de Carla, e a neve caiu no meu rosto. — Ideia idiota Deus idiota Deus meus pais bosta bosta bosta.

JP colocou uma das mãos no meu ombro.
— Vai ficar tudo bem.
— Não — respondi. — Não vai. E você sabe que não vai.
— Vai, sim — insistiu JP. — Quer saber? Vai ficar *muito* bem, porque eu vou desenterrar o carro da neve, e alguém vai pas-

sar, e nós seremos ajudados, mesmo se forem os gêmeos. Quer dizer, não é como se os gêmeos fossem nos deixar aqui para *congelar* até a morte.

Duke olhou para mim e deu um risinho contido.

– Posso destacar – disse ela – que você em breve se arrependerá de não ter ouvido meu conselho sobre sapatos quando estávamos em casa? – Olhei para baixo, vi a neve caindo no Puma e me encolhi.

JP continuava confiante.

– Sim! Vai ficar tudo bem! Há um motivo para Deus ter me dado braços e peitoral musculosos, cara. É para eu poder desenterrar seu carro da neve. Nem preciso da sua ajuda. Podem conversar vocês dois e deixem o Hulk fazer a mágica.

Olhei para JP. Ele pesava uns 70 quilos. Esquilos têm uma musculatura mais impressionante. Mas JP estava decidido. Ele amarrou as abas de orelha do chapéu. Enfiou a mão dentro da roupa de neve muito justa, pegou luvas de lã e se virou para o carro.

Eu não estava interessado em ajudar porque sabia que era inútil. Carla estava atolada debaixo de um banco de neve de um metro e oitenta, quase tão alto quanto minha cabeça, e nós nem tínhamos uma pá. Apenas fiquei de pé na estrada, ao lado da Duke, tirando do rosto as mechas de cabelo molhadas que despontavam do meu gorro.

– Desculpa – falei para Duke.

– Ah, não é culpa sua. É da Carla. Você estava virando o volante. Ela só não estava obedecendo. Eu sabia que não deveria tê-la amado. É como todos os outros, Tobin: assim que confesso meu amor, me abandonam.

Eu ri.

– Nunca abandonei você – disse, dando tapinhas nas costas dela.

– É, bem, (a) eu nunca confessei meu amor a você e (b) de acordo com você eu não sou nem fêmea.

– Estamos tão ferrados – comentei de modo casual conforme olhava para trás e via JP cavando um túnel do lado do carona do carro. Era como uma pequena toupeira surpreendentemente eficiente.

– É, já estou com um pouco de frio – disse ela e foi para meu lado, a lateral do corpo dela contra a minha. Não conseguia imaginar como ela sentia frio por baixo do casaco gigante de esqui, mas não importava. Aquilo me lembrou que eu ao menos não estava sozinho lá fora. Estiquei o braço e coloquei em volta de Duke, molhando o gorro dela no processo.

– Duke, o que vamos fazer?

– Isso provavelmente é mais divertido do que a Waffle House seria, de qualquer forma – respondeu ela.

– Mas a Waffle House tem *Billy Talos* – comentei com escárnio. – Agora sei por que você queria ir. Não tinha nada a ver com batatas *rösti*!

– Tudo tem a ver com batatas *rösti* – disse ela. – Como escreveu o poeta: tanto depende das batatas *rösti* douradas, embebidas em óleo, com ovos mexidos de acompanhamento.

Não sabia do que ela estava falando. Apenas assenti e encarei a estrada, imaginando quando um carro apareceria para nos resgatar.

— Sei que é uma droga, mas com certeza é o Natal mais aventureiro do mundo.

— É, e isso é, na verdade, um bom lembrete de por que geralmente me oponho a aventuras.

— Nada de errado em arriscar um pouco aqui e ali — falou Duke olhando para mim.

— Eu não poderia discordar mais, e isso apenas comprova minha opinião. Eu arrisquei, e agora Carla está presa em um banco de neve, e eu em breve serei deserdado.

— Prometo que ficará tudo bem — disse Duke com a voz comedida, baixinho.

— Você é boa nisso — elogiei. — Em, tipo, dizer coisas malucas de um modo que me faz acreditar nelas.

Ela ficou na ponta dos pés, segurou-me pelos ombros e me encarou, o nariz vermelho e úmido de neve, o rosto próximo ao meu.

— Você não gosta de líderes de torcida. Acha que elas são péssimas. Gosta de garotas emo bonitinhas e engraçadas com as quais eu gostarei de andar.

Sacudi os ombros.

— É, não funcionou — falei.

— Droga. — Ela sorriu.

JP emergiu do túnel de neve, tirou a neve do macacão violeta e anunciou:

— Tobin, tenho uma pequena má notícia, mas não quero que se exalte.

— Tudo bem — respondi, nervoso.

– Não consigo pensar em um modo fácil de dizer isso. Hum, na sua opinião, qual seria o número ideal de rodas para Carla ter no momento?

Fechei os olhos e deixei a cabeça pender para trás. A luz do poste entrou forte pelas minhas pálpebras, e a neve caiu nos meus lábios.

– Porque – continuou JP –, para ser totalmente sincero, acho que o melhor número possível de rodas para Carla ter seria quatro. E no momento há três rodas de fato conectadas à própria Carla, um número que não é o ideal. Felizmente, a quarta está a apenas uma pequena distância, mas infelizmente não sou especialista em recolocação de rodas.

Puxei o gorro para a frente do rosto. A profundidade do quanto eu estava ferrado caiu sobre mim, e pela primeira vez eu senti frio: frio nos punhos, onde as luvas não alcançavam o casaco, frio no rosto e frio nos pés, onde a neve derretida já empapava as meias. Meus pais me espancariam ou me marcariam com um cabide de casacos quente ou qualquer coisa assim. Eles eram legais demais para cometer crueldades. E por *isso*, principalmente, eu me sentia tão mal: eles não mereciam ter um filho que quebrava uma roda da amada Carla a caminho de passar as primeiras horas da manhã de Natal com catorze líderes de torcida.

Alguém puxou meu gorro para cima. JP.

– Espero que não deixe um pequeno obstáculo como não ter um carro nos impedir de chegar à Waffle House – disse ele.

Duke, que estava inclinada sobre a traseira semiexposta de Carla, riu, mas eu não.

— JP, não é hora de fazer piadinhas – falei.

Ele ficou mais ereto, como se quisesse me lembrar de que era só um pouquinho mais alto do que eu, e deu dois passos até o meio da estrada, de modo a ficar diretamente abaixo da luz do poste.

— Eu não estava fazendo uma piadinha – disse JP. – É piadinha acreditar em sonhos? É piadinha superar a adversidade para tornar tais sonhos realidade? Foi uma piadinha quando Huckleberry Finn navegou o rio Mississippi por centenas de quilômetros para se agarrar com líderes de torcida do século XIX? Foi uma piadinha quando milhares de homens e mulheres dedicaram as vidas à exploração do espaço para que Neil Armstrong pudesse se agarrar com líderes de torcida na Lua? *Não!* E não é piadinha acreditar que, nesta grandiosa noite de milagres, nós, três reis magos, devemos seguir em frente na direção da grande luz amarela da placa da Waffle House!

— Reis e rainha – falou Duke sem animação.

— Ah, por favor! – exclamou JP. – Nenhuma reação a isso? Nenhuma?! – Agora ele gritava sobre a neve que abafava o som, e a voz de JP me parecia ser o único barulho no mundo. – Querem mais? Tenho mais. Senhora e senhor, quando meus pais saíram da Coreia com nada além das roupas nas costas e as riquezas consideráveis que tinham juntado com o negócio de importações e exportações, eles tinham um sonho. Tinham o sonho de que um dia, em meio às montanhas nevadas da Carolina do Norte, o filho deles perderia a virgindade para uma líder de torcida no banheiro feminino de uma Waffle House à beira da interestadual. Meus pais sacrificaram tanto por esse sonho! E é por isso que devemos prosseguir com a jornada, apesar de todas as provações e atribulações! Não por mim e muito menos pela pobre líder de torcida em questão, mas por meus pais e, de fato, por todos os imigrantes que vieram para esta grandiosa nação com a esperança de que, de alguma forma, de algum modo, os filhos deles pudessem fazer aquilo que os pais nunca fizeram: sexo com líderes de torcida.

Duke aplaudiu. Eu gargalhava, mas com a cabeça gesticulava que não para JP. Quanto mais pensava no assunto, mais idiota parecia ir até lá para ficar com um bando de líderes de torcida que eu nem conhecia, que só estariam na cidade por uma noite mesmo. Nada contra me agarrar com líderes de torcida, mas eu tinha alguma experiência no assunto, e, embora fosse uma boa diversão, dificilmente valia a pena se arrastar na neve por isso. Mas, ao prosseguir, o que eu poderia perder que já não havia sido perdido? Somente minha vida, e era mais provável que eu sobrevivesse se andasse os quatro quilômetros até a Waffle House do que os dezesseis quilômetros até em casa. Engatinhei pelo porta-malas da SUV, peguei alguns cobertores, certifiquei-me de que todas as portas estavam fechadas, e tranquei Carla.

Coloquei uma das mãos no para-choque e falei:

— Voltaremos por você.

— É isso mesmo – disse Duke para tranquilizar Carla. – Jamais abandonamos os feridos.

Havíamos nos arrastado por menos de trinta metros além da curva quando ouvi um motor roncando.

Os gêmeos.

Capítulo Oito

Os gêmeos dirigiam um Ford Mustang velho, turbinado, rebaixado, vermelho-cereja – não é o tipo de carro que se destaca pelo modo como se comporta sob o tempo inclemente. Então, tive certeza de que eles também sairiam da curva, provavelmente batendo na traseira de Carla. Mas, conforme o barulho do motor se transformou em um ronco, Duke empurrou JP e a mim para o lado da estrada mesmo assim.

Eles surgiram roncando pela esquina – o Mustang levantando poeira atrás de si e a traseira deslizando, mas de alguma forma se mantendo na pista –, o minúsculo Tommy Reston girava o volante freneticamente de um lado para o outro. Era algum tipo de gênio da direção na neve, o pequeno imbecil.

A diferença de tamanho entre os irmãos era tão grande que o Mustang se inclinava visivelmente para a esquerda, onde o corpo gigantesco de Timmy Reston tinha de alguma forma sido encaixado no assento do carona. Dava para ver Timmy sorrindo, as covinhas com três centímetros de profundidade nas bochechas carnudas. Tommy parou o Mustang rapidamente, a mais ou menos dez metros de nós, desceu o vidro da janela e colocou a cabeça para fora.

— Vocês estão com algum problema com o carro? — perguntou ele.

Comecei a andar na direção do carro.

— É, é — falei. — Batemos em um banco de neve. Estou feliz em ver vocês dois. Podem nos dar uma carona, pelo menos até o centro da cidade?

— Claro — disse ele. — Entrem. — Tommy olhou para além de mim nesse momento e, com certa animação na voz, falou: — Oi, Angie. — Esse era tecnicamente o nome de Duke.

— Oi — respondeu ela. Eu me virei para os dois e acenei para JP e Duke se aproximarem. Estava quase no carro nesse momento. Fiquei do lado do motorista, imaginando que seria impossível entrar no banco de trás pelo lado de Timmy.

Eu estava emparelhado com o capô quando Tommy falou:

— Sabe de uma coisa? Tenho espaço atrás para dois perdedores. — E elevou o tom de voz para que JP e Duke ouvissem conforme se aproximavam e disse: — Mas não tenho espaço para dois perdedores *e* uma piranha. — Ele pisou o pedal do acelerador, e, somente por um segundo, nada aconteceu. Tentei alcançar a maçaneta, mas, quando meus dedos chegaram até onde ela deveria estar, o Mustang havia disparado. Perdi o equilíbrio e caí na neve. O Mustang passou e jogou neve no meu rosto, pescoço e no peito. Cuspi parte dela e assisti enquanto Timmy e Tommy aceleravam na direção de JP e de Duke.

Eles estavam juntos à beira da estrada, Duke gesticulando com as duas mãos para os gêmeos irem embora. Conforme o Mustang se aproximou, JP deu um pequeno passo na direção da estrada e levantou uma das pernas. Assim que o carro passou, ele chutou a lateral traseira do Mustang. Foi um chute leve, meio afeminado. Eu nem ouvi o pé fazendo contato com o carro. E mesmo assim, de alguma forma, isso perturbou o suficiente o equilíbrio delicado do veículo – e de repente o Mustang virou para o lado. Tommy deve ter tentado dar potência ao motor enquanto derrapava, mas não funcionou. O Mustang disparou para fora da estrada e entrou em uma pilha de neve escavada, desaparecendo completamente, exceto pelas luzes do freio.

Levantei-me com dificuldade e corri até JP e Duke.

– Caraca! – falou JP olhando para o pé. – Sou tão bizarramente forte!

Duke andou, decidida, até o Mustang.

– Precisamos desenterrá-los – falou ela. – Podem morrer aí dentro.

– E daí? – exclamei. – Quer dizer, depois do que acabaram de fazer? Além disso, eles chamaram você de piranha! – Por um momento pude ver que ela corou, mesmo por sobre as queimaduras do vento no rosto. Sempre odiei essa palavra e ficava particularmente irritado ao ouvi-la ser direcionada à Duke, porque, mesmo que fosse uma coisa ridícula e totalmente mentirosa de se dizer a respeito dela, Duke ficava envergonhada e sabia que nós sabíamos que ela ficava envergonhada e... tanto faz. Apenas me irritava. Mas eu não queria chamar mais atenção para isso ao dizer qualquer coisa.

Independentemente, Duke se recompôs quase na hora.

— Ah, é — falou ela revirando os olhos. — Tommy Reston me chamou de piranha. *Buá-buá.* É um ataque à raiz da minha feminilidade. Não importa. Fico feliz que alguém reconheça a possibilidade de eu ser um ser sexual!

Olhei para ela de modo zombeteiro. Continuei andando até o Mustang com Duke.

— Nada pessoal, mas não quero imaginar *ninguém* que esteja a fim de Billy Talos como um ser sexual — retruquei finalmente.

Ela parou, virou-se e olhou para mim.

— Dá para parar de falar sobre Billy? Eu nem gosto dele de verdade — disse ela, bem séria.

Não entendi por que ela estava tão chateada com *isso*, dentre todas as coisas. Sempre debochávamos um do outro.

— O que foi? — perguntei na defensiva.

— Ai, Deus, esqueça. Apenas venha me ajudar a salvar esses misóginos retardados de um envenenamento por monóxido de carbono — respondeu ela.

E teríamos salvado os dois, com certeza. Se fosse preciso, teríamos passado horas cavando um túnel até os garotos Reston. Mas nossos esforços, na verdade, não foram necessários, porque Timmy Reston, por ser o homem mais forte do mundo, simplesmente empurrou milhares de quilos de neve e abriu a porta com sucesso. Ele se levantou, somente os ombros e a cabeça acima da neve, e gritou:

— Você. Vai. Morrer.

Não ficou totalmente claro para mim se Timmy estava falando somente com JP, que já tinha começado a correr, ou se com o grupo de pessoas que me incluía. Mas, de qualquer forma, saí correndo, empurrando Duke. Fiquei atrás de Duke porque não queria que ela escorregasse sem que eu visse ou algo assim. Ao me virar para checar o progresso dos gêmeos, vi os ombros e a cabeça de Timmy Reston abrirem caminho pela massa de neve. Vi a cabeça de Tommy surgir no espaço por onde Timmy havia inicialmente saído do carro, e ele gritava um bando de palavras raivosas e incompreensíveis, tão truncadas umas nas outras que tudo o que eu conseguia realmente ouvir era o ódio dele. Passamos pelos dois enquanto ainda estavam tentando sair de dentro do banco de neve e continuamos correndo.

– Vamos lá, Duke – falei.

– Estou... tentando – respondeu ela respirando entre as palavras.

Àquela altura eu podia ouvir os gêmeos gritando e quando olhei para trás vi que tinham saído da neve e corriam na nossa direção, aproximando-se a cada passada. Havia neve demais dos dois lados para correr em qualquer outro lugar que não fosse a rua. Mas, se continuássemos por mais tempo, os gêmeos nos alcançariam e, presumivelmente, começariam a devorar nossos rins.

Ouvi dizer que, às vezes, em momentos de crise intensos, a adrenalina de uma pessoa pode subir tanto que, por um breve período de tempo, ela vivencia poderes super-humanos. E talvez isso explique como eu consegui segurar Duke, jogá-la sobre meu ombro direito e correr como um velocista olímpico pela neve escorregadia.

Carreguei Duke por vários minutos antes de sequer começar a me cansar, sem olhar para trás e nem precisando, pois Duke olhava por mim.

– Continue, continue, você é mais rápido do que eles, você é, é, sim – dizia ela.

E, mesmo que estivesse falando comigo como tinha falado com Carla quando subimos a colina, eu não me importava – estava funcionando. Mantive os pés correndo no ritmo, o braço envolto na cintura dela e na parte inferior das costas, e corri até chegarmos a uma pequena ponte sobre uma estrada de duas pistas. Vi JP deitado de barriga para baixo na lateral da ponte. Imaginei que tivesse escorregado e reduzi a velocidade para ajudá-lo a se levantar, mas ele apenas gritou:

– Não, não, continue, continue!

E continuei. Estava bem difícil respirar, agora que o peso da Duke se fazia presente sobre meu ombro.

– Olha, posso colocar você no chão? – perguntei.

– Sim, estou ficando um pouco enjoada mesmo.

Parei e a coloquei no chão.

– Vá na frente – falei.

Ela disparou sem mim, e eu me agachei, as mãos sobre os joelhos, e observei JP correndo na minha direção. Pude ver os gêmeos a distância – bem, pude ver Timmy. Suspeitava de que Tommy estivesse escondido atrás do tamanho infinito do irmão. Sabia que não havia esperança agora – os gêmeos inevitavelmente nos alcançariam, mas acreditei que precisávamos lutar de qualquer forma. Respirei fundo e rápido algumas vezes enquanto JP me alcançava, depois comecei a correr, mas ele segurou meu casaco.

– Não. Não. Veja – disse JP.

Ficamos ali, na estrada, o ar úmido queimando os pulmões, Tommy se aproximando de nós, o rosto gordo tomado por uma careta enorme. E então, sem qualquer aviso, Tommy caiu de cara no chão, como se tivesse levado um tiro nas costas. Mal teve tempo de esticar as mãos para aparar a queda. Timmy tropeçou no corpo do irmão e se estatelou na neve também.

– Que diabos você fez? – perguntei ao partirmos correndo na direção de Duke.

– Usei todo o fio dental que tinha para amarrar uma linha entre as laterais da ponte para eles tropeçarem. Ergui logo depois que você passou carregando Duke – respondeu ele.

– Isso é bem incrível – admiti.

– Minha gengiva já está desapontada comigo – murmurou ele em resposta. Continuamos correndo, mas eu não ouvia mais os gêmeos e, quando olhei por cima do ombro, só conseguia ver a neve interminável.

Quando alcançamos Duke, os prédios de tijolos do centro da cidade nos cercavam, e finalmente conseguimos sair da Sunrise até a Main Street, escavada havia pouco. Ainda corríamos, embora eu mal conseguisse sentir os pés por causa do frio e da exaustão. Apenas um quilômetro e meio até chegarmos. Poderíamos chegar em vinte minutos se fôssemos correndo.

– Liguem para Keun, descubram se os caras da faculdade chegaram antes de nós – falou Duke.

Ainda mantendo o ritmo, coloquei a mão no bolso da calça, peguei o telefone e liguei para o celular de Keun. Alguém – não era Keun – atendeu no primeiro toque.

– Keun está aí?
– É Tobin? – Reconheci a voz. Billy Talos.
– Sim – respondi. – E aí, Billy.
– Ei, Angie está com você?
– Hã, sim – confirmei.
– Estão perto?

Medi as palavras, pois não sabia se ele usaria a informação para ajudar os amigos.

– Razoavelmente – desconversei.
– Tudo bem, Keun está aqui – falou ele.

A voz enérgica de Keun tomou a linha nesse momento.

– E aí! Onde estão? Cara, acho que Billy está apaixonado. Tipo, neste momento ele está sentado perto de uma Madison. Uma das Madisons. Há várias delas. O mundo está cheio de Madisons Mágicas!

Olhei para a Duke para saber se ela tinha ouvido alguma coisa pelo telefone, mas ela olhava para frente, ainda correndo. Achei que Billy tivesse perguntado sobre Duke porque queria vê-la, não porque não queria que ela o surpreendesse tentando ficar com outra pessoa. Péssimo.

– TOBIN! – gritou Keun no meu ouvido.
– Sim, e aí?
– Hã, você me ligou – observou ele.
– Certo, é. Estamos perto. Na esquina da Main Street com a Third. Devemos chegar em meia hora.

— Excelente, acho que ainda assim vão chegar aqui primeiro. Os caras da faculdade estão presos no acostamento em algum lugar, pelo visto.

— Ótimo. Tudo bem, ligo quando estivermos perto.

— Sensacional. Ah, e vocês estão com o Twister, certo?

Olhei para JP e para Duke. Coloquei um dedo sobre o fone e disse:

— Trouxemos o Twister?

JP parou de correr. Duke o fez logo em seguida.

— Droga, esquecemos em Carla – falou JP.

Desabafei o fone e disse:

— Keun, sinto muito, cara, mas deixamos o Twister no carro.

— Isso não é bom – falou ele com um tom de ameaça na voz.

— Eu sei, é uma droga. Foi mal.

— Ligo de volta – avisou ele e desligou o telefone.

Andamos por mais um minuto antes de Keun me ligar de volta.

— Ouça – disse ele –, fizemos uma votação e, infelizmente, vocês terão que voltar para pegar o Twister. A maioria concordou que ninguém poderá entrar sem o jogo.

— O quê? Quem votou?

— Billy, Mitchell e eu.

— Ah, vamos lá, Keun. Convença-os de algum jeito! Carla está a vinte minutos de caminhada no vento, e os gêmeos Reston estão lá atrás em algum lugar. Faça um deles mudar o voto!

— Infelizmente, a votação foi três a zero.

— O quê? Keun? Você votou *contra nós*?

– Não encaro como um voto contra vocês – explicou ele.
– Vejo como um voto a favor do Twister.
– Você está brincando, tenho certeza – falei. Duke e JP não podiam ouvir a parte da conversa de Keun, mas estavam me olhando, nervosos.
– Não brinco em relação ao Twister – disse Keun. – Ainda podem chegar aqui primeiro! É só correrem!
Fechei o telefone e coloquei o gorro sobre o rosto.
– Keun disse que não nos deixará entrar sem o Twister – murmurei.

Fiquei de pé sob o toldo de um café e tentei chutar a neve dos Pumas congelados. JP andava de um lado para o outro na rua, parecendo agitado. Ninguém falou nada por um tempo. Continuei olhando para a rua à procura dos gêmeos Reston, mas eles não apareceram.
– Vamos para a Waffle House – disse JP.
– Ah, tá – respondi.
– Vamos – falou ele. – Tomaremos outro caminho de volta, de modo a não cruzarmos com os gêmeos Reston, vamos pegar o Twister e ir até a Waffle House. Só vai levar uma hora se corrermos.
Eu me virei para Duke, que estava ao meu lado sob o toldo. Ela diria a JP. Diria que precisávamos desistir e ligar para a polícia para ver se alguém em algum lugar poderia nos buscar.
– Eu quero batatas *rösti* – falou Duke atrás de mim. – Quero grelhadas, com cebolas e com queijo. Quero com presunto, com pimenta e com tomate.

– O que você quer é Billy Talos – retruquei.

Ela me cutucou com o cotovelo.

– Já disse para *não falar* mais nisso, nossa. E não quero. Quero batata *rösti*. É isso. É só isso. Estou com fome, o tipo de fome que só batatas *rösti* vão matar, então vamos voltar e pegar o Twister. – Ela simplesmente marchou, e JP a seguiu. Fiquei sob o toldo por um momento, mas finalmente decidi que ficar de mau humor com os amigos é melhor do que ficar de mau humor sem eles.

Quando os alcancei, todos os nossos gorros estavam bem fechados contra o vento que batia de frente conforme andávamos por uma rua paralela à Sunrise. Precisávamos gritar para nos ouvir.

– Estou feliz que você esteja aqui – falou Duke.

– Obrigado – gritei de volta.

– Sinceramente, batatas *rösti* não significam nada sem você – gritou ela.

Eu gargalhei e disse que Batatas *Rösti* Não Significam Nada Sem Você era um ótimo nome para uma banda.

– Ou uma música – sugeriu Duke, e começou a cantar no estilo *glam rock*, a luva erguida na altura do rosto segurando um microfone imaginário enquanto detonava em uma balada poderosa a capela. – Oh, eu fritei por você/Mas depois eu chorei por você/Oh, baby, esse prato é para dois/E essas batatas *rösti* não significam nada, oh, essas batatas *rösti* não significam nada, é, essas BATATAS *RÖSTI* NÃO SIGNIFICAM NADA sem você!

Capítulo Nove

Duke e JP percorreram a rua em um ótimo tempo – não estavam correndo, mas andavam bem rápido. Meus pés pareciam congelados, e eu estava cansado de carregar Duke, então fiquei um pouco para trás e, com o vento batendo de frente, eu conseguia ouvir a conversa deles, mas eles não conseguiam ouvir nada do que eu falava.

Duke dizia (de novo) que o que as líderes de torcida faziam não era esporte, e JP apontou para ela e sacudiu a cabeça de modo rigoroso.

– Não quero ouvir mais uma palavra negativa a respeito das líderes de torcida. Se não fosse por elas, quem nos diria quando e como ficarmos felizes durante um evento esportivo? Se não fosse pelas líderes de torcida, como as garotas mais lindas dos Estados Unidos fariam exercícios tão importantes para ter uma vida saudável?

Corri para alcançá-los a fim de dizer uma coisa.

— Além disso, sem as líderes de torcida, o que seria da indústria de minissaias de poliéster? – perguntei. Falar tornava a caminhada melhor, o vento menos fustigante.

— Exatamente – concordou JP enquanto limpava o nariz na manga do macacão do meu pai. – Sem falar da indústria do pompom. Sabe quantas pessoas no mundo inteiro são empregadas na manufatura, distribuição e venda dos pompons?

— Vinte? – chutou Duke.

— Milhares! – respondeu JP. – O mundo deve conter milhões de pompons carregados por milhões de líderes de torcida! E, se é errado querer que todas essas milhões de líderes de torcida esfreguem seus milhões de pompons no meu peito nu, bem, então não quero estar certo, Duke. Não quero estar certo.

— Você é um palhaço – disse ela. – E um gênio.

Fiquei para trás de novo, mas me arrastei para acompanhá-los, não tão palhaço e não tão gênio. É sempre um prazer ver JP mostrar a genialidade e Duke se exaltar com isso. Levamos quinze minutos para voltar até Carla usando um caminho que evitava a Sunrise (e, esperávamos, os gêmeos). Subi pelo porta-malas e peguei o Twister, e partimos por uma cerca gradeada e pelo quintal de alguém para seguir diretamente pelo oeste, na direção da estrada. Imaginamos que os gêmeos tomariam o caminho que havíamos feito inicialmente. Aquele era bem mais rápido, mas todos concordamos que não tínhamos visto o jogo Twister nas mãos de Timmy ou Tommy, então não achávamos que importava se eles chegassem antes de nós.

* * *

Caminhamos em silêncio durante um longo tempo, passando por casas pré-fabricadas de madeira escura, e segurei o Twister acima da cabeça para manter parte da neve longe do rosto. A neve havia se acumulado em bancos na altura das maçanetas de um lado da rua, e pensei em como ela pode mudar um lugar. Nunca morei em outro lugar. Tinha caminhado ou dirigido por aquele quarteirão umas mil vezes. Lembrava-me de quando todas as árvores tinham morrido de parasitose e quando plantaram novas em todos aqueles jardins. E além das cercas era possível ver um quarteirão depois da Main Street que eu conhecia ainda melhor: conhecia cada galeria que vendia arte local para turistas, cada loja ao ar livre que vendia o tipo de botas de caminhada que eu desejava estar usando.

Mas era tudo novo no momento, tudo – envolto em um branco tão puro que era ligeiramente ameaçador. Nenhuma rua ou calçada sob mim, nenhum hidrante. Nada além de branco para todo lado, como se o próprio lugar estivesse embrulhado para presente pela neve. E não só parecia diferente, mas também cheirava diferente, o ar estava cortante pelo frio e pela acidez úmida da neve. E o silêncio esquisito, apenas o ritmo constante dos nossos sapatos esmagando o que estava abaixo dos pés. Não conseguia ouvir o que JP e Duke falavam poucos metros à frente conforme me perdi no mundo esbranquiçado.

E poderia ter me convencido de que éramos as únicas pessoas acordadas em todo o oeste da Carolina do Norte se não tivéssemos visto as luzes brilhantes da loja de conveniência Duke and Duchess quando viramos da Third Street para a Maple.

* * *

O motivo pelo qual chamamos a Duke de "Duke" é porque, quando estávamos no oitavo ano, fomos uma vez até a Duke and Duchess. E o diferencial na loja de conveniência Duke and Duchess é que em vez de chamarem você de "senhor", "senhora" ou "você aí", ou o que quer que seja, os empregados da D and D devem chamar os clientes de "Duke", se for homem, ou "Duchess", se for mulher.

Bem, Duke chegou tarde na festa da puberdade e, além disso, também sempre vestiu jeans e um boné de beisebol, principalmente no ensino fundamental. Então, o previsível aconteceu: um dia fomos até a Duke and Duchess para comprar um chiclete ou um refrigerante ou o que quer que estivéssemos consumindo naquela semana específica para estragar os dentes. Depois que Duke efetuou a compra, o cara atrás do balcão falou "Obrigado, Duke".

E pegou. Em certo momento, acho que no nono ano, estávamos todos almoçando quando JP e Keun se ofereceram para chamá-la de Angie, mas ela disse que odiava ser chamada de Angie, de qualquer forma. Então mantivemos Duke. Combinava com ela. Tinha uma postura excelente e era meio que uma líder nata e tudo, e, embora ela, com certeza, não mais parecesse nem vagamente masculina, ainda agia em geral como um de nós.

Conforme andamos pela Maple, reparei que JP diminuiu a velocidade para caminhar ao meu lado.

– O que foi? – perguntei.

— Olha, você está bem? — perguntou ele. JP estendeu o braço, pegou o Twister da minha mão e colocou debaixo do braço dele.

— Hum... sim?

— Porque está andando de um jeito, não sei. Como se não tivesse tornozelos ou joelhos?! — Olhei para baixo e vi que estava realmente andando de modo muito estranho, as pernas bem separadas e girando, os joelhos mal se dobravam. Parecia um pouco com um caubói depois de uma longa cavalgada.

— Hã — falei, observando aquele andar esquisito. — Hum. Acho que meus pés estão simplesmente muito frios.

— PARADA DE EMERGÊNCIA MUITO RÁPIDA! — gritou JP. — Temos um caso potencial de ulceração pela neve aqui atrás!

Sacudi a cabeça. Eu estava bem, mas Duke se virou e me viu andando.

— Para a D and D! — disse ela.

Então eles correram, e eu me arrastei. Chegaram bem antes de mim na D and D, e, quando entrei, Duke já estava no balcão comprando um pacote com quatro meias brancas de algodão.

Não éramos os únicos clientes. Ao me sentar em uma das cabines do mini "café" da D and D, olhei para a cabine mais distante: lá, com uma xícara fumegante à frente, estava o Homem Alumínio.

Capítulo Dez

— E aí? – falou JP para o Homem Alumínio enquanto eu tirava os sapatos ensopados.

É meio difícil descrever o Homem Alumínio porque ele parece um cara mais velho de cabelos grisalhos, mas em geral comum, exceto pelo fato de nunca, sob circunstância alguma, sair de casa a não ser que o corpo inteiro, dos pés à cabeça, esteja enrolado em papel alumínio.

Tirei as meias quase congeladas. Meus pés estavam azul-claros. JP me ofereceu um guardanapo para limpá-los quando o Homem Alumínio falou.

— Como estão vocês três esta noite? – O Homem Alumínio sempre falava assim, como se a vida fosse um filme de terror e ele fosse o maníaco empunhando a faca. Mas em geral todos concordavam que era inofensivo. Ele fizera a pergunta a nós três, mas estava olhando somente para mim.

— Vamos ver – respondi. – Nosso carro perdeu uma roda, e não consigo sentir os pés.

– Você parecia bem solitário lá fora – disse ele. – Um herói épico contra a natureza.

– É. Tudo bem. Como você está? – perguntei para ser educado. *Por que perguntou isso a ele?* Reprimi a mim mesmo. Modos sulistas idiotas.

– Estou apreciando uma xícara de macarrão instantâneo bem satisfatória – disse ele. – Eu realmente gosto de uma boa xícara. E acho que vou fazer outra caminhada.

– Você não sente frio com o alumínio? – Eu não conseguia parar de fazer perguntas!

– Que alumínio? – perguntou ele.

– Hã – respondi –, certo. – Duke levou as meias até mim. Calcei um par, depois outro e depois um terceiro. Guardei o quarto para o caso de precisar de meias secas mais tarde. Mal consegui enfiar os pés no Puma, mas, ainda assim, sentia-me um novo homem quando me levantei para ir embora.

– Sempre um prazer – falou o Homem Alumínio para mim.

– Ah, sim – respondi. – Feliz Natal.

– Que os porcos do destino os levem voando para casa em segurança – replicou ele.

Certo. Senti-me terrível pela moça atrás do balcão, presa com ele. Quando estava a caminho da saída, a mulher do balcão disse para mim:

– Duke?

– Sim? – falei após me virar.

– Não pude deixar de ouvir – disse ela. – Sobre o seu carro.

– É – respondi. – Uma droga.

— Ouça — falou ela. — Podemos rebocá-lo. Temos um reboque.

— Sério? — perguntei.

— É, aqui, me dê um pedaço de papel onde eu possa escrever o telefone. — Catei um recibo do bolso do casaco. Ela escreveu o número e o nome, Rachel, em uma caligrafia redonda e pesada.

— Uau, obrigado, Rachel.

— É. São cento e cinquenta dólares mais cinco dólares a cada quilômetro e meio, porque é feriado e o tempo está ruim, e tal.

Fiz uma careta, mas assenti. Um reboque caro era muito melhor do que nenhum reboque.

Estávamos de volta à estrada — eu andava com uma nova consciência, e gratidão, dos dedos dos pés — quando JP se alinhou comigo e falou:

— Sinceramente, o fato de o Homem Alumínio ter, tipo, quarenta anos e ainda estar vivo me dá esperança de ser um adulto razoavelmente bem-sucedido.

— É — respondi. Duke andava um pouco à frente, fazendo um lanchinho com Cheetos.

— Cara — falou JP. — Você está olhando para a bunda de Duke?

— O quê? Não. — E somente ao contar a mentira percebi que eu estava mesmo olhando para as costas dela, mas não especificamente para a bunda.

Duke se virou.

— Do que vocês estão falando?

– Da sua bunda! – gritou JP ao vento.

Ela gargalhou.

– Sei que é o que você sonha quando está sozinho à noite, JP.

Ela diminuiu o passo, e nós a alcançamos.

– Sinceramente, Duke? – falou JP, colocando o braço em volta dela. – Espero que não fique magoada, mas, se eu tiver um sonho sexual com você, terei que localizar meu subconsciente, removê-lo do corpo e espancá-lo até a morte com um pedaço de pau.

Ela o dispensou com a autoconfiança de sempre.

– Isso não me ofende nem um pouco. Se não o fizesse, eu teria que fazer por você. – E então ela se virou e olhou para mim. Imaginei que quisesse ver se eu estava rindo. E eu estava, baixinho.

Passávamos pelo Governor's Park, a caminho do maior playground da cidade, quando, a distância, ouvi um motor, alto e forte. Pensei por um segundo que poderiam ser os gêmeos, mas olhei para trás e, conforme o carro passou sob um poste, vi as luzes no teto.

– Policial – falei rapidamente, disparando para o parque. JP e Duke correram para fora da rua também. Ficamos agachados, metade atrás de um banco de neve e metade dentro dele, enquanto o carro passava devagar, uma lanterna de busca iluminando o parque.

Somente após ele passar me ocorreu.

– Ele poderia ter nos dado uma carona – falei.

– É, para a *cadeia* – retrucou JP.

— Bem, mas não estamos fazendo nada criminoso — respondi.

JP remoeu isso por um momento. Estar na rua às duas e meia da manhã no Natal certamente *parecia* errado, mas não significava que *fosse* errado.

— Não seja um tapado — falou JP.

Era justo. Fiz a coisa menos tapada em que pude pensar, que foi dar alguns passos pela neve na altura das panturrilhas na direção de Governor's Park. Então me deixei cair para trás, os braços estendidos, sabendo que a neve me atingiria, espessa e fofa. Fiquei deitado ali por um momento e fiz um anjo de neve. Duke mergulhou de barriga no chão.

— Anjo de neve com peitos! — falou ela.

JP tomou distância e saltou para a neve, aterrissando estatelado com a lateral do corpo, o Twister agarrado nos braços. Ele se levantou com cuidado ao lado da impressão deixada pelo corpo.

— Demarcação de um corpo em uma investigação de homicídio! — falou JP.

— O que aconteceu com ele? — perguntei.

— Alguém tentou roubar o Twister, e ele morreu defendendo o jogo heroicamente — explicou JP.

Saí com cuidado de cima do meu anjo e fiz outro, mas dessa vez usei as luvas para dar chifres ao anjo.

— Demônio da neve! — gritou Duke, animada.

Com neve ao redor de nós, eu me sentia uma criancinha naqueles pula-pulas infláveis — não poderia me machucar se caísse. Não poderia me machucar com nada. Duke correu até mim, os ombros curvados, a cabeça para baixo, e me atingiu no peito, derrubando-me. Caímos juntos no chão, e a inércia me fez rolar para cima dela. O rosto da Duke estava próximo o bastante do meu para misturar nossa respiração congelante entre nós. Senti o peso dela abaixo do meu, e algo caiu no meu estômago quando ela sorriu para mim. Houve uma fração de segundo em que eu poderia ter deslizado de cima dela, mas não o fiz, então ela me empurrou, ficou de pé e limpou a neve do casaco em cima do meu corpo ainda caído.

Nós nos levantamos, voltamos para a rua e seguimos em frente. Eu estava mais molhado e com mais frio do que sentira a noite toda, mas estávamos a apenas um quilômetro e meio da estrada, e dali era só uma corrida rápida até a Waffle House.

Começamos andando juntos, Duke falando sobre como eu deveria ter cuidado com ulcerações de neve, e eu falando sobre as distâncias que percorreria para reunir Duke com o namorado ensebado, e Duke me chutava nas panturrilhas, e JP nos chamava de tapados. Mas, depois de um tempo, a rua começou a ficar nevada de novo, então passei a andar no rastro ligeiramente recente do que presumi ser o carro de polícia. JP andava no rastro de uma das rodas; e eu, no da outra. Duke estava alguns passos à frente.

– Tobin – falou JP do nada. Ergui a cabeça, e ele estava bem ao meu lado, dando passos largos pela neve. – Não que eu seja necessariamente a favor da ideia – disse –, mas acho que você talvez goste da Duke.

Capítulo Onze

Ela estava apenas andando à nossa frente com as botas na altura das canelas, o capuz para cima e a cabeça para baixo. Tem alguma coisa no modo como as garotas andam – principalmente quando não estão usando sapatos chiques nem nada, quando estão apenas usando tênis ou algo assim – alguma coisa no jeito como as pernas se ligam ao quadril. De todo modo, Duke andava, havia alguma coisa ali, e eu estava meio que enojado comigo mesmo por pensar nessa coisa. Quer dizer, minhas primas provavelmente andavam com essa mesma coisa, mas a questão é que às vezes você repara e às vezes não. Quando Brittany, a líder de torcida, anda, você repara. Quando Duke anda, não. Normalmente.

Passei tanto tempo pensando em Duke, no modo de andar e nos cachos molhados caídos nas costas dela, no modo como a espessura do casaco fazia os braços dela se projetarem levemente do corpo e tudo isso, que levei tempo demais para responder a JP.

– Não seja um tapado – falei finalmente.

– Você passou tempo demais pensando nessa resposta primorosa – respondeu ele.

– Não – retruquei afinal. – Não gosto de Duke, não desse jeito. Eu diria se gostasse, mas é como gostar de uma prima.

– Engraçado você dizer isso, porque eu tenho uma prima gostosona, na verdade.

– Isso é nojento.

– Duke – gritou JP. – O que você estava me falando sobre transar com primos no outro dia? É, tipo, totalmente seguro?

Ela se virou para nós e continuou andando, com as costas para o vento, a neve soprando em volta dela e para cima de nós.

– Não, não é totalmente seguro. Eleva um pouco o risco de defeitos de nascença. Mas eu estava lendo um livro para a aula de história que dizia que há, tipo, 99,9999% de chance de que pelo menos um dos seus tetravós tenha se casado com um primo em primeiro grau.

– Então o que está dizendo é que não há nada de errado em ficar com um primo.

Duke parou e se virou para andar conosco. Ela suspirou alto.

– Não é isso que eu estou dizendo. E também estou um pouco cansada de falar sobre ficar com primos e líderes de torcida gostosas.

– Sobre o que deveríamos falar, então? O tempo? Parece que está nevando – falou JP.

– Sinceramente, eu preferiria falar sobre o tempo.

— Sabe, Duke, existem líderes de torcida do sexo masculino. Você poderia ficar com um desses – falei.

Duke parou de andar e explodiu de vez. O rosto dela estava todo retorcido enquanto gritava comigo.

— Quer saber? Isso é machista. Está bem? Eu odeio ser, tipo, a defensora das meninas e tal, mas quando vocês passam a noite toda falando sobre pegar garotas porque elas usam minissaias ou sobre como os pompons delas são sexy e tal. É machista, está bem? Líderes de torcida do sexo feminino vestindo roupinhas bonitinhas que são a fantasia dos homens, machista! Simplesmente *presumir* que elas estão morrendo de vontade de ficar com vocês, machista! Entendo que vocês estão, tipo, explodindo com uma necessidade constante de se esfregar na pele de uma garota, mas podem ao menos tentar falar um pouco menos disso na minha frente?!

Olhei para baixo, para a neve que caía sobre a neve. Senti como se tivesse acabado de ser flagrado colando em uma prova ou algo assim. Queria dizer que nem me *importava* mais se fôssemos para a Waffle House, mas apenas fiquei calado. Nós três continuamos andando em fileira. O vento rodopiante estava às nossas costas agora, e eu encarei o chão e tentei deixá-lo me empurrar até a Waffle House.

— Desculpa – ouvi Duke dizer a JP.

— Não, é nossa culpa – respondeu ele sem olhar para mim. – Eu fui um tapado. É que precisamos... Não sei, às vezes é difícil lembrar.

— É, talvez eu devesse mostrar mais os peitos ou algo assim. – Duke falou isso em voz alta, como se fosse para eu ouvir.

Há sempre o risco: algo é bom e bom e bom e bom e, do nada, fica esquisito. Do nada, ela vê você olhando para ela e não quer mais fazer piada na sua frente, porque não quer parecer que está flertando, porque não quer que você pense que gosta de você. É um desastre tão grande sempre que, no curso dos relacionamentos humanos, alguém começa a destruir a parede que separa amizade e beijo. Quebrar essa parede é o tipo de história que pode ter um meio feliz – ah, veja, quebramos essa parede, vou enxergar você como uma garota, e você vai me ver como um garoto, e nós vamos brincar de um jogo legal chamado "posso colocar a mão aí e aí e aí". E às vezes esse meio feliz parece tão incrível que você pode se convencer de que não é um meio, mas durará para sempre.

Esse meio nunca é o fim, no entanto. Não foi o fim com Brittany, Deus que o diga. E Brittany e eu nem éramos amigos, não mesmo. Não como Duke. Ela era minha *melhor* amiga, se eu tivesse que escolher. Quer dizer, a única pessoa que eu levaria para uma ilha deserta? Duke. O único CD que eu levaria? Um mix chamado "A Terra é azul como uma laranja", que ela fez para mim no Natal passado. O livro que eu levaria? O livro mais longo de que jamais gostei, *A menina que roubava livros*, que Duke recomendou. E não queria ter um meio feliz com a Duke à custa de um Para Sempre Inevitavelmente Desastroso.

Mas, por outro lado (e esta é uma das minhas maiores reclamações a respeito de consciência humana), uma vez que você pensa um pensamento, é extremamente difícil "despensar". E eu tinha pensado *o pensamento*. Nós reclamamos do frio. Duke ficou fungando, porque não tínhamos lenços e ela não queria assoar o nariz no chão. JP, tendo concordado em não falar sobre líderes de torcida, ficou falando sobre batata *rösti*.

JP dizia "batata *rösti*" apenas como um símbolo para líderes de torcida – ficou claro porque ele falava coisas como "O que mais gosto nas batatas *rösti* da Waffle House é que elas usam umas sainhas tão fofas". "Batatas *rösti* estão sempre de bom humor. E é contagioso. Ver batatas *rösti* felizes me deixa feliz."

Parecia que, se fosse JP falando, Duke não achava irritante. Ficava rindo e respondia falando sobre batatas *rösti de verdade*:

– Vão estar tão quentinhas – disse ela. – Tão crocantes e douradas e deliciosas. Quero quatro grandes. E também algumas torradas de passas. Nossa, eu amo aquelas torradas de passas. Humm, vai ser uma festa de carboidratos.

Eu avistei o viaduto da interestadual a distância, a neve em montes altos nas laterais da ponte. A Waffle House ainda deveria estar a uns oitocentos metros, mas era uma linha reta agora. As letras pretas nos quadrados amarelos que prometiam waffles com queijo, o sorriso torto de Keun, e o tipo de garotas que tornava fácil "despensar".

Então, conforme continuávamos andando, eu comecei a ver a luz emergir pelo véu espesso de neve. Não a própria placa, mas a luz que ela emitia. E, finalmente, a placa, erguida bem alto acima do minúsculo restaurante, o letreiro maior e mais brilhante do que aquela cabaninha de restaurante jamais poderia ser, as letras pretas nos quadrados amarelos prometendo calor e sustância: Waffle House. Caí de joelhos no meio da rua.

— Não num castelo nem numa mansão, mas numa Waffle House encontraremos salvação! — gritei.

Duke riu, levantando-me pelas axilas. O gorro molhado pela neve estava puxado bem para baixo sobre a testa. Olhei para ela, e ela olhou para mim, e não estávamos andando. Estávamos apenas de pé ali, e os olhos dela eram tão *interessantes*. Não do jeito normal de serem interessantes, como extremamente azuis ou extremamente grandes ou ornamentados com cílios obscenamente grandes, nem nada assim. O que me interessava nos olhos da Duke era a complexidade da cor — ela sempre dizia que pareciam o fundo de uma lata de lixo, uma mistura de verde, marrom e amarelo. Mas ela se subestimava. Ela sempre se subestimou.

Nossa. Era uma coisa difícil de "despensar".

Eu provavelmente a encararia com expressão de idiota para sempre enquanto ela olhava de volta para mim com o rosto inquisidor, caso não tivesse ouvido o motor a distância e me virado para ver um Ford Mustang vermelho dobrar uma esquina em velocidade considerável. Agarrei Duke pelo braço, e corremos até um banco de neve. Olhei para a rua à procura de JP, que já estava bem à frente de nós.

— JP! — gritei. — GÊMEOS!

Capítulo Doze

JP se virou. Ele olhou para nós, amontoados juntos na neve. Olhou para o carro. O corpo de JP congelou por um momento. E então ele se voltou para a rua e começou a correr, as pernas um borrão de energia. Estava disparando para a Waffle House. O Mustang dos gêmeos passou roncando por Duke e por mim. O pequeno Tommy Reston se inclinou para fora da janela aberta segurando o Twister.

– Vamos matar vocês depois – anunciou ele.

Mas no momento ele parecia contente em matar JP, e, conforme se aproximavam dele, eu gritei:

– Corra, JP! Corra!

Tenho certeza de que não me ouviu por cima do ronco do Mustang, mas gritei mesmo assim, um último grito desesperado e furtivo para a natureza. Desse momento em diante, Duke e eu éramos meras testemunhas.

A vantagem de JP se dissipou rapidamente – estava correndo bem rápido, mas não tinha nenhuma chance de ganhar de um Mustang muito bem-dirigido até a Waffle House.

— Eu queria muito as batatas *rösti* — falou Duke, chorosa.

— É — respondi. O Mustang alcançou o ponto em que poderia ultrapassar JP, mas ele se recusou a parar de correr ou a sair do meio da rua. A buzina soou quando vi as luzes do freio do carro se acenderem, mas JP continuou correndo. E percebi a estratégia insana dele. JP calculou que a rua não era larga o bastante para permitir que o Mustang o ultrapassasse por qualquer dos lados por causa dos barrancos de neve, e ele acreditava que os gêmeos não o atropelariam. Parecia uma observação generosa a respeito da benevolência dos gêmeos, mas até então, pelo menos, estava funcionando. O Mustang buzinava, furioso, porém impotente, conforme JP corria na frente dele.

Algo mudou na minha visão periférica. Olhei para o viaduto da interestadual e distingui as formas de dois homens troncudos caminhando devagar pela rampa de saída, carregando um barril que parecia ser bem pesado. O barril de cerveja. Os caras da faculdade. Indiquei para a Duke, e ela olhou para mim, e seus olhos se arregalaram.

— Atalho! — gritou ela e disparou para a estrada, atravessando o banco de neve. Nunca a vi correr tão rápido e não sabia no que estava pensando, mas devia estar pensando em algo, então fui atrás. Escalamos a inclinação da interestadual juntos, a neve espessa o bastante para subirmos com facilidade. Quando saltei pelo parapeito do acostamento, vi JP do outro lado do viaduto, ainda correndo. Mas o Mustang havia parado. Timmy e Tommy o perseguiam a pé.

Duke e eu estávamos correndo na direção dos caras da faculdade, e finalmente um deles olhou para nós.

– Ei, vocês são... – disse ele.

Mas nem terminou a frase. Apenas passamos correndo por eles, e Duke gritou para mim:

– Pegue o tapete! Pegue o tapete! – Abri a caixa do Twister e a joguei no meio da estrada. Segurei a roleta nos dentes trincados e o tapete nas mãos e, finalmente, eu sabia o que ela queria que fizéssemos. Talvez os gêmeos fossem mais rápidos, mas, com a ideia brilhante da Duke, percebi que poderíamos ter uma chance.

Quando chegamos ao início do barranco para descer a rampa de saída, abri o tapete do Twister com um único movimento. Ela saltou para cima dele, caindo de bunda, e eu segui, colocando a roleta abaixo do corpo.

– Você vai ter que enterrar a mão direita na neve para nos manter virados para a direita – gritou ela.

– Tudo bem, tudo bem – respondi.

Começamos a escorregar para baixo, ganhando velocidade, e, conforme o barranco se curvou, eu enterrei a mão e nós viramos, ainda acelerando. Eu conseguia ver JP, agora atrás de Timmy Reston, tentando em vão reduzir a velocidade do corpo gigantesco do garoto conforme marchava na direção da Waffle House.

– Ainda podemos fazer isso – falei, mas duvidava. Ouvi um ruído profundo acima de nós e me virei, ao que vi um barril de cerveja rolando pela rampa de saída com velocidade considerável. Eles estavam tentando nos *matar*. Aquilo não se parecia nem um pouco com espírito esportivo!

– BARRIL! – gritei, e Duke virou a cabeça. O objeto quicava na nossa direção de modo ameaçador. Não sabia quanto pesavam os barris de cerveja, mas, dada a dificuldade dos caras em carregá-lo, imaginei que seria o suficiente para matar dois jovens e promissores alunos do ensino médio em um passeio na manhã de Natal com um trenó de Twister. Duke continuou virada de costas, observando o barril se aproximar, mas eu estava muito assustado.

– Agora agora vira vira vira – gritou ela. Enterrei a mão na neve, e Duke rolou na minha direção, quase me empurrando do tapete. As coisas ficaram lentas, e eu observei o barril nos ultrapassar, rolando sobre as bolas vermelhas onde Duke estivera sentada. Mas ele disparou por nós, bateu na proteção do acostamento e quicou. Não vi o que aconteceu depois, mas ouvi: um barril de cerveja muito espumante bateu em algo pontiagudo e explodiu como uma enorme bomba de cerveja.

A explosão foi tão alta que Tommy, Timmy e JP pararam de repente por pelo menos cinco segundos. Quando voltaram a correr, Tommy pisou numa poça de gelo e caiu de cara no chão. Ao ver o irmão cair, o gigantesco Timmy repentinamente mudou de tática: em vez de seguir JP, ele saltou o banco de neve na lateral da rua e correu na direção da própria Waffle House. JP, alguns passos à frente, imediatamente fez a mesma manobra, de modo que os dois seguiram para a mesma porta, mas em ângulos um pouco diferentes. Duke e eu estávamos perto agora – perto o bastante da base da rampa para sentir a desaceleração e perto o bastante dos gêmeos para ouvi-los gritando para JP e um com o outro. Eu conseguia enxergar dentro das janelas meio embaçadas da Waffle House. Líderes de torcida vestindo as roupas de aquecimento verdes. Rabos de cavalo.

Mas, quando nos levantamos e eu peguei o tapete do Twister, soube que não estávamos perto o suficiente. Timmy tinha a vantagem sobre a porta da frente conforme mexia os braços, a caixa do Twister comicamente pequena na mão enorme. JP se aproximava de um ângulo um pouco diferente, correndo até as tripas saltarem sobre a neve poeirenta na altura das canelas. Duke e eu corríamos o mais rápido que conseguíamos, mas estávamos bem atrás. Mas mantive as esperanças por JP, até que Timmy ficou a alguns passos da porta, e eu percebi que ele simplesmente seria o primeiro a chegar. Meu estômago afundou. JP tinha chegado tão perto. Os pais imigrantes sacrificaram tanto. Duke seria privada das batatas *rösti*; e eu, dos waffles com queijo.

No entanto, quando Timmy começou a estender a mão para a porta, JP saltou. Ele se ergueu no ar, o corpo esticado como um receptor de futebol americano que vai agarrar um passe de longa distância, e cobriu tanto ar que parecia haver saltado de um trampolim. O ombro de JP acertou o peito de Timmy Reston, e os dois caíram juntos em uma fileira de arbustos cobertos de neve ao lado da porta. JP se levantou primeiro, disparou para a porta, abriu-a e trancou atrás de si. Duke e eu estávamos a distância de um cuspe no momento, perto o bastante para ouvir o grito de júbilo pelo vidro. JP ergueu as mãos acima da cabeça, os punhos fechados, e o grito de felicidade continuou pelo que pareceram vários minutos.

* * *

Enquanto JP encarava a escuridão em nossa direção, as mãos erguidas, observei Keun — com uma viseira preta da Waffle House, uma camisa listrada de branco e amarelo e um avental marrom — se amontoar sobre JP por trás. Keun o agarrou pela cintura e o ergueu, e JP apenas manteve os braços para o alto. As líderes de torcida, agrupadas em um conjunto de cabines, assistiam. Olhei para Duke, que não estava olhando para a cena, mas para mim, e gargalhei, e ela gargalhou.

Tommy e Timmy bateram nas janelas durante um tempo, mas Keun apenas ergueu as mãos como se dissesse *O que posso fazer?*, e, finalmente, eles caminharam de volta para o Mustang. Conforme nos aproximamos da Waffle House, passamos por eles, e Timmy avançou de modo ameaçador na minha direção, mas foi só isso. Quando me virei para vê-los indo embora, avistei os três caras da faculdade tentando descer correndo a rampa de saída.

Duke e eu finalmente chegamos à porta. Eu a empurrei, e Keun a destrancou.

— Tecnicamente, eu não deveria deixá-los entrar, pois somente JP ganhou dos irmãos Reston. Mas vocês estão com o Twister — falou ele.

Passamos por ele, e o ar quente soprou no meu rosto. Não havia reparado até então como meu corpo estava dormente, mas começou a formigar conforme se aquecia, voltando à vida. Joguei o tapete do Twister encharcado, junto com a roleta, no chão ladrilhado.

– *O Twister chegou!* – gritei.
– *U-huuuu!* – berrou Keun. Mas a notícia mal arrancou um olhar do bando de verde do outro lado do salão.

Agarrei Keun e o abracei com um dos braços, e com o outro baguncei o cabelo dele, que emergia pela viseira.

– Preciso desesperadamente de waffles com queijo – falei. Duke pediu batatas *rösti* e se jogou em uma cabine ao lado do jukebox. JP e eu deslizamos até o balcão do café da manhã e conversamos com Keun enquanto ele cozinhava.

– Não pude deixar de notar que as líderes de torcida não estão, sabe, em cima de você.

– É – falou ele de costas para nós enquanto mexia nas formas de waffle. – É. Espero que o Twister mude isso. Elas tentaram flertar com o sr. "Tenho rabo de cavalo mas ainda sou macho" – continuou Keun gesticulando na direção de um garoto desmaiado em uma cabine –, mas parece que ele está obcecado com a namorada.

– É, o Twister parece estar funcionando muito bem – comentei. O tapete molhado estava dobrado no chão, e as líderes de torcida o ignoravam completamente.

JP se inclinou por cima de mim para olhar para as líderes de torcida e sacudiu a cabeça.

– Acaba de me ocorrer que posso olhar de modo constrangedor para líderes de torcida enquanto como praticamente todos os dias no almoço da escola.

– É – falei.

– Quer dizer, elas obviamente não querem conversar.

— Verdade — falei. Estavam amontoadas em três cabines, num tipo de aglomerado oblongo. Falavam bem rápido umas com as outras, e muito concentradas. Eu ouvia algumas palavras, mas não faziam sentido para mim: saltos *herkie*, a pose *kewpie* e o levantamento. Existem tópicos de discussão que acho menos interessantes do que competições de torcida. Mas não são muitos.

— Ei, o dorminhoco acordou — observou JP.

Olhei para a cabine e vi um garoto com olhos escuros e um rabo de cavalo me encarando com os olhos apertados. Eu o reconheci depois de um segundo.

— Aquele cara estuda na Gracetown — falei.

— É — respondeu Keun. — Jeb.

— Certo — falei. Jeb estava no segundo ano do ensino médio. Não o conhecia bem, mas já o vira por lá. Aparentemente, ele também me reconheceu, porque se levantou da cabine e andou até mim.

— Tobin? — perguntou ele.

Assenti e apertei a mão de Jeb.

— Conhece Addie? — perguntou ele.

Olhei para Jeb, inexpressivo.

— Do segundo ano? Linda? — falou ele.

Enruguei os olhos.

— Hã, não?

— Cabelos louros longos, um pouco dramática? — disse ele, parecendo desesperado e também como se não conseguisse enfiar na cabeça que eu não conhecia a garota sobre quem ele estava tagarelando.

— Hã, foi mal, cara. Não lembro.

Os olhos de Jeb se fecharam, e vi o corpo inteiro dele murchar.

— Começamos a namorar na véspera de Natal — disse ele, encarando o nada.

— Ontem? — perguntei, pensando *Vocês estão namorando faz um dia e você já está todo ferrado? Mais um motivo para evitar o meio feliz.*

— Ontem não — respondeu Jeb, abobalhado. — Um ano antes de ontem.

Olhei para Keun.

— Cara — falei. — Este cara está mal.

Keun assentiu enquanto espalhava as batatas de Duke na grelha.

— Vou dar uma carona a ele até a cidade pela manhã — disse Keun. — Mas qual é a regra, Jeb?

Jeb citou como se Keun tivesse ditado a regra mil vezes antes:

— Não saímos antes da última líder de torcida.

— Isso aí, amigo. Talvez devesse voltar a dormir.

— Só que — falou Jeb —, se por acaso a vir, ou algo assim, pode dizer a ela que eu, hã, me atrasei?

— Acho que sim — falei. Não devo ter sido muito convincente, porque ele se virou e fez contato visual com Duke.

— Diga a ela que estou chegando — falou Jeb. E o estranho foi que ela entendeu. Ou pareceu entender. Ou, de qualquer forma, assentiu de modo que parecia dizer *Sim, direi a ela se, por algum motivo, encontrar essa garota que não conheço em um banco de neve às quatro da manhã*. E quando Duke sorriu para ele em solidariedade, eu, mais uma vez, pensei o pensamento "indespensável".

O sorriso dela pareceu agradar a Jeb. Ele se encolheu de novo na cabine.

Conversei com Keun até ele terminar meu waffle e o entregar fumegante.

– Nossa, isso parece bom, Keun – falei, mas ele já tinha se virado para servir as batatas *rösti* de Duke. Estava colocando-as no prato quando Billy Talos apareceu, pegou o prato, entregou-o a Duke e se sentou ao lado dela.

Olhei para eles algumas vezes, inclinados sobre a mesa e conversando um com o outro, concentrados. Queria interromper e dizer a ela que ele estava flertando com uma das várias Madisons enquanto nós passávamos aperto na neve, mas imaginei que não era da minha conta.

– Vou falar com uma delas – anunciei para JP e Keun.

JP pareceu incrédulo.

– Uma de quem? Das líderes de torcida?

Assenti.

– Cara – falou Keun. – Tentei a noite inteira. Estão reunidas demais para falar apenas com uma. E, se tentar falar com todas ao mesmo tempo, elas meio que ignoram você.

Mas eu precisava falar com uma delas ou ao menos parecer que estava falando.

– É como leões caçando gazelas – comentei enquanto observávamos o bando atentamente. – Só precisa encontrar uma desgarrada e... – uma garota loura pequenininha saiu de perto do bando – ... atacar – falei ao saltar do banquinho.

Andei até ela de modo decidido.

– Sou Tobin – apresentei-me e estendi a mão.

– Amber – respondeu ela.

– Lindo nome – elogiei. Ela assentiu, e os olhos se moveram ao redor do salão. Ela queria um jeito de se livrar de mim, mas eu ainda não o daria. Vasculhei a mente atrás de uma pergunta. – Hã, alguma notícia sobre o trem?

– Nosso trem talvez não saia nem *amanhã* – informou ela.

– É, isso é ruim – comentei, sorrindo. Olhei por cima do ombro para Billy e Duke, mas ela não estava lá. As batatas *rösti* ainda fumegavam no prato. Tinha posto ketchup num prato separado para mergulhá-las ali, como sempre fazia, mas saiu. Deixei Amber e andei até Billy.

– Ela foi lá para fora – disse ele simplesmente.

Quem, em sã consciência, iria *para fora* quando as batatas *rösti* e o calor das catorze líderes de torcida estavam *dentro*?

Peguei o gorro no balcão e o coloquei bem baixo sobre as orelhas, vesti as luvas e me aventurei de volta na natureza. Duke estava sentada na sarjeta do estacionamento, quase fora do toldo, meio protegida da neve que ainda caía.

Sentei-me ao lado dela.

– Sentiu falta do nariz escorrendo?

Ela fungou e não olhou para mim.

– Apenas volte lá para dentro – disse Duke. – Não é nada demais.

– O que não é nada demais?

– Nada é nada demais. Apenas volte.

– Nada é Nada Demais seria um bom nome para uma banda – disse a ela. Queria que olhasse para mim, assim eu entenderia a situação. Ela finalmente olhou e estava com o nariz vermelho. Pensei que estivesse com frio, mas depois pensei que estivesse chorando, o que é estranho, porque Duke não chora.

– Eu só... Só queria que você não fizesse isso na minha frente. Quer dizer, o que ela tem de interessante? Diga-me o que ela tem de interessante, sério. Ou qualquer uma delas.

– Não sei – respondi. – Você estava falando com Billy Talos.

Ela olhou para mim de novo e, dessa vez, me encarou enquanto falava.

– Eu estava dizendo a Billy que achava que não poderia ir ao baile idiota com ele, porque não consigo parar de gostar de outra pessoa. – Uma ideia começou a me ocorrer aos poucos. Eu me virei para Duke. – Eu sei que elas dão risadinhas enquanto eu gargalho de verdade, que elas mostram decote enquanto eu não tenho um para mostrar, mas, só para você saber, eu também sou uma garota – disse ela.

– Eu sei que você é uma garota – falei na defensiva.

– Sério? Será que alguém sabe? Porque entro na D and D e sou um Duke. Sou um dos três *reis* magos. E é gay pensar que James Bond é sexy. E você nunca *olha* para mim do modo como olha para garotas, a não ser... não importa. Não importa não importa não importa. Quando estávamos andando até aqui, pouco antes de os gêmeos aparecerem, achei que por um segundo você *estava* me olhando como se eu realmente fosse do sexo feminino, e fiquei, tipo, ei, talvez Tobin não seja o imbecil mais superficial do mundo. Mas aí você sai e, enquanto eu estou terminando com Billy, olho para cima e você está conversando com uma garota como nunca conversa comigo e tal.

E então, tardiamente, eu entendi. A coisa que eu estava tentando "despensar" era uma coisa em que Duke também pensava. Estávamos tentando "despensar" o mesmo pensamento. Duke gostava de mim. Olhei para baixo. Precisava pensar antes de olhar para ela. Tudo bem. *Tudo bem*, decidi, *vou olhar para ela e, se ela estiver olhando para mim, vou dar uma boa olhada nela e vou baixar a cabeça e pensar de novo. Uma olhada.*

Olhei para Duke. A cabeça dela estava inclinada na minha direção, os olhos não piscavam, com todas aquelas cores. Ela puxou os lábios com gloss para dentro da boca, depois os relaxou, e havia uma mecha de cabelo saindo de debaixo do gorro dela, e o nariz estava rosado, e ela fungou. Eu não queria parar de olhar para ela, mas, finalmente, parei. Olhei de novo para baixo, para o estacionamento nevado sob os pés.

— Dá para você dizer alguma coisa, por favor? — pediu ela.

Falei para o chão.

— Eu sempre tive a opinião de que não se deve nunca desistir de um meio feliz na esperança de um final feliz, porque não existem finais felizes. Sabe o que quero dizer? Há tanto a perder.

— Sabe por que eu quis vir? Por que eu quis subir aquela colina de novo, Tobin? Quer dizer, com certeza você sabe que não é porque eu me importava que Keun fosse ficar com os gêmeos Reston ou porque eu queria ver você caído por líderes de torcida.

— Achei que era por causa de Billy — falei.

Ela olhava para mim de verdade agora, e eu conseguia ver a respiração de Duke por toda parte no frio, cercando-me.

— Queria que vivêssemos uma aventura. Porque eu adoro essa porcaria. Porque eu não sou "não importa o nome dela". Eu não acho que seja tão difícil andar seis quilômetros na neve. Quero isso. Adoro isso. Quando estávamos na sua casa, vendo o filme, eu queria que nevasse mais. Mais e mais! Torna as coisas mais interessantes. Talvez você não seja assim, mas eu acho que é.

— Eu também queria isso — disse, meio interrompendo, ainda sem olhar para ela com medo do que eu poderia fazer se olhasse. — Que continuasse nevando.

— É? Legal. Então, legal. E daí se mais neve torna o final feliz menos provável? E daí que o carro acaba estragado, e daí? E daí que a gente possa destruir nossa amizade, e daí? Eu já beijei garotos sem arriscar nada, e tudo o que isso me fez foi querer beijar alguém com quem *tudo*...

Olhei para ela na hora do "sem arriscar nada" e esperei até o "tudo" e não pude mais esperar, e minha mão estava atrás do pescoço dela, e os lábios de Duke nos meus, o ar frio substituído pelo calor da boca dela, macia e doce e incrível como batatas *rösti*, então abri os olhos e minhas luvas tocaram a pele do rosto dela, pálido por causa do frio, e eu nunca tinha dado um primeiro beijo em uma menina que eu amava. Quando nos separamos, olhei para ela, tímido.

– Uau! – exclamou. Ela riu e me puxou de volta para si, então, de cima e de trás de nós, ouvi o *ding-dong* da porta da Waffle House se abrindo.

– CARACA. QUE. DIABOS. ESTÁ. ACONTECENDO.

Eu apenas olhei para cima, para JP, tentando tirar o sorriso idiota do rosto.

– KEUN! – gritou JP. – TRAGA ESSE TRASEIRO COREANO GORDO ATÉ AQUI.

Keun apareceu à porta, olhando para nós do alto.

– CONTEM A ELE O QUE ACABARAM DE FAZER UM COM O OUTRO! – berrou JP.

– Hã – desconversei.

– Nós nos beijamos – contou Duke.

– Isso é meio gay – comentou Keun.

– EU SOU UMA GAROTA.

– É, eu sei, mas Tobin também – falou Keun.

JP ainda berrava, aparentemente incapaz de controlar o volume da voz.

– EU SOU A ÚNICA PESSOA PROFUNDAMENTE PREOCUPADA COM A DISPOSIÇÃO DO NOSSO GRUPO? NINGUÉM MAIS VAI PENSAR NO BEM DO GRUPO?!

– Vá encarar as líderes de torcida – disse Duke.

JP olhou para nós por um tempo, depois sorriu.

– Apenas não fiquem grudentos um com o outro. – Ele se virou e voltou para dentro.

– Suas batatas *rösti* estão ficando frias – comentei.

– Se voltarmos, nada de flertar com as líderes de torcida.

– Eu só fiz isso para chamar sua atenção – confessei. – Posso beijá-la de novo? – Ela assentiu, e eu beijei, e a qualidade do segundo beijo não foi pior do que a do primeiro.

Eu poderia continuar para sempre, mas, finalmente, no meio do beijo, ela falou:

– Na verdade, eu quero mesmo as batatas *rösti*. – Abri a porta, e ela passou por baixo do meu braço, e nós jantamos às três da manhã.

Ficamos escondidos nos fundos, em meio às geladeiras de aço gigantes, interrompidos apenas ocasionalmente por JP, que voltava para dar notícias das tentativas frustradas dele e de Keun de iniciar uma conversa com as líderes de torcida. E, então, Duke e eu pegamos no sono juntos, no piso vermelho da cozinha da Waffle House. Meu ombro era o travesseiro dela, e meu casaco era o meu travesseiro. JP e Keun nos acordaram às sete horas, e Keun quebrou por um breve momento o voto de nunca abandonar as líderes de torcida para nos levar até a Duke and Duchess. Acontece que era o Homem Alumínio quem dirigia o reboque deles. Ele nos rebocou, e eu deixei o carro na entrada da garagem com o macaco embaixo, para que o eixo não se partisse, e coloquei a roda dentro da garagem.

Duke e eu fomos até a casa dela para abrir os presentes, e eu tentei não deixar transparecer aos pais dela como eu estava caidinho pela Duke. Depois meus pais chegaram em casa, e eu contei a eles que o carro tinha ficado atolado quando tentei levar Duke para casa, e eles gritaram comigo por causa disso, mas não por muito tempo, pois era Natal, eles tinham seguro e era só um carro. Liguei para Duke, JP e Keun naquela noite, depois de as líderes de torcida terem finalmente ido embora da Waffle House e todo mundo ter comido as ceias de Natal. Todos foram lá em casa, assistimos a dois filmes do James Bond e ficamos acordados até o meio da noite, contando nossas aventuras. Fomos dormir, todos os quatro em quatro sacos de dormir, como sempre fazíamos, e nada estava diferente, a não ser pelo fato de eu não ter dormido de verdade, nem a Duke; apenas ficamos olhando um para o outro. Finalmente nos levantamos umas quatro e meia da manhã e caminhamos um quilômetro e meio na neve até a Starbucks, somente nós dois. Venci o francês confuso do sistema de pedidos deles e consegui pedir um *latte*, que continha a cafeína de que eu precisava tão desesperadamente. Duke e eu nos sentamos um ao lado do outro nas poltronas de *plush* roxo, estirados por todas as poltronas. Eu estava mais cansado do que nunca, tão cansado que mal conseguia sorrir. Ficamos conversando sobre nada, algo no qual ela ainda era muito boa, então houve uma pausa, e Duke olhou para mim com os olhos sonolentos.

– Até agora tudo bem – disse ela.

– Nossa, eu amo você – falei.

– Ah – respondeu ela.

– Um ah bom? – perguntei.

– O melhor ah do mundo.

Coloquei o *latte* sobre uma das mesas, mergulhado no meio feliz da minha maior aventura.

O Santo Padroeiro dos Porcos

lauren myracle

Para papai e para a linda cidade montanhosa de Brevard, na Carolina do Norte... ambos repletos de graça.

Capítulo Um

Ser eu era uma droga. Ser eu naquela noite supostamente estonteante, com a neve supostamente estonteante se acumulando em montes de um metro e meio do lado de fora da janela do meu quarto era duplamente uma droga. Acrescentando a isso o fato de ser Natal, minha pontuação subia para triplamente uma droga. E somando ainda a ausência triste, dolorosa e devastadora de Jeb, *ding-ding-ding!* O sininho no topo do Medidor de Droga não poderia soar mais alto.

Em vez de sinos de Natal, eu tinha sinos de droga. Que lindo.

Ora, você não é um pudinzinho de figo feliz, falei a mim mesma, desejando que Dorrie e Tegan chegassem logo. Eu não sabia o que era um pudim de figo, mas parecia o tipo de prato que ficava frio e sozinho no fim da mesa do bufê porque ninguém o queria. Como eu. Fria, sozinha e provavelmente empelotada.

Grrrrrr. Odiava sentir pena de mim mesma, motivo pelo qual liguei para Tegan e Dorrie e implorei para que viessem. Mas ainda não tinham chegado e, de qualquer forma, eu não conseguia *evitar* sentir pena de mim mesma.

Porque sentia tanto a falta de Jeb.

Porque nosso término, que tinha apenas uma semana e estava tão dolorido quanto uma ferida aberta, fora minha própria e estúpida culpa.

Porque eu tinha escrito um (patético?) e-mail para Jeb pedindo que ele, por favor, por favor, por favor, me encontrasse na Starbucks no dia anterior para conversar. Mas ele nunca apareceu. Nem ligou.

E porque, depois de esperar na Starbucks por quase duas horas, eu odiei tanto a vida e a mim mesma que me arrastei pelo estacionamento até o Fantastic Sam's, onde pedi com cuidado que a cabeleireira cortasse o meu cabelo e tingisse o que tivesse sobrado de rosa. E assim ela fez; por que se importaria se eu cometesse suicídio capilar?

Então, é claro que eu sentia pena de mim mesma: eu era uma galinha rosa depenada, autodepreciativa e com o coração partido.

— Addie, uau — disse mamãe na tarde anterior quando eu finalmente voltei para casa. — É um... corte de cabelo impactante. E você o tingiu. Seu lindo cabelo louro.

Lancei a ela um olhar de "por que não me mata agora", ao qual ela respondeu com um aviso de cabeça inclinada que dizia *Cuidado, querida. Sei que está sofrendo, mas isso não lhe dá permissão de descontar em mim.*

— Desculpa — falei. — Acho que ainda não me acostumei com ele.

— Bem... é muita coisa para se acostumar. O que a inspirou a fazer isso?

— Não sei. Precisava mudar.

Mamãe apoiou o *fouet*. Ela estava preparando cerejas à Jubileu, a receita tradicional de sobremesa de véspera de Natal da nossa família, e o cheiro forte das cerejas amassadas irritou meus olhos.

— Por acaso teve algo a ver com o que aconteceu na festa de Charlie, no sábado passado? — perguntou ela.

Minhas bochechas ficaram quentes.

— Não sei do que está falando. — Pisquei. — De qualquer forma, como *você* sabe o que aconteceu na festa de Charlie?

— Bem, querida, você chorou até dormir quase todas as noites...

— Não, não chorei.

— E, é claro, você tem ficado praticamente sete dias por semana ao telefone com Dorrie ou Tegan.

— Você tem ouvido minhas ligações? — gritei. — Você espionou a própria filha?

— Não é espionagem quando você não tem escolha.

Eu a encarei, boquiaberta. Ela fingia ser tão maternal com o avental natalino, preparando cerejas à Jubileu de uma receita antiga de família, quando, na verdade, era... ela era...

Bem, eu não sabia o que ela era, só que era errado e ruim e maldoso ouvir a conversa dos outros.

– E *não* diga "sete dias por semana" – falei. – Você é muito velha para dizer "sete dias por semana".

Mamãe riu, o que me irritou mais ainda, principalmente porque depois ela suprimiu a alegria e me olhou daquele jeito de mãe que significa *Ela é uma adolescente, a pobrezinha. Está destinada a ter o coração partido.*

– Ah, Addie – disse ela. – Você estava se punindo, querida?

– Ai, meu Deus – respondi. – Essa *não é* a coisa certa a se dizer a alguém sobre o novo corte de cabelo! – E fui correndo para o quarto para gritar com privacidade.

Vinte e quatro horas depois, eu ainda estava no quarto. Tinha saído na noite anterior para comer as cerejas à Jubileu e naquela manhã para abrir os presentes, mas não tinha me divertido. Eu certamente não estava cheia da alegria e da mágica do Natal. Na verdade, eu não tinha certeza se ainda acreditava na alegria e na mágica do Natal.

Rolei na cama e peguei o iPod na mesa de cabeceira. Escolhi a *playlist* "Dia Triste", constituída de todas as músicas melancólicas que já existiram, e apertei *play*. Minha iPenguin bateu as asinhas de um jeito triste conforme "Fools in Love" vibrava pelo corpo de plástico dela.

Fui para o menu principal e girei até chegar a "Fotos". Sabia que estava entrando em um território perigoso, mas não me importava. Selecionei o álbum que queria e apertei o botão para abri-lo.

A primeira foto que surgiu foi a primeiríssima que tirei de Jeb, clicada sorrateiramente com o celular há mais de um ano. Também nevava naquele dia, e na foto havia flocos de neve presos no cabelo escuro de Jeb. Ele vestia uma jaqueta de brim, embora estivesse um frio *congelante*, e lembro que imaginei se talvez ele e a mãe não tivessem dinheiro. Tinha ouvido que eles dois haviam se mudado da reserva Cherokee, que ficava a uns cento e sessenta quilômetros de Gracetown. Achei isso legal. Ele parecia tão exótico.

Então, Jeb e eu estávamos na aula de inglês do primeiro ano do ensino médio, e ele era lindo de parar o coração, com o rabo de cavalo bem preto e olhos misteriosos. Ele também era muuuito sério, o que era um novo conceito para mim, pois eu tinha uma tendência a ser convulsiva. Todo dia ele se curvava sobre a carteira e tomava notas enquanto eu olhava de relance para ele, maravilhada com o fato de o cabelo de Jeb ser tão brilhante e as maçãs do rosto, as coisas mais lindas que eu já vira. Mas Jeb era reservado ao ponto de ser quase alheio, mesmo quando eu estava no meu estado mais saltitante.

Quando discuti esse assunto extremamente problemático com Dorrie e Tegan, Dorrie sugeriu que talvez Jeb se sentisse desconfortável na nossa minúscula cidade montanhosa onde todos eram muito sulistas, muito cristãos e muito brancos.

— Não há nada de errado com essas coisas — falei na defensiva, pois eu era todas as três.

— Eu sei — disse Dorrie. — Estou só dizendo que *possivelmente* o garoto se sente deslocado. *Possivelmente*.

Como era um dos dois, precisamente *dois*, alunos judeus em todo o ensino médio, acho que ela sabia do que estava falando.

Bem, isso me fez pensar se talvez Jeb se sentia *mesmo* deslocado. Seria por isso que ele almoçava com Nathan Krugle, que era definitivamente deslocado e tinha uma coleção de camisetas – todas de *Jornada nas estrelas* –, e as usava o tempo todo? Seria por isso que, de manhã, antes de abrirem a escola, Jeb ficava encostado na parede com as mãos nos bolsos em vez de se juntar ao resto de nós e tagarelar sobre *American Idol*? Seria por isso que não caía nos meus encantos na aula de inglês, por se sentir *desconfortável* demais para se abrir?

Quanto mais eu pensava no assunto, mais me preocupava. Ninguém deveria se sentir deslocado na própria escola – principalmente alguém tão adorável quanto Jeb e principalmente porque nós, seus colegas de sala, éramos todos tão legais.

Bem, pelo menos Dorrie, Tegan e eu e nossos outros amigos. Nós éramos *muito* legais. Os maconheiros não eram tão legais. Eram grosseiros. Nem Nathan Krugle, pois Nathan era uma pessoa amarga que guardava rancor. Na verdade, eu não era muito fã das ideias malucas que Nathan poderia estar incutindo na cabeça de Jeb.

E então, certo dia, quando eu estava obcecada com tudo isso pela milésima vez, mudei de preocupada para impaciente, porque, *sério*. Por que Jeb escolhia ficar com Nathan Krugle em vez de comigo?

Nesse dia, durante a aula, eu o cutuquei com a caneta e falei:

– Pelo amor de Deus, Jeb. Dá para pelo menos *sorrir*?

Ele deu um salto, derrubando o livro no chão, e eu me senti terrível. Pensei: *Sutil, Addie, por que não sopra uma corneta no ouvido dele da próxima vez?*

Mas os lábios de Jeb se ergueram em um sorriso, e os olhos dele refletiram diversão. E mais alguma coisa também – uma coisa que fez meu coração bater mais rápido. O rosto dele ficou vermelho, e Jeb se abaixou rapidamente para pegar o livro.

Ah, percebi com uma pontada de dor. *Ele só é tímido.*

Recostada no travesseiro, olhei para a foto de Jeb no iPod até que a dor que ela causava ficou forte demais.

Apertei o botão do meio e a próxima foto surgiu. Era a da Grande *Blitzkrieg* de Hollyhock, que aconteceu na véspera do Natal anterior, apenas duas semanas depois de eu mandar Jeb sorrir, pelo amor de Deus. Como a véspera de Natal era um daqueles dias que durava para sempre, com toda a espera e o tamborilar de dedos até o próprio Natal, um grupo de nós se arrastou até o Hollyhock Park para sair de casa por um tempo. Fiz um dos garotos ligar para Jeb e, milagrosamente, ele concordou em ir conosco.

Acabamos fazendo uma guerra de bolas de neve, meninos contra meninas, e foi sensacional. Dorrie, Tegan e eu fizemos um forte de neve e montamos um sistema de distribuição de neve que consistia em Tegan modelar, eu empilhar e Dorrie acertar nossos inimigos com uma precisão mortal. Dominamos os meninos até que Jeb deu a volta por trás de nós e me derrubou no chão, usando o peso do corpo para me jogar sobre a pilha de bolas de neve. A neve entrou no meu nariz e doeu um absurdo, mas eu estava feliz demais para me importar. Rolei até ficar de barriga para cima, gargalhando, e o rosto dele estava *bem ali*, a centímetros do meu.

Essa era a imagem na foto, dessa vez tirada por Tegan no celular dela. Jeb vestia a jaqueta de brim de novo – o azul esmaecido era tão sexy contra a pele morena dele – e também gargalhava. O que lembrei, enquanto olhava para nossos rostos felizes, foi como ele não me soltou imediatamente. Ficou apoiado nos antebraços para não me esmagar, e a risada dele se acalmou até virar uma interrogação que fez meu estômago estremecer.

Depois da guerra de bolas de neve, Jeb e eu saímos para tomar *mocha lattes*, só nós dois. Fui eu que sugeri, mas Jeb disse sim sem hesitar. Fomos até a Starbucks e nos sentamos no conjunto de poltronas roxas na entrada da loja. Eu estava tonta; ele estava tímido. Então ele ficou menos tímido ou talvez apenas mais determinado, esticou o braço e pegou minha mão. Fiquei tão surpresa que derramei o café.

– Pelo amor de Deus, Addie – falou Jeb. O pomo de adão dele se moveu. – Posso pelo menos beijar você?

Meu coração foi à loucura, e de repente eu era a tímida, o que era uma doideira. Jeb pegou a xícara da minha mão e a colocou na mesa, inclinou-se para a frente e encostou os lábios nos meus. Os olhos dele, quando finalmente se afastou, pareciam aconchegantes como chocolate derretido. Ele sorriu, e eu me derreti em uma poça de chocolate também.

Foi o Natal mais perfeito do mundo todo.

– Ei, Addie! – gritou meu irmãozinho do andar de baixo, onde ele, mamãe e papai jogavam o Wii que Papai Noel havia trazido. – Quer lutar boxe comigo?

– Não, obrigada! – gritei.

– E tênis?
– Não.
– Boliche?
Eu gemi. Wii não me fazia exclamar "U-hu!". Mas Chris tinha oito anos. Só estava tentando fazer eu me sentir melhor.
– Talvez depois – gritei.
– Ela disse não. – Ouvi-o dizer a meus pais, e minha melancolia aumentou. Mamãe, papai e Chris estavam juntos no andar de baixo, segurando seus *nunchucks* alegremente e socando um ao outro no rosto, enquanto ali estava eu, deprimida e sozinha.
E de quem é a culpa?, perguntei a mim mesma.
Ah, cala a boca, respondi.
Passei por mais fotos.
Jeb fazendo uma pose brega com um chocolate Reese's Big Cup, porque sabia que era o meu favorito e o comprara para mim de surpresa.
Jeb no verão, sem camisa, na festa na piscina de Megan Montgomery. Nossa, como ele era lindo.
Jeb adoravelmente ensaboado em um lava-jato organizado pela Starbucks para angariar fundos. Olhei para a foto dele e me derreti por dentro. Havia sido um dia tão divertido – não apenas divertido, mas legal também, porque foi por uma boa causa. Christina, a gerente do meu turno na Starbucks, entrou em trabalho de parto antes da hora, e a loja quis ajudar com as contas de hospital que o plano de saúde não cobria.
Jeb se ofereceu para ajudar e foi totalmente incrível. Chegou às nove e ficou até as três da tarde, esfregando e trabalhando, parecendo basicamente que deveria estar em um daqueles

calendários de Homens Mais Gatos do Universo seminus. Ele foi muito além das obrigações de um namorado, e isso fez meu coração feliz. Depois que o último carro saiu do estacionamento, passei os braços em volta de Jeb e inclinei o rosto na direção do dele.

– Não precisava ter trabalhado tanto – falei. Inalei o cheiro de sabão dele. – Você me ganhou no primeiro carro.

Eu estava tentado flertar seguindo as falas da cena de *Jerry Maguire, a grande virada* em que Renée Zellweger diz a Tom Cruise "Você me ganhou no 'oi'". Mas Jeb enrugou a testa.

– Ah, é? – disse ele. – Hã, que bom. Mas eu não tenho certeza do que isso quer dizer.

– Rá-rá – respondi, presumindo que ele estivesse apenas querendo mais elogios. – Só acho fofo você ter ficado até o fim. E se estava fazendo isso para me impressionar... bem, não precisava. Só isso.

As sobrancelhas dele se ergueram.

– Você acha que eu lavei esses carros para *impressionar* você?

Minhas bochechas ficaram quentes quando percebi que ele não estava brincando.

– Hã... não acho mais.

Envergonhada, tentei me afastar. Ele não deixou. Jeb me beijou no alto da cabeça e disse:

– Addie, minha mãe me criou sozinha.

– Eu sei.

– Por isso eu sei como pode ser difícil. Só isso.

Por um momento, fiquei irritada. Foi horrível. Mas, mesmo sabendo que o fato de Jeb querer ajudar Christina era algo bom, eu não teria me importado se ao menos parte da motivação dele tivesse alguma coisa a ver comigo.

Jeb me puxou para perto.

– Mas estou feliz por ter impressionado você – disse ele, e eu senti os lábios de Jeb na pele. Também senti o calor do peito dele pela camiseta molhada. – Não há nada que eu queira mais do que impressionar minha garota.

Eu ainda não estava *totalmente* pronta para ser tirada do estado de tristeza.

– Então você está dizendo que eu sou sua garota?

Ele riu, como se eu tivesse perguntado em voz alta se o céu ainda era azul. Eu não o livrei de responder. Em vez disso, dei um passo para trás, escapando do abraço dele. Olhei para Jeb como se dissesse *E aí?*

Os olhos escuros dele ficaram sérios, e Jeb segurou as minhas mãos nas dele.

– Sim, Addie, você é minha garota. Vai ser minha garota para sempre.

No quarto, fechei os olhos com força, pois era muito difícil essa lembrança. Muito difícil, muito dolorosa, muito como perder um pedaço de mim, o que, na verdade, tinha acontecido. Apertei o botão para desligar o iPod, e a tela ficou preta. A música parou, e a iPenguin parou de dançar. Ela fez o barulhinho triste de "você vai me desligar?".

– Nós duas, Pengy – respondi.

Afundei no travesseiro e encarei o teto, revendo como exatamente as coisas tinham dado errado entre mim e Jeb. Como eu tinha parado de ser a garota dele. Eu sabia qual era a resposta óbvia (*ruim, eca, não queria entrar nessa*), mas não conseguia parar de analisar obsessivamente o que nos havia levado àquele ponto, pois mesmo antes da festa de Charlie, as coisas estavam menos do que ótimas entre nós. Não é que ele não me amava, porque eu sabia que ele amava. Quanto a mim, eu o amava tanto que doía.

O que nos separou, eu acho, foi o modo como demonstrávamos nosso amor. Ou, no caso de Jeb, o modo como ele não demonstrava – ao menos era assim que parecia para mim. De acordo com Tegan, que assistia muito ao programa do Dr. Phil, Jeb e eu falávamos línguas diferentes no amor.

Eu queria que Jeb fosse doce e romântico e carinhoso como havia sido na Starbucks quando me beijou pela primeira vez na véspera de Natal do ano anterior. Acabei conseguindo um emprego naquela mesma Starbucks no mês seguinte e lembro-me de pensar *Que fofo, poderemos reviver nosso beijo de novo e de novo e de novo.*

Mas não revivemos, nem uma vez. Mesmo que ele passasse lá o tempo todo e mesmo que eu sempre anunciasse com linguagem corporal que queria que ele me beijasse, o máximo que Jeb fazia era esticar o braço pelo balcão e puxar os laços do meu avental verde.

– Ei, garota do café – dizia ele. Era fofo, mas não... o suficiente.

Isso era só uma coisa. Havia outras também, como eu querer que ele ligasse para dizer boa-noite todas as noites, e como ele se sentia mal com isso porque o apartamento dele era muito pequeno.

– Não quero que minha mãe me ouça todo meloso – explicava ele.

Ou como outros garotos não viam problema algum em segurar as mãos das namoradas pelos corredores do colégio, mas, sempre que eu pegava a mão de Jeb, ele dava um apertão rápido na minha e depois a soltava.

– Você não gosta de me tocar? – perguntei.

– Claro que gosto – respondeu ele. Os olhos de Jeb exibiram o aspecto que eu acho que estava tentando incitar, e, quando falou, a voz dele era seca. – Você sabe que gosto, Addie. Eu amo ficar com você. Mas só quero que nós estejamos *sozinhos* de verdade quando ficarmos sozinhos.

Por um bom tempo, mesmo que eu reparasse nessas coisas todas, na maioria das vezes eu ficava quieta. Não queria ser a namorada bebê chorona.

Mas, por volta do nosso aniversário de seis meses (dei a Jeb uma *playlist* com as músicas mais românticas do mundo; ele não me deu nada), algo ficou azedo dentro de mim. Foi uma droga, porque eu estava com um garoto que eu amava e queria que as coisas fossem perfeitas entre nós, mas não conseguia fazer tudo sozinha. E, se isso me tornava uma namorada bebê chorona, dane-se.

Como foi com a coisa do aniversário de seis meses. Jeb podia ver que eu não estava feliz e ficava perguntando e perguntando o motivo, até que eu finalmente falei.

— Por que você acha?

— É porque eu não dei nada a você? — perguntou ele. — Eu não sabia que íamos fazer isso.

— Bem, deveria — murmurei. No dia seguinte, Jeb me deu um colar de máquina de vinte e cinco centavos com um pingente de coração, mas ele tirou de dentro do ovo de plástico e colocou dentro de uma caixa de joia de verdade. Não fiquei impressionada. No dia *seguinte* a esse, Tegan me puxou para o lado e me contou que Jeb estava preocupado que eu não tivesse gostado do presente, porque eu não o estava usando.

— É da Duke and Duchess — falei. — Exatamente o mesmo que está na máquina de vinte e cinco centavos que fica na saída. É tipo um dos colares no cartaz de "ganhe isto!".

— E sabe quantas moedas Jeb teve que colocar antes de ganhar? — disse Tegan. — Trinta e oito. Ficava indo até o balcão de atendimento ao consumidor para pegar trocado.

Senti um peso sobre mim.

— Quer dizer que...?

— Ele queria que você tivesse aquele colar em especial. Com o coração.

Eu não gostava do modo como Tegan olhava para mim. Mudei a direção do meu olhar.

— Ainda assim, são menos de dez dólares.

Tegan ficou em silêncio. Eu estava assustada demais para olhar para ela.

— Eu sei que você falou isso da boca para fora, Addie. Não seja estúpida — disse ela, finalmente.

Eu não *quis* ser estúpida – e é claro que não me importava com o preço do presente. Mas eu parecia querer mais de Jeb do que ele podia me dar, e, quanto mais seguíamos assim, pior nós dois nos sentíamos.

Vários meses à frente e adivinhe só? Eu ainda o fazia se sentir mal e vice-versa. Nem sempre, mas muito mais vezes do que seria, tipo, saudável e tal.

– Você quer que eu seja alguém que não sou – disse ele uma noite antes de terminarmos. Estávamos sentados no Corolla da mãe de Jeb, do lado de fora da casa de Charlie, mas ainda não tínhamos entrado. Se eu pudesse voltar no tempo até aquela noite e *nunca* entrar, faria isso. Sem pensar.

– Isso não é verdade – falei a ele. Meus dedos encontraram o corte na lateral do banco do carona e se aqueceram na borracha de espuma.

– É verdade, Addie – disse ele.

Eu mudei de tática.

– Tudo bem, mesmo que eu queira, por que isso é necessariamente ruim? As pessoas mudam umas para as outras o tempo todo. Pegue qualquer história de amor, qualquer grande história de amor, e verá que as pessoas precisam estar dispostas a mudar se querem fazer as coisas darem certo. Como em *Shrek*, quando a Fiona diz ao Shrek que está de saco cheio de ele arrotar e peidar e tudo. Shrek fica tipo "Sou um ogro. Conviva com isso". Fiona diz "E se eu não conseguir?". E o Shrek toma aquela poção que o transforma em um príncipe gatão. Ele faz isso por amor a Fiona.

– Isso é em *Shrek 2* – disse Jeb. – Não no filme original.

– Tanto faz.

– E depois Fiona percebeu que não queria que ele fosse um príncipe gatão. Queria que ele voltasse a ser ogro.

Enruguei a testa. Eu não me lembrava disso.

– A questão é que ele estava disposto a mudar – falei.

Jeb suspirou.

– Por que o cara tem sempre que ser aquele que muda?

– A garota também pode – respondi. – Não importa. O que estou dizendo é que, se você ama alguém, deveria estar disposto a mostrar isso. Porque, Jeb, esta é a nossa única chance na vida. *Nossa única chance.* – Senti a pressão familiar do desespero. – Você não pode simplesmente *tentar*, por nenhuma outra razão, só por saber o quanto é importante para mim? – Jeb olhava para fora da janela do motorista. – Eu... eu quero que você me siga até um avião e faça uma serenata na cabine da primeira classe, como Robbie fez para Julia em *Afinado no amor* – continuei. – Quero que construa uma casa para mim, como Noah fez para Allie em *Diário de uma paixão*. Quero que você voe comigo na proa de um transatlântico! Como o cara do *Titanic*, lembra?

– O cara que se afogou? – retrucou Jeb ao se virar para mim.

– Bem, não quero que você se *afogue*, obviamente. A questão não é se afogar. É você me amar o bastante para estar *disposto* a se afogar se fosse preciso. – Minha voz sumiu. – Eu quero... eu quero gestos grandiosos.

– Addie, sabe que eu amo você – falou ele.

— Ou, pelo menos, gestos médios. — Insisti, incapaz de deixar para lá.

A frustração e a angústia batalhavam entre si no rosto de Jeb.

— Não pode simplesmente confiar no nosso amor, sem me pedir para prová-lo a cada segundo?

Pelo visto não, conforme demonstrado pelo que aconteceu a seguir. Não, não "o que aconteceu". *O que eu fiz.* Porque eu era uma droga e *era* uma estúpida, e porque virei trinta e oito moedas de vinte e cinco centavos em cerveja ou talvez mais. Ou talvez não trinta e oito, mas muitas. Não que eu possa pôr a culpa nisso também.

Jeb e eu entramos na festa, mas fomos cada um para um lado porque ainda estávamos brigando. Acabei no porão com Charlie e outros garotos, enquanto Jeb ficou no andar de cima. Eu soube depois que ele havia se juntado a alguns nerds que assistiam a *Tarde demais para esquecer* na TV de tela plana dos pais de Charlie. Era uma ironia tão horrível que teria sido engraçado, mas não foi nem um pouco.

No porão, brinquei com os garotos de acertar a moeda no copo de cerveja e beber, e Charlie me incentivou porque ele era o demônio. Quando o jogo da moeda acabou, Charlie me perguntou se poderíamos conversar em outro lugar, e, como uma idiota, eu fui obedientemente aos tropeços atrás dele até o quarto do irmão mais velho. Fiquei um pouco surpresa, porque Charlie e eu nunca tivemos uma conversa particular antes. Mas ele fazia parte do grupo de garotos com quem andávamos.

Era arrogante e galanteador, basicamente um tapado total, para roubar o termo de um garoto coreano da escola, mas era apenas Charlie. Como parecia um modelo da Hollister, ele podia ser um tapado e não pagar por isso.

No quarto do irmão, Charlie me sentou sobre a cama e me disse que precisava de conselhos sobre Brenna, uma garota do nosso ano com quem ele às vezes ficava. Charlie olhou para mim de um jeito "eu sei que sou bonito e vou resolver isso" e falou que Jeb era muito sortudo por namorar alguém tão legal quanto eu.

Dei um riso contido e falei algo como:

– Ah, é, até *parece*.

– Estão com problemas? – perguntou ele. – Diga que não estão com problemas. Vocês são perfeitos.

– Ã-hã, é por isso que Jeb está lá em cima fazendo Deus sabe o quê, e eu estou aqui embaixo com você. – *Por que estou aqui embaixo com você?* Eu me lembro de ter pensado. *E quem fechou a porta?*

Charlie forçou até conseguir detalhes, charmoso e solidário, e, quando eu fiquei toda chorosa, ele se aproximou para me consolar. Eu protestei, mas ele pressionou a boca contra a minha, e eu acabei cedendo. Um garoto estava prestando toda a atenção em mim – um garoto realmente bonito e carismático – e quem se importava que não fosse a sério?

Eu me importava. Mesmo durante o momento em que traía Jeb, eu me importava. Repassei o momento várias vezes, e foi essa parte que acabou comigo. Porque no que eu estava pensando? Jeb e eu estávamos com problemas, mas eu ainda o *amava*. Eu o amava na ocasião e o amo agora. Sempre o amaria.

Somente ontem, quando Jeb não apareceu na Starbucks, foi que mandou a mensagem em alto e bom som de que não me amava mais.

Capítulo Dois

Um ruído na janela se intrometeu na minha festa de comiseração. Levei um minuto para voltar à realidade. Houve outro ruído, então estiquei o pescoço para fora da cama e vi Tegan bastante vestida e Dorrie ainda mais vestida de pé em um banco de neve. As duas acenaram com as mãos enluvadas para que eu fosse até elas, e Dorrie gritou com a voz abafada pelo vidro para que eu saísse.

Fiquei de pé, e a leveza estranha da minha cabeça me lembrou do desastre capilar. Desagradável. Olhei em volta, peguei a colcha de cima da cama e a coloquei sobre mim como um capuz. Segurei o tecido sob o queixo, fui até a janela e a abri um pouco.

— Traga seu bumbum para a pista de dança! — gritou Dorrie, a voz de repente bem mais alta.

— Isso não é uma pista de dança — respondi. — É neve. Neve fria e congelada.

– Está tão linda – falou Tegan. – Venha ver. – Ela parou, olhando, confusa, para mim por baixo do gorro de lã listrado.
– Addie? Por que está usando um cobertor sobre a cabeça?
– Ahhh – desconversei, dispensando-as. – Vão para casa. Estou deprimida. Vou deprimir vocês.
– Ah, nem *pensar* – disse Dorrie. – Evidência A: você ligou e disse que estava tendo uma crise. Evidência B: aqui estamos nós. Agora desça e vivencie esse esplendor da natureza.
– Fica para outro dia.
– Vai animar você, eu juro.
– Impossível. Foi mal.
Ela revirou os olhos.
– *Muito* infantil. Vamos, Tegan.

Elas saíram de vista, dando passos altos, e alguns segundos depois a campainha tocou. No quarto, ajustei a colcha para torná-la algo mais oficial, como um turbante. Sentei-me na beirada da cama e fingi ser uma nômade do deserto de olhos anormalmente verdes e uma expressão desolada. Afinal de contas, eu sabia tudo sobre desolação.

Uma conversa paternal emergiu do corredor da entrada:
– Feliz Natal! Meninas, vocês andaram tudo isso na neve?

E Dorrie e Tegan, de maneira irritante, optaram por responder. As vozes felizes formaram uma conversinha alegre de Natal, o que me deixou mais e mais rabugenta até eu querer gritar lá para baixo: "Ei! Amigas! A alma perdida que vocês vieram consolar? *Está aqui em cima!*"

Finalmente os dois pares de pés sem sapatos subiram as escadas. Dorrie entrou primeiro.

— Ufá! — exclamou ela, tirando o cabelo do pescoço e se abanando. — Se eu não me sentar, vou fazer *plotz*.

Dorrie adorava dizer "vou fazer *plotz*". Era a frase de efeito dela, significava que ia explodir. Ela também adorava beber Cheerwine, comer *bagels* e fingir que era do Velho Mundo, que é onde o povo judeu vivia antes de vir para os Estados Unidos, eu acho. Dorrie gostava muito do judaísmo dela, chegava ao ponto de chamar os incríveis cachos que tinha de "afro-judeus". Isso me chocou da primeira vez que ela falou, depois me fez rir. Era basicamente um resumo de Dorrie.

Tegan entrou atrás dela com as bochechas rosadas.

— *Aimeudeus*, estou totalmente suada — disse ela, tirando a camisa de flanela que vestia sobre a camiseta. — Vir até aqui quase me matou.

— Nem me fale — falou Dorrie para ela. — Oito mil quilômetros me arrastando da minha casa até a sua!

— E com isso você quer dizer... seis metros? — disse Tegan. Ela se virou para mim. — Acho que é mais ou menos isso, seis metros da casa de Dorrie até a minha?

Dei a ela um olhar pungente. Não estávamos ali para discutir metro a metro a chatice da distância entre as casas delas.

— Então, qual é a do chapéu? — perguntou Dorrie sentando-se ao meu lado.

— Nada — falei, porque, no fim das contas, eu também não queria discutir aquilo. — Estou com frio.

— Ã-hã, claro. — Ela puxou o cobertor da minha cabeça e emitiu um som de terror suprimido. — O*i*. O que você fez?

— Nossa, obrigada — respondi, azeda. — Você é tão ruim quanto minha mãe.

— Uau — disse Tegan. — Quer dizer... *uau*.

— Imagino que essa seja sua crise? — falou Dorrie.

— Na verdade, não.

— Tem certeza?

— *Dorrie*. — Tegan deu um tapinha nela. — É... bonitinho, Addie. É muito corajoso.

Dorrie deu uma risada contida.

— Tudo bem se alguém diz que seu cabelo é corajoso? É melhor voltar e pedir reembolso.

— Saia daqui — falei. Empurrei Dorrie com os pés.

— Ei!

— Está sendo má comigo quando estou carente, por isso você não tem mais permissão de ficar na cama. — Fiz força, e ela caiu.

— Acho que você quebrou meu cóccix — reclamou ela.

— Se seu cóccix estiver quebrado, você terá que se sentar numa rosquinha inflável.

— Não vou me sentar numa rosquinha inflável.

— Só estou dizendo.

— *Eu* não sou má quando você está carente — interrompeu Tegan. Ela indicou a cama com a cabeça. — Posso?

— Acho que sim.

Tegan ocupou o assento original de Dorrie, e eu me espreguicei e coloquei a cabeça no colo dela. Tegan acariciou meu cabelo, a princípio de modo tímido, mas depois com mais segurança.

— Então... o que está acontecendo? — perguntou ela.

Não falei. Queria contar a elas, mas ao mesmo tempo não queria. Não importava o cabelo — a crise de verdade era tão pior que eu não sabia como dizer as palavras sem explodir em lágrimas.

— Ah, não — exclamou Dorrie. O rosto dela refletiu o que deve ter visto no meu. — Ah, *bubbellah*.

A mão de Tegan parou.

— Aconteceu alguma coisa com Jeb?

Assenti.

— Você o viu? — perguntou Dorrie.

Fiz que não com a cabeça.

— Falou com ele?

Fiz que não de novo.

O olhar de Dorrie se ergueu e senti que algo se passou entre ela e Tegan. Tegan cutucou meu ombro para me fazer sentar direito.

— Addie, conte para nós — disse ela.

— Eu sou tão idiota — sussurrei.

Tegan colocou a mão na minha coxa como se dissesse *Estamos aqui. Está tudo bem.* Dorrie se inclinou para a frente e apoiou o queixo no meu joelho.

— Era uma vez... — começou ela.

— Era uma vez o casal Jeb e eu — narrei, melancólica. — E eu o amava, e ele me amava. E eu estraguei tudo de vez.

— A Coisa com Charlie — disse Dorrie.

— Nós sabemos — falou Tegan, dando-me vários tapinhas de consolação. — Mas isso foi há uma semana. Qual é a nova crise?

— Além do seu cabelo — disse Dorrie.
Elas esperaram que eu respondesse.
Esperaram mais um pouco.
— Escrevi um e-mail para Jeb — confessei.
— *Não* — exclamou Dorrie. Ela bateu com a testa no meu joelho, *bam-bam-bam*.
— Achei que você estava dando a ele um tempo para melhorar — falou Tegan. — Você disse que a coisa mais gentil que poderia fazer seria ficar longe, mesmo que fosse superdifícil. Lembra?
Dei de ombros, desconsolada.
— E, sem querer deprimir ninguém, mas achei que Jeb estivesse com Brenna agora — observou Dorrie.
Eu a encarei de olhos arregalados.
— Quer dizer, não, claro que não está — consertou ela. — Afinal, faz só uma semana. Mas ela está atrás dele, não? E até onde sabemos, ele não está exatamente a afastando.
— Brenna do mal — falei. — Odeio Brenna.
— Achei que Brenna tinha voltado com Charlie — comentou Tegan.
— Claro que odiamos Brenna — falou Dorrie para mim. — Não é essa a questão. — Ela se virou para Tegan. — Nós *queríamos* que ela voltasse com Charlie, mas não rolou.
— Ah — disse Tegan. Ela ainda parecia confusa.
Suspirei.
— Lembram de como Brenna estava convencida no dia antes do recesso de inverno? Como ficava falando o tempo todo que veria Jeb durante as férias?

— Achei que pensávamos que ela só estava tentando provocar ciúmes em Charlie — disse Tegan.

— É verdade — falou Dorrie —, mas mesmo assim. Se houvesse *planos* de verdade envolvidos...

— Ahh — disse Tegan. — Entendi. Jeb não é o tipo de cara que faz "planos", a não ser que sejam sérios.

— Não quero que Jeb faça planos com *ninguém*, principalmente Brenna. — Fiz uma careta. — Com dreadlocks falsos de garota branca.

Dorrie exalou o ar pelo nariz.

— Addie, posso falar uma coisa que você não vai querer ouvir?

— Prefiro que não fale.

— Ela vai falar de qualquer jeito — disse Tegan.

— Eu sei — respondi. — Só estou dizendo que preferia que não falasse.

— É o Natal — falou Dorrie. — Faz as pessoas se sentirem solitárias.

— Não estou solitária por causa disso! — protestei.

— Está, sim. O Natal traz à tona a carência como nenhuma outra coisa, e para você é uma desgraça dupla, porque este seria o aniversário de um ano de você e de Jeb. Estou certa?

— Ontem — admiti. — Na véspera de Natal.

— Ah, Addie — disse Tegan.

— Vocês acham que casais no mundo inteiro se unem na véspera de Natal? — perguntei, imaginando isso pela primeira vez. — Porque é tudo... Natalino e mágico, mas depois não é mais e tudo fica uma droga?

– Então, o e-mail que mandou para ele – disse Dorrie em um tom "não vamos nos distrair". – Era algo como "Feliz Natal"?

– Não exatamente.

– Então o que dizia?

Sacudi a cabeça.

– Doloroso demais.

– Conte! – instigou Tegan.

Eu saí da cama.

– Não, nã-ã. Mas vou abrir o e-mail. Vocês podem ler por conta própria.

Capítulo Três

Elas me seguiram até a escrivaninha, onde o MacBook branco me esperava alegremente, fingindo não ser parte da minha desgraça. Adesivos com enchimento do *Chococat* decoravam a tampa. Eu deveria tê-los tirado após o término do namoro, pois foi Jeb quem os deu a mim. Mas não consegui.

Abri o computador e cliquei no Firefox. Fui até o Hotmail, abri a pasta de mensagens salvas e arrastei o cursor até o e-mail da vergonha. Meu estômago se comprimiu. *Mocha lattes?*, dizia a linha do assunto.

Dorrie deslizou para a cadeira do computador e se espremeu para dar espaço a Tegan. Ela clicou na paradinha da barra do mouse, e o e-mail que escrevi dois dias antes surgiu na tela, com a data de 23 de dezembro.

Oi, Jeb. Estou sentada aqui, com medo, escrevendo estas palavras. É loucura. Como posso ter medo de falar com VOCÊ? Escrevi tantas versões e deletei todas. Estou de saco cheio de mim e do meu cérebro. Nada de deletar mais.

Embora tenha algo que eu gostaria de *poder* deletar – e você sabe o que é. Beijar Charlie foi o maior erro da minha vida. Sinto muito. Sinto muito mesmo. Sei que falei isso várias e várias vezes, mas poderia dizer para sempre e não seria o suficiente.

Sabe como, nos filmes, quando alguém faz uma coisa bem idiota, como ficar com alguém escondido da namorada? E depois o cara diz "Não significou nada! Ela não é nada!". Bem, o que eu fiz com você não foi nada. Magoei você, e não há desculpa para o que fiz.

Mas Charlie *é* nada. Eu nem quero falar sobre ele. Ele deu em cima de mim e foi como... um impulso, só isso. Você e eu, nós tivemos aquela briga idiota, e eu estava me sentindo carente, ou sei lá, ou talvez só estivesse com raiva, e foi bom, toda aquela atenção. E eu não pensei em você. Só pensei em mim.

Não é nada divertido falar tudo isso.

Faz com que eu me sinta uma droga.

Mas o que quero dizer é: eu pisei na bola feio, mas aprendi a lição.

Eu mudei, Jeb.

Estou com saudade de você. Amo você. Se me der mais uma chance, lhe darei meu coração inteiro. Sei que parece brega, mas é verdade.

Lembra a última véspera de Natal? Não importa. Eu sei que lembra. Bem, não consigo parar de pensar nela. Em você. Em nós.

Venha tomar um *mocha* de véspera de Natal comigo, Jeb. Às 15 horas na Starbucks, exatamente como no ano passado. Amanhã é meu dia de folga, mas estarei lá, esperando em uma das poltronas roxas grandes. Podemos conversar... e espero que possamos mais do que isso.

Sei que não mereço nada, mas, se me quiser, eu sou sua.

bjos,

eu

Deu para perceber quando Dorrie acabou de ler, porque ela se virou e olhou para mim mordendo o lábio. Quanto a Tegan, ela emitiu um *ahhhh*, levantou-se da cadeira e me abraçou forte. Isso me fez chorar, mas não foi bem um choro, mas um espasmo de soluçar que me pegou totalmente de surpresa.

– Querida! – gritou Tegan.

Limpei o nariz na manga da camisa. Respirei fundo.

– Tudo bem – falei, dando a elas um sorriso choroso. – Estou melhor.

– Não, não está – retrucou Tegan.

– Não, não estou – concordei e desabei de novo. As lágrimas eram quentes e salgadas, e eu as imaginei derretendo meu coração. Não derreteram. Apenas o amoleceram nas beiradas.

Respiração profunda.

Respiração profunda.

Respiração profunda e tremida.

– Ele escreveu de volta? – perguntou Tegan.

– Meia-noite – respondi. – Não meia-noite de ontem, mas a de antes da véspera do Natal. – Engoli e pisquei e esfreguei de novo o nariz. – Olhei o e-mail tipo a cada hora depois de enviar a mensagem, e nada. Então eu estava, tipo, *Desista. Você é uma droga, e é* claro *que ele não respondeu.* Mas decidi olhar uma última vez, sabem?

Elas assentiram. Toda garota no planeta estava familiarizada com a última olhada na caixa de e-mails.

– E? – disse Dorrie.

Inclinei-me sobre elas e cliquei no teclado. A resposta de Jeb apareceu.

Addie... ele havia escrito, e eu conseguia sentir o silêncio complicado de Jeb dentro daqueles três pontinhos. Conseguia imaginá-lo pensando e respirando, as mãos indecisas sobre o teclado. Finalmente – ou ao menos foi assim que imaginei – ele digitou *Veremos.*

– Veremos? – leu Dorrie em voz alta. – Foi tudo o que ele disse? "Veremos"?

– Eu sei. Típico de Jeb.

– Hum – murmurou Dorrie.

– Não acho que "veremos" seja ruim – disse Tegan. – Ele provavelmente não sabia *o que* dizer. Ele amava tanto você, Addie. Aposto que recebeu seu e-mail, e a princípio o coração se alegrou, mas depois, porque ele é Jeb...

– Porque ele é um *garoto* – corrigiu Dorrie.
– Ele disse a si mesmo *Calma. Tome cuidado.*
– Pare! – exclamei. Era doloroso demais.
– E talvez fosse isso que o "veremos" queria dizer – disse Tegan mesmo assim. – Que ele estava pensando no assunto. Acho que isso é bom, Addie!
– Tegan... – falei.

A expressão dela se desanimou. Tegan passou de esperançosa para incerta, depois para preocupada. Os olhos dela foram direto para meu cabelo rosa.

Dorrie, que era mais rápida para perceber essas coisas, disse:
– Quanto tempo você esperou na Starbucks?
– Duas horas.
– E, depois disso, você foi...? – Ela gesticulou para meu cabelo.
– Ã-hã. No Fantastic Sam's, do outro lado da rua.
– Fantastic *Sam's*? – perguntou Dorrie. – Você fez o corte do término do namoro em um lugar onde dão pirulitos e balões?
– Eles não me deram pirulito nem balão – falei, triste. – Estavam fechando. Nem queriam me atender.
– Não entendo – disse Dorrie. – Você sabe quantas meninas teriam morrido pelo seu cabelo?
– Bem, se quiserem catá-lo em uma lata de lixo, podem ficar com ele.
– Sinceramente, estou começando a gostar do rosa – admitiu Tegan. – E não estou falando por falar.

— Está, sim — respondi. — Mas quem se importa? É Natal, e estou totalmente sozinha...
— Você não está sozinha — argumentou Tegan.
— E ficarei sozinha para *sempre*...
— Como pode estar sozinha se estamos bem aqui ao seu lado?
— E Jeb... — Minha voz ficou aguda. — Jeb não me ama mais.
— Não acredito que ele não veio! — disse Tegan. — Isso não parece Jeb. Mesmo que não quisesse reatar o namoro, não acha que teria ao menos aparecido?
— Mas por que ele não quer reatar? — perguntei. — *Por quê?*
— Tem certeza de que não é algum mal-entendido? — insistiu Tegan.
— Não faça isso — avisou Dorrie.
— Fazer o quê? — perguntou Tegan. Ela se virou para mim. — Tem certeza absoluta de que ele não tentou ligar para você nem nada?
Peguei o telefone na mesa de cabeceira. Joguei para ela.
— Pode procurar.
Ela abriu o histórico de chamadas e leu os nomes em voz alta.
— Eu, Dorrie, casa, casa, casa *de novo*...
— Era mamãe tentando descobrir onde eu estava, pois fiquei fora por muito tempo.
Tegan franziu a testa.
— Oito-zero-quatro, cinco-cinco-cinco, três-meia-três-um? Quem é?
— Engano — respondi. — Atendi, mas ninguém falou nada.

Ela apertou um botão e levou o telefone ao ouvido.
— O que está fazendo? — perguntei.
— Quem quer que tenha sido, vou ligar de volta. E se foi Jeb ligando do celular de outra pessoa?
— Não foi — respondi.
— Oito-zero-quatro é o código da Virgínia — falou Dorrie.
— Por acaso Jeb fez alguma viagem misteriosa para a Virgínia?
— *Não* — respondi. Era Tegan quem estava alimentando falsas esperanças, não eu. Mesmo assim, quando ergueu o dedo indicador, meu coração acelerou.
— Hum, oi — disse Tegan. — Posso saber quem está ligando?
— É *você* quem está ligando, sua pateta — falou Dorrie.
Tegan corou.
— Desculpe-me — disse ela ao telefone. — Quero dizer, hum, posso saber quem está *falando?*
Dorrie esperou por mais ou menos meio segundo.
— Então? Quem é?
Tegan acenou com a mão para dizer *Shh, está me distraindo.*
— Eu? — disse ela para a pessoa do outro lado da linha. — Não, porque isso é loucura. E, se eu *tivesse* jogado meu telefone em um monte de neve, por que estaria...
Tegan recuou e segurou o telefone a vários centímetros da orelha. Vozes minúsculas saíram do fone: pareciam Alvin e os Esquilos.
— Quantos anos vocês têm? — perguntou Tegan. — E, ei, parem de passar o telefone adiante. Só quero saber... Com *licença*, poderíamos voltar a... — A boca dela se escancarou.

– Não! Claro que não. Vou desligar agora, e acho que vocês deveriam... ir brincar no balanço.

Ela desligou o telefone.

– Dá para acreditar? – perguntou ela, indignada, a Dorrie e a mim. – Têm oito anos, oito! E querem que eu diga a elas como se dá um beijo de língua. Precisam seriamente ser desprogramadas.

Dorrie e eu nos olhamos. Dorrie se virou para Tegan.

– A pessoa que ligou para Addie era uma menina de oito anos?

– Não era só uma. Havia um grupinho inteiro, todas tagarelando. Blá-blá-blá. – Ela sacudiu a cabeça. – Espero que a gente não tenha sido irritante assim quando tínhamos essa idade.

– Tegan? – disse Dorrie. – Você não está nos dando muito com que trabalhar, querida. Descobriu por que esse grupinho de meninas de oito anos ligou para Addie?

– Ah. Foi mal. Hum, acho que não foram elas, porque disseram que o telefone não era delas. Disseram que o encontraram há algumas horas, depois que uma garota o jogou em um banco de neve.

– Como é? – perguntou Dorrie.

As palmas das minhas mãos estavam coçando. Eu não gostava da menção a essa garota.

– Sim, por favor, diga do que diabos está falando.

– Bem – falou Tegan. – Não estou convencida de que elas sabiam do que estavam falando, mas o que *disseram* foi que a garota...

— A atiradora do telefone? — interrompeu Dorrie.

— Isso. Que ela estava com um garoto, e que eles estavam *apaixonaaaados*, o que as meninas de oito anos sabiam porque viram o garoto "tascar um beijo molhado" na garota. E me pediram para ensiná-las a dar um beijo de língua!

— Não dá para ensinar alguém a beijar pelo telefone — respondeu Dorrie.

— Além disso, elas têm oito anos! São bebês! Não precisam beijar de língua, ponto-final. E "tascar um beijo molhado"? Por favor!

— Hum, Tegan? — falei. — O garoto era Jeb?

A alegria a deixou. Eu vi isso acontecer. Ela mordeu o lábio, abriu o telefone de novo e apertou a rediscagem.

— Não estou aqui para conversar — retrucou ela logo de cara. Tegan manteve o telefone longe da cabeça, encolhendo-se, depois o aproximou de novo. — Não! *Shhh!* Tenho uma pergunta e somente uma. O garoto com a garota... como ele era?

As vozes de esquilo transbordaram do telefone, mas eu não conseguia entender as palavras. Observei o rosto de Tegan e roí a unha do dedão.

— Ã-hã, tudo bem — disse Tegan. — Ele fez isso? Ah, que fofo!

— Tegan — falei com os dentes trincados.

— Preciso ir, tchau — disse ela, fechando o telefone. Tegan se virou para mim. — Com certeza não era Jeb, porque esse garoto tinha cabelo cacheado. Então... u-hu! Caso resolvido!

— O que fez você dizer "ah, que fofo"? — perguntou Dorrie.

— Elas disseram que o garoto fez uma dancinha boboca de felicidade depois de beijar a atiradora do telefone e que ele ergueu o punho no ar e gritou "Jubileu!".

Dorrie recuou e fez uma expressão de "tudo bem isso é esquisito".

— O que foi? — disse Tegan. — Você não ia querer que um garoto gritasse "jubileu" depois de beijar você?

— Talvez tivessem acabado de comer sobremesa — sugeri.

As duas olharam para mim.

Olhei de volta para elas. Ergui as mãos com as palmas para cima como que dizendo *Vamos lá, meninas*.

— Cerejas? Cerejas à Jubileu?

Dorrie se virou de volta para Tegan.

— Não — disse ela. — Eu não ia querer que um garoto gritasse "jubileu" a respeito da minha cereja.

Tegan deu uma gargalhada contida e depois parou ao ver que eu não ria.

— Mas não foi Jeb — repetiu ela. — Não é bom?

Não respondi. Não queria que Jeb beijasse garotas desconhecidas na Virgínia, mas, se a Patrulha do Beijo de oito anos *tinha*, de alguma forma, notícias de Jeb, bem que eu teria gostado muito de ouvir. Apenas dizer que o garoto que viram *não tinha* cabelo cacheado e em vez de estar beijando uma garota estivesse preso em um banheiro químico ou algo assim. Se a Patrulha do Beijo tivesse dito isso a Tegan, então, sim, teriam sido boas notícias, porque significaria que Jeb tinha uma desculpa para não ter ido me ver.

Não que eu quisesse que Jeb estivesse preso em um banheiro químico, óbvio.
— Addie? Está bem? — perguntou Tegan.
— Vocês acreditam na magia do Natal? — perguntei.
— Hã? — respondeu ela.
— Eu não, porque sou judia — disse Dorrie.
— É, eu sei — falei. — Não importa, estava só sendo boba.
Tegan olhou para Dorrie.
— Você acredita na magia do Hanukkah?
— O quê?
— Ou, já sei! Anjos! — exclamou Tegan. — Acredita em anjos?
Agora Dorrie e eu a encarávamos.
— Você que começou — disse Tegan para mim. — A magia do Natal, a magia do Hanukkah, a magia da temporada de festas... — Ela ergueu as mãos com as palmas voltadas para cima, como se a resposta fosse óbvia. — *Anjos*.
Dorrie deu um riso de escárnio. Mas eu não, porque acho que talvez meu coração solitário estivesse pendendo para esse lado, mesmo que eu não quisesse dizer a palavra.
— No ano passado, na véspera do Natal, depois que Jeb me beijou na Starbucks, ele veio até aqui e viu *A felicidade não se compra* com mamãe, papai, Chris e eu — falei.
— Já vi esse filme — disse Dorrie. — Jimmy Stuart quase pula de uma ponte porque está deprimido demais com a vida?
Tegan apontou para mim.
— E um *anjo* o ajuda a decidir não pular. Isso.
— Na verdade, ainda não era um anjo — comentou Dorrie. — Salvar Jimmy Stewart foi o teste que o fez *se tornar* um anjo.

Tinha que fazer Jimmy Stewart perceber que a vida dele valia a pena.

– E conseguiu, tudo ficou bem, e o anjo conseguiu asas! – completou Tegan. – Eu lembro. Foi no fim e tinha um sino de prata na árvore de Natal, e do nada o sino fez *ting-a-ling-a-ling* sem que ninguém o tocasse.

Dorrie riu.

– *Ting-a-ling-a-ling*? Tegan, você me mata.

Tegan prosseguiu.

– E a filhinha do Jimmy Stewart disse "A professora falou que, sempre que um sino toca, um anjo ganha asas". – Ela suspirou, alegre.

Dorrie virou a cadeira do computador de modo que ela e Tegan ficassem de frente para mim. Tegan perdeu o equilíbrio, mas se segurou no braço da cadeira e se endireitou.

– A magia do Natal, a magia do Hanukkah, *A felicidade não se compra*? – disse Dorrie para mim. Ela ergueu as sobrancelhas. – Vai ligar os pontos para nós?

– Não se esqueça dos anjos – falou Tegan.

Sentei-me na ponta da cama.

– Sei que fiz uma coisa horrível e sei que magoei muito, muito, muito Jeb. Mas *sinto muito*. Isso não vale para nada?

– Claro que vale – falou Tegan, solidária.

Um caroço se formou em minha garganta. Não ousei olhar para Dorrie porque sabia que ela reviraria os olhos.

– Bem, se isso é verdade – de repente achei difícil dizer as palavras – ... onde está o *meu* anjo?

Capítulo Quatro

— A — njos, anjos – disse Dorrie. – Esqueça os anjos.
– *Não*, não se esqueça dos anjos – falou Tegan. Ela deu um peteleco em Dorrie. – Você finge ser tão Grinch, mas não fala sério.
— Não sou Grinch – disse Dorrie. – Sou realista.
Tegan saiu da cadeira do computador e se sentou ao meu lado.
— Só porque Jeb não ligou, isso não quer necessariamente dizer alguma coisa. Talvez esteja na reserva, visitando o pai. Ele não disse que na res a recepção de sinal é péssima?
Jeb nos ensinou a chamar a reserva de "a res", o que fazia com que nos sentíssemos duronas e por dentro do assunto. Mas ouvir Tegan falar isso só aumentava minha tristeza.
— Jeb não foi para a res – falei. – Mas ele está de volta. E eu sei disso porque a Brenna do mal *por acaso* passou na Starbucks na segunda-feira e *por acaso* repetiu o calendário completo de recesso de Natal de Jeb enquanto esperava na fila para pedir.

Estava com Meadow e ficava toda "Estou tão chateada por Jeb não estar aqui. Mas ele voltará de trem na véspera de Natal, talvez eu vá encontrá-lo na estação!".

– Foi isso que fez você escrever o e-mail? – perguntou Dorrie. – Ouvir Brenna falando nele?

– Não foi o que me *fez*, mas pode ter tido algo a ver com isso. – Não gostei do modo como ela me olhava. – E daí?

– Talvez ele tenha ficado preso na nevasca – sugeriu Tegan.

– E ele *ainda* está preso? E deixou o telefone cair em um banco de neve como a garota beijoqueira, e foi por isso que não ligou? E não tem acesso a um computador porque precisou construir um iglu para dormir e não tem eletricidade?

Tegan deu de ombros, nervosa.

– *Talvez.*

– Não consigo entender – falei. – Ele não apareceu, não ligou, não mandou e-mail. Ele não fez nada.

– Talvez precisasse partir seu coração do mesmo modo que você partiu o dele – sugeriu Dorrie.

– Dorrie! – Lágrimas novas brotaram em meus olhos. – Isso é uma coisa horrível de se dizer!

– Ou não. Não sei. Mas, Adds... você o machucou *muito*.

– Eu sei! Acabei de dizer isso!

– Tipo profundamente, uma ferida aberta para sempre. Como quando Chloe terminou com Stuart.

Chloe Newland e Stuart Weintraub eram famosos no colégio Gracetown High: Chloe por trair Stuart, e Stuart por não conseguir esquecê-la. E adivinhe onde o término deles aconteceu? Na Starbucks. Chloe estava lá com outro garoto

– no banheiro! Que vadia! – e Stuart apareceu, e eu estava lá para ver tudo.

– Ei – murmurei. Meu coração começou a bater forte, porque eu tinha ficado com tanta raiva de Chloe naquele dia. Achei que ela foi tão... *desalmada*, traindo o namorado daquele jeito. Eu disse a ela para sair, de tão irritada que eu estava, e Christina precisou ter uma conversa comigo depois. Ela me informou que, no futuro, eu não deveria expulsar os clientes da Starbucks simplesmente por serem vadias desalmadas. – Está dizendo... – Tentei ler a expressão de Dorrie. – Está dizendo que sou uma *Chloe*?

– Claro que não! – disse Tegan. – Ela não está dizendo que você é uma Chloe. Está dizendo que Jeb é um Stuart. Certo, Dorrie?

Dorrie não respondeu imediatamente. Eu sabia que Dorrie tinha uma queda por Stuart porque todas as garotas da nossa sala tinham uma queda por Stuart. Era um garoto legal. Chloe o tratou como lixo. Mas a proteção de Dorrie ia ainda mais fundo, acho, porque Stuart era o outro aluno judeu da nossa escola, então os dois meio que tinham uma ligação.

Eu disse a mim mesma que foi esse o motivo pelo qual ela mencionou Stuart e Chloe. Eu disse a mim mesma que ela não teve a *intenção* de me comparar a Chloe, que, além de ser uma vadia sem coração, usava um batom vermelho que era o tom totalmente errado para o tipo de pele dela.

– Pobre Stuart – falou Tegan. – Queria que ele encontrasse outra pessoa. Queria que ele encontrasse alguém que o mereça.

– É, é – concordei. – Sou super a favor de Stuart encontrar o verdadeiro amor. Vá, Stuart. Mas, Dorrie, pergunto novamente: está dizendo que eu sou a Chloe nesse cenário?

– *Não* – respondeu Dorrie. Ela fechou os olhos com força e esfregou a testa, como se tivesse ficado com dor de cabeça. Baixou a mão e olhou nos meus olhos. – Adeline, eu amo você. Sempre amarei você. Mas...

Arrepios dispararam pela minha coluna, porque qualquer frase que combinava "eu amo você" com "mas" não podia ser boa.

– Mas o quê?

– Você sabe que fica absorta nos próprios dramas. Quer dizer, todas ficamos, não estou dizendo que não ficamos. Mas com você é praticamente uma arte. E às vezes...

Levantei-me da cama, levando a colcha comigo. Enrolei-a de volta sobre a cabeça e prendi sob o queixo.

– Sim?

– Às vezes você se preocupa mais consigo mesma do que com outros, mais ou menos.

– Então você *está* dizendo que sou uma Chloe! Está dizendo que sou uma *vadia* desalmada e egoísta!

– Desalmada, não – disse Dorrie rapidamente. – Nunca desalmada.

– E não é uma... – Tegan baixou a voz – ... *você sabe*. Você não é isso *mesmo*.

Não pude deixar de notar que nenhuma das duas negou a parte sobre ser "egoísta".

— Ai, meu Deus! — exclamei. — Estou em *crise*, e minhas melhores amigas se juntam para me atacar.

— Não estamos atacando você! — falou Tegan.

— Foi mal, não consigo ouvi-las — falei. — Estou ocupada demais sendo egoísta.

— Não, você não consegue nos ouvir porque está com uma colcha sobre a cabeça — respondeu Dorrie. Ela caminhou até onde eu estava. — Tudo o que estou dizendo...

— Lá-lá-lá! Ainda não consigo ouvi-la!

— ... é que não acho que você deveria voltar com Jeb até ter certeza.

Era uma loucura a velocidade com que meu coração batia. Eu estava segura no quarto com minhas duas melhores amigas, mas estava apavorada com o que uma delas estava prestes a me dizer.

— Certeza do quê? — consegui perguntar.

Dorrie abaixou a colcha.

— No seu e-mail você diz que mudou — disse ela, cautelosa. — Mas estou só imaginando se mudou de verdade. Se você, sabe, olhou para dentro de si mesma para descobrir o que ao menos *precisa* mudar.

Pontadas surgiam no meu cérebro. Era extremamente possível que eu estivesse hiperventilando e em breve desmaiaria, bateria com a cabeça e *morreria*. E a colcha presa ao redor de mim ficaria vermelha com o sangue.

— Saia daqui! — ordenei a Dorrie, apontando para a porta.

Tegan se encolheu.

— Addie — falou Dorrie.

— Estou falando sério. Vá! E Jeb e eu *não* voltamos, voltamos? *Porque ele não apareceu.* Então quem se importa se eu "realmente" mudei? Não importa porcaria nenhuma!

Dorrie ergueu as mãos.

— Você está certa. Eu sou uma droga. Aquilo foi dito no momento totalmente errado.

— Não me diga. Você deveria ser minha amiga!

— Ela *é* sua amiga — falou Tegan. — Dá para vocês pararem de se bicar? As duas?

Virei-me de costas e, conforme o fiz, vi de relance meu reflexo no espelho. Por um segundo, não me reconheci: não era meu o cabelo, não era minha a cara, não eram meus os olhos angustiados. Pensei: *Quem é essa garota maluca?*

Senti a mão de alguém no ombro.

— Addie, sinto muito — falou Dorrie. — Estava falando besteira, como sempre falo. Eu só...

Ela se interrompeu, e dessa vez eu *não* disse "Você só o quê?".

— Sinto muito — disse ela de novo.

Enterrei os dedos nas fibras da colcha. Depois de vários longos segundos, assenti bem de leve. *Mas você ainda é uma droga*, disse a mim mesma, mesmo sabendo que ela não era.

Dorrie apertou meu ombro e depois me soltou.

— Deveríamos ir, não, Tegan?

— Acho que sim — respondeu Tegan. Ela brincou com a costura da camiseta. — Só não queria que terminássemos a noite com um clima ruim. Quer dizer, é Natal.

— Já está terminando com um clima ruim — murmurei.

— Não está, não – disse Dorrie. – Nós fizemos as pazes. Certo, Addie?

— Eu não estava falando *disso* – esclareci.

— Parem – disse Tegan. – Tenho algo bom para contar a vocês, algo que não tem nada a ver com tristeza, corações partidos nem discussões. – Ela olhou para nós como se implorasse. – Vocês vão ouvir?

— É claro – falei. – Bem, *eu* vou. Não posso falar pelo Grinch aqui.

— Eu adoraria ouvir algo bom – disse Dorrie. – É sobre Gabriel?

— Gabriel? Quem é Gabriel? – perguntei. Então me lembrei. – Ah! Gabriel! – Não olhei para Dorrie porque não queria que ela usasse isso como prova de que eu só pensava em mim mesma ou algo assim.

— Recebi a melhor das notícias pouco antes de virmos – contou Tegan. – Só não queria tocar no assunto enquanto lidávamos com a crise de Addie.

— Acho que já acabamos com a crise de Addie – disse Dorrie. – Addie? Acabamos com a sua crise?

Nós nunca acabaremos com a minha crise, pensei.

Sentei-me no chão e puxei Tegan para fazê-la se sentar ao meu lado. Até abri espaço para Dorrie.

— Conte a boa notícia – pedi.

— Minha notícia *é* sobre Gabriel – falou Tegan. Ela sorriu. – Ele vem para casa amanhã!

Capítulo Cinco

— Já preparei a cama dele – falava Tegan. – Tenho um porquinho de pelúcia pequenininho para fazê-lo se sentir confortável e tenho dez pacotes de chiclete Dubble Bubble de pera.

— Ah, sim, porque Gabriel adora Dubble Bubble de pera – falou Dorrie.

— Porcos comem chiclete? – perguntei.

— Eles não comem, mastigam – respondeu Tegan. – E tenho um cobertor para ele se aconchegar, uma coleira e uma caixa de areia. A única coisa que não tenho é lama para ele rolar, mas acho que pode rolar na neve, certo?

Eu ainda estava pensando na parte do chiclete, mas despertei do transe.

— Por que não? – falei. – Tegan, isso é tão incrível!

Os olhos dela brilhavam.

— Vou ter meu próprio porco. Vou ter meu próprio porco, e é tudo graças a vocês duas!

Não pude deixar de sorrir. Além de ser uma pessoa impossivelmente adorável, algo mais dava a Tegan esse Teganismo distinto.

Tinha uma paixão por porcos.

Uma paixão *grande* mesmo por porcos, então acho que, se ela dizia que porcos mascavam chiclete, bem, então porcos mascavam chiclete. Tegan, dentre todas as pessoas, saberia.

O quarto de Tegan era a Central dos Porcos, com porcos de porcelana e cerâmica chinesa e porcos de madeira entalhada em todas as superfícies. Todo Natal, Dorrie e eu dávamos um porco novo para a coleção. (Tegan e eu dávamos a Dorrie presentes de Hanukkah também, é claro. Naquele ano encomendamos uma camiseta de um site muito legal chamado Filhas do Rabino. Era branca com mangas curtinhas pretas, e estava escrito GOT CHUTZPAH?)

Tegan queria um porco de verdade desde sempre, mas os pais sempre disseram não. Na verdade, como o pai dela se considera um comediante, a resposta dele costumava ser uma gargalhada contida e a frase "Quando os porcos voarem, docinho".

A mãe de Tegan era menos irritante, mas igualmente inflexível.

– Tegan, esse porquinho lindo com o qual você sonha vai crescer e pesar quase quatrocentos quilos – dizia ela.

Eu entendia o que ela queria dizer. Quatrocentos quilos – era como oito Tegans uma em cima da outra. Talvez não fosse tão boa ideia ter um bicho de estimação que tivesse oito vezes o seu peso.

Mas então Tegan descobriu – rufem os tambores, por favor! – o *miniporco*. Eles são muito mais do que fofos. Tegan mostrou o site a Dorrie e eu no mês anterior e ficamos exclamando *ooohs* e *aaahs* para as fotos de porquinhos minúsculos que cabem dentro de uma xícara de chá. Eles chegam ao peso máximo de aproximadamente dois quilos e meio, o que é um vigésimo do peso de Tegan, uma proposta muito melhor do que um porco de quase quatrocentos quilos.

Tegan conversou com a criadora e depois fez os pais conversarem com a criadora. Enquanto toda a conversa acontecia, Dorrie e eu também conversamos com a criadora por conta própria. Quando os pais de Tegan deram o OK oficial, o mal estava feito: o último dos miniporcos da criadora estava pago e reservado.

– Meninas! – gritou Tegan quando contamos a ela. – Vocês são as melhores amigas do mundo! Mas... e se meus pais tivessem dito que não?

– Precisávamos arriscar – falou Dorrie. – Esses miniporcos são vendidos rápido.

– É verdade – completei. – Eles literalmente voam das prateleiras.

Dorrie resmungou, o que me incitou mais ainda.

Gesticulei como se batesse as asas e disse:

– Voe! Voe para casa, porquinho!

Havíamos presumido inteiramente que Gabriel *teria* voado para casa àquela altura, de certo modo. Na semana anterior, Tegan recebeu da criadora a notícia de que Gabriel tinha desmamado, então ela e Dorrie se planejaram para ir de carro até a Fazenda de Porcos Fancy Nancy para pegá-lo. A fazenda de porcos ficava em Maggie Valley, a cerca de trezentos quilômetros de distância, mas elas poderiam facilmente ir e voltar em um dia.

Então veio a nevasca. Tchauzinho, plano.

— Mas Nancy ligou esta noite e adivinhem só? — falou Tegan. — As estradas em Maggie Valley não estão tão ruins, então ela decidiu ir de carro até Asheville. Vai passar o ano-novo lá. E, como Gracetown fica no caminho, ela vai passar aqui e deixar Gabriel na Pet World. Posso ir buscá-lo amanhã!

— A Pet World que fica em frente à Starbucks? — perguntei.

— Por que lá? — disse Dorrie. — Não poderia trazê-lo direto para a sua casa?

— Não, porque as ruas secundárias ainda não foram escavadas — respondeu Tegan. — Nancy é amiga do cara que é dono da Pet World, e ele vai deixar a chave para ela. Nancy disse que vai colocar um bilhete na cesta de Gabriel dizendo *Não dê este porco para adoção a não ser para Tegan Shepherd!*

— Dar para adoção? — perguntei.

— É a gíria de loja de animais para "vender" — respondeu Dorrie. — E ainda bem que Nancy vai deixar o bilhete, ou com certeza haveria milhares de pessoas infestando a loja de animais, desesperadas para comprar um miniporco.

— Cala a boca — falou Tegan. — Vou de carro até o centro para pegá-lo assim que a escavadeira de neve passar. — Ela juntou as mãos em prece. — Por favor, por favor, por favor, faça com que cheguem cedo ao nosso bairro!

— Vai sonhando — disse Dorrie.

— Ei — falei, tomada por uma ideia. — Amanhã vou abrir a Starbucks, então papai me deixou levar o Explorer.

Dorrie mostrou os músculos dos braços.

— Addie tem Explorer! Addie não precisa de escavadeira!

— Está muito certa — respondi. — Ao contrário do, *u-hu*, Civic fresquinho.

— Não seja má com o Civic! — protestou Tegan.

— Ah, querida, meio que precisamos ser más com o Civic — afirmou Dorrie.

— De qualquer forma — interrompi —, eu ficaria feliz em pegar Gabriel se você quiser.

— Sério? — falou Tegan.

— Por acaso a Starbucks vai abrir? — perguntou Dorrie.

— Cara — respondi. — Nem a chuva, nem a neve, nem geada nem granizo fechará as portas da poderosa Starbucks.

— Cara — replicou Dorrie —, esse é o lema dos Correios, não da Starbucks.

— Mas, ao contrário dos Correios, a Starbucks fala sério. Estará aberta, garanto.

— Addie, tem bancos de neve de mais de dois metros lá fora.

— Christina disse que vamos abrir, então vamos abrir. — Virei para Tegan. — Então, sim, Tegan, irei de carro até a cidade cedo demais amanhã de manhã e, sim, posso pegar Gabriel.

— U-hu! — Tegan comemorou.

— Espere aí — disse Dorrie. — Não está se esquecendo de uma coisa?

Enruguei a testa.

— Nathan Krugle? — disse ela. — Trabalha na Pet World, odeia você?

Meu estômago deu um nó. Durante toda a conversa sobre porcos, eu tinha me esquecido completamente de Nathan. Como eu poderia ter me esquecido de Nathan?

Ergui o queixo.

— Você é tão negativa. Eu posso muito bem dar conta de Nathan; *se* ele estiver trabalhando amanhã, o que provavelmente não estará, pois deve estar em alguma convenção de *Jornada nas estrelas* ou algo assim.

— Já está dando desculpas? — falou Dorrie.

— Nããо. Já estou demonstrando minha total e grande falta de egoísmo. Mesmo que Nathan esteja lá, isso é para Tegan.

Dorrie pareceu duvidar.

Virei-me para Tegan.

— Vou fazer um intervalo às nove horas e serei a primeira pessoa a passar pela porta da Pet World, está bem? — Caminhei até a escrivaninha, peguei um Post-it da Hello Kitty e rabisquei *Não esquecer porco!* com a caneta roxa. Marchei até a cômoda, peguei a camiseta que usaria no dia seguinte e colei o bilhete adesivo nela.

— Felizes? — perguntei, segurando a camiseta erguida para que Tegan e Dorrie pudessem ver.

— Feliz — respondeu Tegan, sorrindo.

— Obrigada, Tegan — agradeci de modo prolongado, sugerindo com o tom que Dorrie poderia aprender uma liçãozinha com a amiga tão confiante. — Prometo que não a desapontarei.

Capítulo Seis

Tegan e Dorrie se despediram, e por quase dois minutos eu me esqueci do coração partido entre os tchaus e os abraços. Mas, assim que elas foram embora, meus ombros caíram. *Oi*, disse a tristeza. *Estou de voool-taaa. Sentiu saudades?*

Dessa vez, o luto me levou à memória do domingo anterior, na manhã seguinte à festa de Charlie e o pior dia da minha vida. Fui de carro até o apartamento de Jeb – que não sabia que eu iria –, e a princípio ele ficou feliz em me ver.

– Onde você se escondeu na noite passada? – disse ele. – Não consegui encontrá-la.

Comecei a chorar. Os olhos castanhos dele se encheram de preocupação.

– Addie, não está com raiva ainda, está? Por causa da nossa briga?

Tentei responder. Nada saiu.

– Nem foi uma briga – confortou-me Jeb. – Foi um... nada.

Chorei mais ainda, e ele segurou minhas mãos.

– Eu amo você, Addie. Tentarei ser melhor em demonstrar isso. Está bem?

Se houvesse um abismo no quarto dele, eu teria me atirado. Se uma adaga estivesse sobre a cômoda, eu a teria enfiado no peito.

Em vez disso, contei a ele sobre a Coisa com Charlie.

– Sinto muito – falei, chorando. – Achei que ficaríamos juntos para sempre. Eu queria que ficássemos juntos para sempre!

– Addie... – disse ele. Jeb ainda estava tentando processar, mas naquele exato segundo ele reagia, e eu sabia disso porque conhecia Jeb, ao fato de eu estar chateada. Era *essa* a preocupação mais urgente dele, e Jeb apertou minhas mãos.

– Pare! – exclamei. – Não pode ser legal comigo, não quando estamos terminando!

A confusão dele foi terrível.

– Estamos terminando? Você... você quer ficar com Charlie em vez de mim?

– Não. Credo, não. – Eu me afastei. – Eu traí você e estraguei *tudo*, então... – um soluço escapuliu – ... então eu preciso abrir mão de você!

Ele ainda não tinha entendido.

– Mas... e se eu não quiser que você faça isso?

Eu mal conseguia respirar por causa do choro, mas me lembro de pensar – não, de *saber* – que Jeb era muito melhor do que eu. Ele era o melhor e mais maravilhoso garoto do mundo, e eu era uma merda absoluta que nem merecia ser pisada por ele. Eu era uma tapada. Eu era tão tapada quanto Charlie.

– Preciso ir – falei, seguindo em direção à porta.

Ele segurou meu pulso. A expressão de Jeb dizia *Não. Por favor.*

Mas eu precisava. Será que ele não enxergava isso? Eu me desvencilhei e me obriguei a dizer as palavras.

– Jeb... acabou.

Ele trincou a mandíbula, e eu fiquei perversamente satisfeita. *Ele* é que deveria ficar furioso comigo. *Ele* é que deveria me odiar.

– Vá – disse ele.

E eu fui.

E agora... lá estava eu. Permaneci na janela do quarto observando Dorrie e Tegan ficarem cada vez menores. A luz da lua tornava a neve prateada – toda aquela neve – e só de olhar para ela eu ficava com frio.

Imaginei se Jeb algum dia me perdoaria.

Imaginei se eu algum dia deixaria de me sentir tão mal.

Imaginei se Jeb se sentia tão mal quanto eu, e me surpreendi ao esperar que ele não se sentisse. Quer dizer, eu queria que ele se sentisse um pouco mal, ou talvez razoavelmente mal, mas não queria que o coração dele fosse uma bolota congelada de arrependimento. Jeb tinha o coração tão bom, o que tornava muito confuso o fato de não ter aparecido no dia anterior.

Mesmo assim, não era culpa de Jeb que eu tivesse estragado tudo, e, onde quer que estivesse, eu esperava que ele estivesse com o coração quente.

Capítulo Sete

— Brrr – falou Christina ao destrancar a porta da frente da Starbucks às quatro e meia na manhã seguinte. Quatro e meia, porcaria! Ainda faltava uma hora e meia para o sol nascer, e o estacionamento era uma paisagem fantasmagórica, interrompida aqui e ali por carros cobertos de neve. O namorado de Christina buzinou e acenou. Ele foi embora, e ficamos só nós, a neve e a loja escura.

Ela empurrou a porta, e eu entrei correndo atrás.

– Está congelando lá fora – comentou Christina.

– Nem me fale – respondi. O caminho de carro desde a minha casa fora traiçoeiro, mesmo com pneus de neve e correntes, e eu passei por pelo menos uma dúzia de carros abandonados por motoristas menos corajosos. Em um banco de neve estava a impressão de uma SUV inteira, ou algum outro carro monstro. Como era possível? Como um motorista idiota não viu uma parede de neve de um metro e oitenta?

Até que a escavadeira passasse, de jeito nenhum Tegan conseguiria dirigir a *qualquer* lugar no Civic fresquinho.

Bati os pés para me livrar da neve, tirei as botas e caminhei devagar, de meias, até os fundos. Virei os seis interruptores ao lado da saída do aquecedor, e a loja se incendiou de luz.

Somos a estrela de Natal iluminada pelos anjos, pensei, imaginando como aquele único ponto brilhante deveria parecer de qualquer outro lugar na cidade que estava um breu. *Só que o Natal acabou e não houve anjos.*

Tirei o chapéu e o casaco e coloquei o tamanco preto, combinando com a calça preta que vestia. Pressionei o recado adesivo de NÃO ESQUECER PORCO! na camiseta da Starbucks, a qual dizia VOCÊ PEDE, NÓS FAZEMOS. Dorrie caçoava da minha camiseta assim como caçoava de tudo na Starbucks, mas eu não me importava. A Starbucks era meu porto seguro. Também era meu porto triste, pois abrigava muitas memórias de Jeb.

Ainda assim, eu encontrava consolo nos cheiros e na rotina – e principalmente na música. Pode chamar de "corporativo" ou "enlatado" ou do que quiser, mas os CDs da Starbucks eram bons.

– Ei, Christina – gritei –, que tal um pouco de "Hallelujah"?

– Claro – gritou ela de volta.

Enfiei o CD *Lifted: Songs of the Spirit* (para o qual, sim, Dorrie fingia vomitar) e escolhi a faixa sete. A voz de Rufus Wainwright preencheu o ar, e pensei, *Ah, o doce som da Starbucks.*

O que Dorrie não conseguia ver – entre os tantos deboches direcionados à Starbucks – era que as pessoas que trabalhavam ali ainda eram *pessoas*, exatamente como todo mundo. Sim, a Starbucks pertencia a um figurão que era o mandachuva da Starbucks, e sim, a Starbucks era uma franquia. Mas Christina vivia em Gracetown do mesmo jeito que Dorrie. E eu também. E o resto dos baristas também. Então qual era o problema?

Saí da sala dos fundos e comecei a desempacotar os doces deixados por Carlos, o entregador de comida. Minha atenção era constantemente atraída para as poltronas roxas na frente da loja, e lágrimas tornaram os muffins light de mirtilo um borrão.

Pare, ordenei a mim mesma. *Controla-se, ou vai ser um dia muito longo.*

– Uau – disse Christina, os pés surgindo à minha frente. – Você cortou o cabelo.

Ergui a cabeça.

– Hã... é.

– E pintou de rosa.

– Não é um problema, é?

A Starbucks tinha um código de aparência descrito como Não Pergunte, Não Conte, que proibia piercings no nariz e no resto do rosto, além de tatuagens visíveis – o que quer dizer que a pessoa podia ter tatuagens e piercings, contanto que não os mostrasse. Acho que as regras não diziam que não se podia ter cabelo rosa, no entanto. Por outro lado, o assunto nunca havia surgido.

– Hum – disse Christina, estudando-me. – Não, tudo bem. Fiquei surpresa, só isso.

— É, eu também — falei baixinho.

A intenção não era ela escutar, mas Christina ouviu.

— Addie, você está bem? — perguntou ela.

— Claro — respondi.

O olhar dela parou na minha camiseta. Ela enrugou a testa.

— De que porco você não deveria esquecer?

— Hã? — Olhei para baixo. — Ah. Hã... nada. — Suspeitava de que porcos deveriam ser proibidos na Starbucks também e não vi motivo para deixar Christina preocupada ao explicar a história toda. Eu manteria Gabriel escondido no quarto dos fundos depois de buscá-lo, e ela nunca precisaria saber.

— Tem certeza de que está bem? — perguntou ela.

Abri um grande sorriso e tirei o Post-It.

— Nunca estive melhor!

Christina voltou a arrumar o balcão do café, e eu dobrei o bilhete ao meio e o enfiei no bolso. Levei os doces até o expositor de vidro, coloquei um par de luvas de plástico e comecei a encher as prateleiras. O cover de "Hallelujah" de Rufus Wainwright tomou a loja, e eu murmurava ao ritmo da música. Era quase agradável, de um modo "a vida é uma droga, mas ao menos há música boa".

No entanto, conforme eu ouvia a letra — ouvia de verdade, em vez de deixá-la passar por mim — as sensações quase agradáveis passaram. Sempre achei que fosse uma música de inspiração sobre Deus ou algo assim, por causa dos aleluias. Só que, no fim das contas, havia palavras antes e depois dos aleluias, e essas palavras não eram nada animadoras.

Rufus cantava sobre amor e como o amor não poderia existir sem fé. Fiquei petrificada, pois o que ele falava parecia familiar demais. Ouvi mais um pouco e fiquei horrorizada ao perceber que a música inteira era sobre um cara apaixonado, mas que havia sido traído pela pessoa que amava. E os aleluias fofos de partir o coração? Não eram aleluias de inspiração. Eram... eram aleluias "frios e partidos" – como dizia o refrão!

Por que algum dia eu tinha gostado dessa música? A música era uma droga!

Fui mudar o CD, mas ele passou para a faixa seguinte antes de eu chegar. Uma versão gospel de "Amazing Grace" tomou conta da loja, e eu pensei *Bem, é muito melhor do que um aleluia de coração partido*. E também pensei *Por favor, Deus, eu certamente preciso de uma graça*.

Capítulo Oito

Por volta das cinco horas, nossa preparação matinal tinha acabado. Às 5:01, nosso primeiro cliente bateu à porta de vidro, e Christina foi até lá para destrancá-la oficialmente.

– Feliz dia seguinte ao Natal, Earl – disse ela ao homem troncudo esperando do lado de fora. – Não sabia se o veríamos hoje.

– Pensa que meus clientes se importam com o tempo? – perguntou Earl. – Está muito enganada, querida.

Ele entrou se arrastando na loja, trazendo consigo uma lufada do ar gélido. As bochechas de Earl estavam rosadas, e ele vestia um chapéu vermelho e preto com abas sobre as orelhas. Earl era enorme, barbado e parecia um lenhador – o que funcionava muito bem, pois ele *era* um lenhador. Dirigia um daqueles caminhões semirreboque atrás dos quais você nunca quer ficar nas muitas estradas montanhosas por aqui, pois, antes de tudo, com o peso que carregava, ele precisava manter a velocidade barulhenta de trinta quilômetros por hora; e, em segundo lugar, a parte de trás da caçamba aberta estava cheia de toras. Toras *enormes*, empilhadas de um metro e meio a um metro e oitenta de altura. Caso as correntes da caçamba se soltassem, essas toras rolariam de cima do caminhão e deixariam você tão achatado quanto um copo para viagem amassado.

Christina voltou para trás do bar e ligou o vaporizador de leite.

— Mas deve ser legal ser necessário, não?

Earl resmungou. Ele foi aos tropeços até a caixa registradora, olhou para mim com os olhos apertados e perguntou:

— O que você fez com o seu cabelo?

— Cortei — respondi. Observei o rosto dele. — E pintei. — Quando, ainda assim, ele não disse nada, acrescentei: — Você gostou?

— Que diferença faz? — respondeu Earl. — O cabelo é seu.

— Eu sei. Mas... — Descobri que não sabia como terminar a frase. Por que eu me *importava* se Earl gostava ou não do cabelo? Com os olhos baixos, peguei o dinheiro dele. Sempre comprava a mesma bebida, então não era necessário conversar mais.

Christina serviu uma quantidade generosa de chantilly no *mocha* de framboesa de Earl, enfeitou o chantilly com uma calda vermelho-vivo de framboesa e fechou a coisa toda com uma tampa de plástico branca.

— Aqui está — anunciou ela.

— Obrigado, senhoritas — falou Earl. Ele ergueu o copo como se brindasse e saiu pela porta da frente.

– Acha que os amigos lenhadores de Earl o provocam por tomar uma bebida tão feminina? – perguntei.

– Apenas uma vez – respondeu Christina.

A porta se abriu, e um garoto a segurou para a namorada. Ao menos eu presumi que fosse a namorada, porque eles tinham aquele olhar de casal entre si, todos bobocas e apaixonados. Imediatamente pensei em Jeb – tinha ficado, o quê, dois segundos sem que ele passasse pela minha mente? – e me senti sozinha.

– Uau, mais pássaros madrugadores – comentou Christina.

– Esses estão mais para *pássaros insones*, imagino. – O garoto, que reconheci da escola, estava com os olhos embaçados e a postura envergada de quem tinha ficado acordado a noite toda. Achei que conhecia a garota também, mas não tinha certeza. Ela não conseguia parar de bocejar.

– Pode parar com isso? – pediu o garoto para a Garota Bocejante. Tobin, o nome dele era Tobin. Estava um ano à frente de mim. – Vou ficar complexado.

Ela sorriu. E bocejou de novo. O nome dela era Angie, talvez? Sim, Angie, e era não feminina de um modo que me fazia sentir feminina *demais*. Duvido que fosse essa a intenção. Duvido que ela ao menos soubesse quem eu era.

– Que ótimo – falou o garoto. Ele se dirigiu para mim e para Christina, esticando os braços. – Ela acha que sou entediante. Eu a estou *entediando*. Dá para acreditar?

Mantive uma expressão agradável, mas não acolhedora. Tobin sempre vestia suéteres amarrotados e era amigo do coreano que falava "tapado", e ele e todos os amigos eram inteligentes ao ponto de intimidar. O tipo de inteligente que fazia com que eu me sentisse burra como uma líder de torcida, mesmo que eu não fosse uma líder de torcida e mesmo que, pessoalmente, não achasse que as líderes de torcida *fossem* burras. Não todas, na verdade. Chloe chutadora de Stuart, talvez.

— Ei! — falou Tobin, apontando para mim. — Conheço você.

— Hum, é — respondi.

— Mas seu cabelo nem sempre foi rosa.

— Não.

— Então você *trabalha* aqui? Que incrível. — Ele se virou para a garota. — Ela trabalha aqui. Provavelmente trabalha aqui há anos, e eu nunca soube.

— Assustador — comentou a garota. Ela sorriu para mim e meio que inclinou a cabeça, como se dissesse *Sei que conheço você e sinto muito por não saber seu nome, mas "oi" mesmo assim.*

— Posso ir preparando as bebidas para vocês? — perguntei.

Tobin verificou o cardápio.

— Ah, droga, este é o lugar com os tamanhos malucos, não é? Tipo um *grandé*, em vez de grande? — Ele prolongou a palavra de um jeito idiota e num falso francês, e Christina e eu trocamos um olhar. — Por que não podem simplesmente chamar de grande? — perguntou Tobin.

— Poderíamos, mas *grandé* é um tamanho médio — falou Christina. — *Venti* é o grande.

— *Venti*. Certo. Pelo amor de Deus, não posso fazer o pedido em inglês mesmo?

— Claro — respondi. Era um equilíbrio delicado: manter o cliente feliz, mas também, quando necessário, responder às besteiras que ele dizia. – Talvez isso me confunda, mas posso me virar.

Os lábios de Angie se contraíram. Isso fez com que eu gostasse dela.

– Não, não, não – falou Tobin erguendo as mãos e fazendo uma cena de conformação. – Quando em Roma e tudo o mais. Eu, hã... deixe-me pensar... posso pedir um muffin de mirtilo *venti*?

Tive de rir. O cabelo dele estava espetado, Tobin parecia totalmente exausto e, sim, estava agindo como uma marionete. Eu tinha quase certeza de que ele também não sabia meu nome, apesar de termos estudado na mesma pré-escola, na mesma escola de ensino fundamental e na de ensino médio. No entanto, havia algo de fofo em relação a ele quando olhava para Angie, que ria junto comigo.

– O que foi? – perguntou ele, perplexo.

– Os tamanhos são para bebidas – explicou ela. Colocou as mãos nos ombros de Tobin e o virou para o expositor de vidro, onde seis muffins de largura idêntica repousavam. – Os muffins são todos iguais.

– São muffins – concordou Christina.

Tobin enrubesceu, e, a princípio, imaginei que fosse mais uma parte da encenação. *O infeliz garoto contracultura, atirado contra a própria vontade para dentro da Starbucks malvada.* Então percebi que a vermelhidão aumentava e entendi uma coisa. Tobin e Angie... os dois juntos era algo novo. Novo o suficiente para que o toque dela ainda fosse uma surpresa gloriosa e digna de fazê-lo corar.

Mais uma onda de solidão me tomou. Lembrei-me daquela exaltação que faz a pele formigar.

– É minha primeira vez na Starbucks – contou Tobin. – Sério. Minha primeira vez na vida, então seja gentil comigo.

– A mão dele procurou a de Angie, e os dedos dos dois se entrelaçaram. Ela também corou.

– Então... só um muffin? – perguntei. Deslizei a porta de vidro do expositor dos doces.

– Não importa, eu não quero mais seu muffin fedorento. – Ele fingiu fazer um bico de revolta.

– Pobrezinho – provocou Angie.

Tobin olhou para ela. Sonolência e alguma outra coisa fizeram a expressão dele se amenizar.

– Que tal o seu maior *latte*? – perguntou ele. – Podemos dividir.

– Claro – falei. – Querem alguma calda por cima?

Ele voltou a atenção para mim.

– Calda?

– Avelã, chocolate branco, framboesa, baunilha, caramelo... – enumerei todas.

– Batata *rösti*?

Por um segundo, achei que ele estivesse fazendo uma piada à minha custa, mas Angie riu, e foi o tipo de risada que dizia que aquilo era piada interna, mas não de um jeito ruim, e percebi que talvez tudo não fosse *sempre* sobre mim.

– Desculpe, nada de calda de batata *rösti*.

– Hã, tudo bem – disse Tobin. Ele coçou a cabeça. – Então, hum, que tal de...

— *Mocha* de chocolate branco com calda *cinnamon dolce* — disse Angie para mim.

— Excelente escolha. — Registrei o pedido, e Tobin pagou com uma nota de cinco dólares e colocou mais cinco de bônus na jarra que dizia "Alimente Seu Barista". Talvez ele não fosse tão marionete assim.

No entanto, quando eles foram até a entrada da loja para se sentar, não pude deixar de pensar *Não nas poltronas roxas! Elas são minhas e de Jeb!* Mas é claro que eles escolheram as poltronas roxas. Afinal de contas, eram as mais macias e as melhores.

Angie se jogou numa poltrona mais próxima da parede, e Tobin se afundou na que fazia par com ela. Com uma das mãos, Tobin segurava a bebida. Com a outra, ele tocava Angie, entrelaçando os dedos com os dela e segurando forte.

Capítulo Nove

Às seis e meia, o sol tinha oficialmente nascido. Era bonito, imagino, se você gosta desse tipo de coisa. Começar do zero, novos começos, os raios aconchegantes da esperança...
É. Não é para mim.
Às sete horas, tivemos um movimento matinal de verdade, e os pedidos por cappuccinos e *espressos* dominaram a cena e fizeram meu cérebro se calar, pelo menos por um tempo.
Scott passou por ali, para o costumeiro *chai* e, como sempre, pediu um copo de chantilly para viagem para Maggie, a labradora preta.
Diana, que trabalhava na pré-escola no fim da rua, entrou para pedir o *latte* light, e, enquanto catava o cartão da Starbucks na bolsa, me disse pela centésima bilionésima vez que eu precisava trocar a foto no quadro "Conheça Seus Baristas".
– Sabe que eu odeio essa foto – disse ela. – Você parece um peixe com os lábios para fora desse jeito.

— Eu gosto dessa foto — falei. Jeb a havia tirado na última véspera de ano-novo, quando Tegan e eu estávamos de palhaçada, fingindo ser Angelina Jolie.

— Bem, não sei por que — respondeu Diana. — Você é uma menina tão bonita, mesmo com esse... — ela gesticulou com a mão para indicar meu novo cabelo — ... *look punk* que está exibindo.

Punk. Meu Deus.

— Não é *punk*, é *pink* — expliquei.

Ela encontrou o cartão e o ergueu.

— Ahá! Aqui está.

Passei o cartão na leitora e o devolvi, e ela o balançou na frente do meu rosto antes de ir pegar a bebida.

— Mude essa foto! — ordenou Diana.

Os Johns, todos os três, entraram às oito horas e ocuparam a mesa habitual no canto. Eram aposentados e gostavam de passar as manhãs bebendo chá e resolvendo revistas de Sudoku.

John Número Um disse que meu novo cabelo me fazia parecer um broto, e John Número Dois o mandou parar de flertar.

— Ela é nova o bastante para ser sua neta — comentou John Número Dois.

— Não se preocupe — respondi. — Qualquer um que use a palavra *broto* basicamente abdicou da candidatura.

— Quer dizer que até então eu era um candidato? — perguntou John Número Um. O boné do Carolina Tar Heels estava bem alto na cabeça dele, como um ninho de pássaros.

— Não — falei, e John Número Três gargalhou alto. Ele e John Número Dois bateram os punhos, e eu sacudi a cabeça. *Meninos.*

Às 8:45, levei as mãos aos laços do avental e anunciei que ia fazer uma pausa.

— Tenho uma tarefa rápida para resolver — avisei a Christina —, mas voltarei logo.

— Espere — disse ela. Christina segurou meu antebraço para me manter próxima, e, quando segui o olhar dela, entendi o motivo. Entrava na loja um dos cidadãos de destaque de Gracetown, um motorista de reboque chamado Travis que vestia somente papel alumínio. Calça de papel alumínio, algo como uma jaqueta-camiseta de papel alumínio e até mesmo um chapéu de papel alumínio em formato de cone.

— Por que, ah, por que ele se veste assim? — falei, e não pela primeira vez.

— Talvez seja um cavaleiro — sugeriu Christina.

— Talvez seja um para-raios.

— Talvez seja um daqueles galos cata-ventos que veio prever os ventos de mudança.

— Uuu, boa — falei e suspirei. — Estou precisando de um vento de mudança.

Travis se aproximou. Os olhos dele eram tão pálidos que pareciam de prata. Ele não sorriu.

— Oi, Travis — disse Christina. — O que posso lhe servir?
— Normalmente, Travis só pedia água, mas de vez em quando tinha trocado suficiente para comprar um bolinho de bordo, o

doce preferido dele. E o meu também, na verdade. Eles pareciam secos, mas não eram, e a cobertura de bordo era a melhor.

– Gostaria de uma amostra – pediu ele com a voz rouca.

– Claro – respondeu Christina, pegando um dos copos de amostra. – Gostaria de uma amostra de quê?

– Nada – disse ele. – Só do copo.

Christina olhou para mim, e fixei os olhos em Travis para evitar rir, o que seria maldade. Se olhasse com atenção, dava para ver várias "eus" na coisa que era a jaqueta-camiseta. Ou melhor, fragmentos de mim, quebrados pelos vincos no alumínio.

– O *eggnog latte* é bom – sugeriu Christina. – É nosso especial da época.

– Somente o copo – repetiu Travis. Ele se mexeu agitado. – Eu só quero o copo!

– Tudo bem, tudo bem. – Ela entregou o copo a ele.

Tirei o olhar das "eus", que eram hipnotizantes.

– Não acredito que esteja vestido assim, principalmente hoje – comentei. – Por favor, me diga que há um suéter por baixo desse papel alumínio.

– Que papel alumínio? – perguntou ele.

– Rá-rá – falei. – Sério, Travis, não está com frio?

– Eu não. E você?

– Hum, nããon. Por que eu estaria com frio?

– Não sei. Por que estaria?

Eu meio que ri. Depois parei. Travis me olhava por sob as sobrancelhas grossas.

— Não estaria — respondi, corando. — Não estou. Estou total e completamente confortável, no *tocante à temperatura*.

— *No tocante à temperatura* — repetiu ele com escárnio. — É sempre sobre você, não é?

— O quê?! Não estou... falando de mim! Só estou dizendo a você que não estou com frio! — A intensidade do olhar dele me deixou desconfortável. — Tudo bem, talvez eu esteja falando de mim neste exato segundo — continuei. — Mas não é *sempre* sobre mim.

— Algumas coisas nunca mudam — comentou, debochando. Travis saiu com o copo do tamanho de uma boneca, mas, à porta, ele se virou para uma última frase de despedida. — E nem se incomode em pedir um reboque. Estou de folga!

— Bem — falei. Ele realmente tinha me magoado, mas eu não queria demonstrar. — Isso foi interessante.

— Acho que nunca ouvi Travis negar um reboque a alguém antes — disse Christina. — Sério, acho que você foi a primeira.

— Por favor, não pareça tão impressionada — falei, desanimada.

Ela riu, e era isso que eu queria. Mas, conforme Christina enchia o porta-guardanapos, as palavras de Travis voltaram a mim: *É sempre sobre você, não é?*

Foi desconcertantemente similar ao que Dorrie tinha me dito na noite anterior: *Já olhou de verdade para dentro de si? Por acaso sabe o que precisa mudar?*

Ou algo assim.

— Ei, hum, Christina...?

— Sim?

— Tem alguma coisa errada comigo?

Ela tirou o olhar dos guardanapos.

— Addie, Travis é maluco.

— Eu sei. Mas isso não quer dizer que tudo o que ele diz é loucura, necessariamente.

— *Ad*die.

— Chris*ti*na.

— Apenas diga a verdade: sou uma boa pessoa? Ou sou, tipo, muito egoísta?

Ela pensou.

— Precisa ser um ou outro?

— Ai. — Levei a mão ao coração e tropecei para trás.

Ela riu, pensando que eu estava sendo a Addie Engraçada. E estava, acho. Mas também tive um receio esquisito de que o universo estivesse tentando me dizer alguma coisa. Senti como se estivesse tateando à beira de um enorme abismo, mas o abismo era em mim mesma. Eu não queria olhar para baixo.

— Acorde — mandou Christina. — Lá vêm os idosos.

E, em seguida, a van da academia da terceira idade Silver Sneakers parou em frente à Starbucks, e o motorista estava cuidadosamente ajudando a carga de cidadãos idosos a navegar pela calçada. Eles pareciam uma fileira de insetos bem-organizados.

— Oi, Claire — disse Christina quando a primeira das idosas passou pela porta.

— Ótima, ótima! — respondeu Claire, tirando o chapéu colorido.

Burt seguiu direto para o balcão e pediu um café "tiro no escuro", e Miles, que entrou logo atrás dele, gritou:
— Tem certeza de que sua máquina aguenta, velho?
Burt bateu no peito.
— Isso me mantém jovem. É disso que as moças gostam. Certo, srta. Addie?
— Com certeza — falei, colocando o universo em espera ao pegar um copo e entregá-lo a Christina. Burt tinha as maiores orelhas que eu já vira (talvez porque as tivesse cultivado por uns oitenta anos?), e imaginei o que as mulheres achavam delas.

Conforme a fila aumentava, Christina e eu assumimos os postos de urgência. Eu anotava os pedidos e cuidava da registradora enquanto ela fazia a mágica com o vaporizador.
— *Grande latte!* — gritei.
— *Grande latte* — repetiu ela.
— *Venti mocha* de noz caramelizada, leite de soja, dose simples de cafeína, sem creme!
— *Venti mocha* de noz caramelizada, leite de soja, dose simples de cafeína, sem creme!

Era uma dança. Isso me tirou de dentro de mim. O abismo ainda se abria em mim, mas tive que dizer *Foi mal, abis, sem tempo.*

A última dos idosos foi Mayzie, com trança grisalha e um sorriso beatífico. Mayzie era uma professora universitária de folclore aposentada e se vestia toda hippie, com jeans gastos, um suéter enorme listrado e meia dúzia de pulseiras de contas. Eu adorava isso nela, que se vestia mais como uma adolescente do que como uma senhora. Quer dizer, eu não queria vê-la em uma calça jeans da Seven com cós superbaixo e uma calcinha fio dental, mas achava legal ela ter um estilo próprio.

Ninguém esperava atrás dela, então apoiei as mãos no balcão e me permiti respirar.

– Oi, Mayzie – falei. – Como está hoje?

– Estou ótima, querida – respondeu ela. Naquele dia, usava brincos roxos de sinos de Natal, e eles soavam quando ela mexia a cabeça. – Uuh, *gostei* do cabelo.

– Não acha que pareço uma galinha depenada?

– Não mesmo – discordou Mayzie. – Combina com você. É corajoso.

– Não sei quanto a isso – respondi.

– Bem, eu sei. Você passou muito tempo apagada, Addie. Tenho percebido isso. Está na hora de crescer para a sua próxima personalidade.

E lá estava de novo, a sensação esquisita de estar diante de um precipício.

Mayzie se inclinou para mais perto.

– Todos temos defeitos, querida. Cada um de nós. E, acredite em mim, *todos* cometemos erros.

O calor subiu até meu rosto. Meus erros eram tão públicos que até os clientes os conheciam? Será que o grupo da Silver Sneakers discutia no bingo o fato de eu ter ficado com Charlie?

– Você só precisa dar uma boa olhada em si mesma, mudar o que precisa ser mudado e seguir em frente, querida.

Pisquei para ela com uma expressão idiota.

Mayzie baixou o tom de voz.

— E, se estiver imaginando por que estou dizendo isso a você, é porque decidi seguir uma nova carreira: anjo de Natal.

Ela esperou minha reação com os olhos brilhando. Era estranho ela mencionar a coisa do "anjo" depois de eu ter falado sobre isso com Dorrie e Tegan na noite anterior, e por uma minúscula fração de segundo realmente imaginei se ela não *seria* meu anjo, ali para me salvar.

Então, a realidade fria me derrubou de volta ao chão, e odiei a mim mesma por ser tão idiota. Mayzie não era um anjo. Aquele era apenas o Dia dos Malucos. Aparentemente, todo mundo havia comido bolo de frutas com rum demais.

— Não precisa estar morta para ser um anjo? — perguntei.

— Ah, Addie — disse ela em tom de sermão. — Eu pareço morta para você?

Olhei para Christina para saber se estava observando aquilo, mas ela estava na saída, colocando um novo saco na lixeira.

Mayzie tomou meu silêncio como permissão para continuar.

— É um curso chamado Anjos Entre Nós — explicou ela. — Não preciso de diploma nem nada.

— Não existe um curso com esse nome de verdade — retruquei.

— Ah, existe, sim. É oferecido no Centro Gracetown de Artes Divinas.

— Gracetown não tem um Centro de Artes Divinas — falei.

— Às vezes me sinto sozinha — confidenciou ela. — Não que a Silver Sneakers não seja maravilhosa. Mas às vezes fica um pouco... — ela baixou a voz até sussurrar — ... bem, *entediante*.

— Aaaah — sussurrei de volta.

— Achei que me tornar um anjo poderia ser um jeito bom de me conectar com os outros — falou ela. — De qualquer forma, para conseguir as asas, só preciso espalhar a magia do Natal.

Soltei um risinho de escárnio.

— Bem, eu não acredito na magia do Natal.

— Claro que acredita, ou eu não estaria aqui.

Recuei, sentindo como se tivesse sido enganada. Como eu deveria reagir a isso? Retomei a postura e tentei outra tática.

— Mas... o Natal acabou.

— Ah, não, o Natal nunca termina, a não ser que você queira. — Ela se inclinou sobre o balcão e apoiou o queixo na palma da mão. — O Natal é um estado de espírito. — O olhar de Mayzie desceu até a altura do balcão. — Nossa mãe! — exclamou ela.

Olhei para baixo.

— O quê?

A pontinha de cima do Post-It dobrado estava saindo do bolso da minha calça jeans, e Mayzie esticou o braço para o outro lado do balcão e o puxou. Foi tão inesperado que eu apenas fiquei parada e permiti.

— Não esquecer porco — disse Mayzie depois de desdobrar o bilhete. Ela virou a cabeça e olhou para mim como um passarinho.

— Ai, *droga* — falei.

– De que porco não deveria se esquecer?

– Hã... – minha mente estava tonta – ... é para minha amiga, Tegan. Que bebida posso mandar preparar para você? – Meus dedos estavam loucos para desamarrar o avental para eu poder tirar a folga.

– Hum – disse Mayzie. Ela bateu no queixo.

Bati o pé no chão.

– Sabe – falou ela –, às vezes, quando esquecemos de fazer as coisas para os outros, como para essa *Tegan*, é porque estamos envolvidos demais com os nossos problemas.

– Sim – respondi vigorosamente, esperando dissuadir a continuação da conversa. – Quer o *mocha* de amêndoa de sempre?

– Quando, na verdade, precisamos esquecer nós mesmos.

– Sim de novo. Entendo. A dose simples?

Ela sorriu como se eu a divertisse.

– Dose simples, sim, mas vamos misturar dessa vez. Mudança é saudável, certo?

– Se é o que você está dizendo. Então, o que vai ser?

– Um *mocha* de noz caramelizada, por favor, em um copo para viagem. Acho que vou tomar um pouco de ar antes que Tanner volte para nos buscar.

Repeti o pedido de Mayzie para Christina, que tinha voltado para trás do balcão. Ela o cobriu com creme e deslizou até mim.

– Lembre-se do que eu falei – disse Mayzie.

– Tenho certeza de que vou me lembrar – respondi.

Ela gargalhou alegremente, como se fôssemos cúmplices.

– Tchau, então – gritou ela. – Vejo você em breve!

Assim que Mayzie saiu, arranquei o avental.
— Vou tirar uma pausa — falei para Christina.
Ela me entregou a jarra do vaporizador.
— Passe uma água nisto para mim e estará oficialmente liberada.

Capítulo Dez

Coloquei o vaporizador na pia e abri a torneira. Enquanto esperava impacientemente até encher, virei-me de costas e me apoiei na beira da pia. Tamborilei os dedos na borda de metal.
– Mayzie disse que preciso me esquecer de mim mesma – falei. – O que acha que isso significa?
– Não me pergunte – respondeu Christina. Ela estava de costas para mim enquanto limpava a haste do vaporizador, e eu assisti à fumaça se erguer acima dos ombros dela.
– E minha amiga Dorrie, você conhece Dorrie, meio que disse a mesma coisa – continuei, pensativa. – Falou que eu sempre preciso fazer com que tudo seja a meu respeito.
– Bem, não vou discutir nesse ponto.
– Rá-Rá – falei. Fiquei hesitante. – Você está brincando, não?
Christina olhou por cima do ombro e sorriu. Os olhos dela se arregalaram com apreensão, e ela gesticulou furiosamente.
– Addie, a... a...

Eu me virei e vi um fio de água se derramando pela beira da pia. Pulei para trás.

– *Ahhh!* – gritei.

– Desligue! – falou Christina.

Mexi na torneira, mas a água continuava jorrando para dentro da pia e transbordando.

– Não está funcionando!

Ela me empurrou para o lado.

– Pegue um pano!

Corri para o quarto dos fundos, peguei um pano e disparei de volta. Christina ainda virava a torneira e a água continuava a se derramar no chão.

– Viu? – falei.

Ela ficou olhando.

Eu me espremi até a pia e pressionei o pano na beirada. Um segundo depois ele estava ensopado, e eu tive um *flashback* de quando tinha quatro anos e não conseguia fechar a água da banheira.

– Bosta, bosta, bosta – falou Christina. Ela desistiu de fechar a torneira e aplicou pressão na bica que jorrava. A água se esgueirou por entre os dedos de Christina, formando um arco com formato de guarda-chuva. – Não tenho *ideia* do que fazer!

– Ai, meu Deus. Tudo bem, hum... – olhei ao redor da loja – ... John!

Todos os três Johns ergueram a cabeça da mesa do canto. Eles viram o que estava acontecendo e correram até nós.

– Podemos passar para o outro lado do balcão? – perguntou John Número Dois, pois Christina era muito rigorosa em relação a clientes passarem para o outro lado do balcão. Política da Starbucks.

– É claro! – gritou Christina. Ela piscou quando a água espirrou na camiseta e no rosto dela.

Os Johns tomaram as rédeas. Johns Números Um e Dois foram até a pia enquanto John Número Três correu para o quarto dos fundos.

– Saiam do caminho, senhoritas – avisou John Número Um.

E saímos. O avental de Christina estava ensopado, assim como a camiseta dela. E o rosto. E o cabelo.

Tirei uma pilha de guardanapos do porta-guardanapos.

– Aqui. – Ela os recebeu em silêncio. – Hã... está com raiva? Christina não respondeu.

John Número Um se agachou perto da parede e fez umas coisas de homem com os canos. O boné do Tar Heels se agitava conforme ele se mexia.

– Não fiz nada, eu juro – falei.

As sobrancelhas de Christina se ergueram até a altura do cabelo.

– É, tudo bem, eu me esqueci de fechar a torneira. Mas isso não deveria ter causado uma pane no sistema inteiro.

– Deve ter sido a tempestade – disse John Número Dois. – Provavelmente estourou um dos canos externos.

John Número Um resmungou.

– Quase consegui. Se eu conseguisse... – mais resmungos – ... fechar esta válvula... *droga*!

Um filete de água o atingiu bem entre os olhos, e eu levei a mão à boca.

– Não acho que conseguiu – observou John Número Dois.

A água irrompeu do cano. Christina parecia prestes a chorar.

– Ai, meu Deus, sinto muito – falei. – Por favor, faça seu rosto voltar ao normal. Por favor?

– Ah, olha só isso – disse John Número Dois.

Os ruídos de água correndo diminuíram. Uma gota d'água estremeceu na junta do cano e caiu no chão. Depois disso, nada.

– Parou – falei, maravilhada.

– Fechei o registro principal – anunciou John Número Três, emergindo do quarto dos fundos com uma toalha.

– Fechou? Isso é tão legal! – exclamei.

Ele jogou a toalha para John Número Um, que a usou para secar a calça.

– Você deveria secar o chão, não a calça – falou John Número Dois.

– Eu *já* sequei o chão – reclamou John Número Um. – Com a calça.

– Melhor ligar para um encanador de verdade – aconselhou Christina. – E, Addie... acho que deveria fazer a pausa.

– Não quer que eu ajude a limpar? – perguntei.

– Quero que tire sua pausa – respondeu ela.

– Ah – falei. – Hã, é, claro. Era o que eu *ia* fazer antes, então apareceu o Travis Maluco e depois a Mayzie Maluca... – Christina apontou para o quarto dos fundos. – É que foi você quem me pediu para ficar. Quer dizer, quem se importa, certo? Mas *foi*...

– Addie, por favor – disse ela. – Talvez dessa vez não seja sobre você, mas com certeza parece que sim. Preciso que saia.

Nós nos encaramos.

– *Agora*.

Dei um salto e segui para o quarto dos fundos.

– Não se preocupe – disse John Número Três quando passei por ele. – Ela terá esquecido até a próxima vez que você quebrar alguma coisa. – Ele piscou, e eu sorri, sem graça.

Capítulo Onze

Arranquei a camiseta molhada e peguei uma nova emprestada da prateleira. Era da Dose Dupla da Starbucks, e dizia QUE VENHA O DIA. Tirei o celular da bolsinha e disquei o número de Dorrie.

– *Hola*, docinho – disse ela ao atender no segundo toque.

– Oi – falei. – Tem um minuto? Tive um dia estranhíssimo e só fica mais estranho, e *preciso* falar com alguém sobre isso.

– Pegou Gabriel?

– Hã?

– Eu disse, você pegou... – Ela se interrompeu. Quando voltou a falar, a voz estava controlada demais. – Addie? Por favor, diga que se lembrou de ir até a Pet World.

Meu estômago afundou até os pés, como um elevador com os cabos quebrados. Rapidamente fechei o celular e peguei o casaco no cabide. Enquanto saía, o celular tocou de novo. Sabia que não deveria atender, *sabia* que não deveria atender... mas não resisti e atendi mesmo assim.

– Ouça – falei.

– Não, você ouça. São dez e meia e você prometeu a Tegan que iria até a Pet World às nove em ponto. Não há uma desculpa para justificar por que ainda está na Starbucks de bobeira.

– Isso não é justo – argumentei. – E se... e se um iceberg tivesse caído na minha cabeça e me deixado em coma?

– Um iceberg *caiu* na sua cabeça e deixou você em coma?

Apertei os lábios.

– Ã-hã – respondeu ela. – Bem, deixe-me perguntar: qualquer que seja o verdadeiro motivo, tem algo a ver com você e alguma nova crise ridícula?

– Não! E, se parasse de me atacar e me deixasse contar todas as coisas esquisitas que aconteceram comigo, você entenderia.

– Você por acaso está se ouvindo? – falou ela, incrédula. – Pergunto se é sobre uma nova crise e você responde "Não, e aliás, deixe-me contar sobre minha nova crise".

– Eu não disse isso. – *Ou disse?*

Ela suspirou.

– Nada legal, Addie.

Minha voz ficou baixinha.

– Tudo bem, você está certa. Mas, hum... Tem sido um dia muito bizarro, mesmo para mim. Só queria que soubesse disso.

– Claro que tem sido – respondeu Dorrie. – E claro que se esqueceu de Tegan, porque é sempre, sempre, *sempre* sobre você. – Ela fez um ruído de impaciência. – E quanto ao Post-It que dizia *Não esquecer porco?* Não fez você lembrar alguma coisa?

– Uma velhinha o roubou de mim – respondi.

– Uma velhinha... – Ela parou de falar. – Sim, ã-hã. Não é que você o perdeu; uma velhinha teve que roubá-lo de você. É *O show de Addie* de novo. Em todos os canais, todas as emissoras.

Aquilo doeu.

– Não é *O show de Addie*. É que me distraíram.

– Vá para a Pet World – disse Dorrie, parecendo cansada. E desligou.

Capítulo Doze

A luz do sol refletia na neve conforme eu corria pela rua até a Pet World. As calçadas estavam quase todas limpas, mas havia alguns pontos aqui e ali onde os montes escavados tinham se acumulado, e minhas botas faziam *uump* conforme eu passava por esses trechos mais profundos.

Enquanto eu seguia fazendo *uump*, mantive um monólogo dentro do cérebro sobre como *O show de Addie* não estava em todos os canais. *O show de Addie* não estava no canal sobre caminhões enormes e não estava no canal de luta. E com certeza não estava no canal que passava o programa *Vamos pescar com Orlando Wilson*, e fiquei tentada a ligar para Dorrie e dizer isso a ela. "Ele se chama *Vamos pescar com Adeline Lindsey?*", eu perguntaria. "Bem, não! Não se chama."

Mas não liguei, porque sem dúvida ela também acharia um jeito de tornar isso um exemplo de como eu era egoísta. Pior, ela provavelmente estaria certa. Um plano melhor seria pegar Gabriel com minhas mãozinhas quentes – bem, minhas mãozinhas frias – e *depois* ligar para Dorrie. Eu diria "Viu? Ficou tudo bem". E ligaria para Tegan e deixaria Gabriel fazer um *oinc* ao telefone ou algo assim.

Ou não. Ligaria para Tegan primeiro, para espalhar a alegria, *depois* ligaria para Dorrie. E eu não diria "A-há", porque eu era melhor do que isso. É. Eu era boa o bastante para admitir meus erros e parar de me acovardar sempre que Dorrie me passava um sermão, pois a nova e iluminada eu não precisaria de sermões.

O celular tocou dentro da bolsa, e me encolhi. *Porcaria, a menina tem percepção extrassensorial?*

Uma possibilidade pior passou pela minha mente: *talvez seja Tegan.*

E depois, uma possibilidade maior e melhor, teimosa e flutuante: *ou... talvez seja Jeb?*

Remexi a bolsa, e peguei o telefone. A tela dizia PAPAI, e eu desanimei. *Por quê?*, reclamei em silêncio. *Por que não poderia ser...*

E parei. Interrompi aquela vozinha no meio da frase, porque estava de saco cheio dela e não estava me fazendo bem algum, e, de qualquer forma, eu não deveria ter algum controle sobre os pensamentos intermináveis que passavam pela minha cabeça?

No meu cérebro – *e* no meu coração –, experimentei uma repentina ausência de estática. *Uau.* Poderia me acostumar com isso.

Apertei o botão de ignorar no celular e o coloquei de volta na bolsa. Ligaria para papai mais tarde, depois de consertar tudo.

Eau de hamster me atingiu assim que entrei na Pet World, assim como o cheiro inconfundível de manteiga de amendoim. Parei, fechei os olhos e fiz uma oração por força, porque, enquanto *eau* de hamster era esperado em uma loja de animais, o cheiro de manteiga de amendoim só podia querer dizer uma coisa.

Cheguei perto da caixa registradora, e Nathan Krugle ergueu o olhar enquanto mastigava. Os olhos dele se arregalaram, depois se estreitaram. Ele engoliu e deixou de lado o sanduíche de manteiga de amendoim.

– Olá, Addie – falou ele com desprezo, à la Jerry Seinfeld quando cumprimentava seu nêmesis, Newman.

Não. Espere. Isso me tornaria Newman, e eu certamente não era Newman. Nathan era Newman. Nathan era um Newman supermagrelo, cheio de acne e que gostava de camisetas encolhidas com citações de *Jornada nas estrelas*. A daquele dia dizia VOCÊ MORRERÁ SUFOCADO NO FRIO GÉLIDO DO ESPAÇO.

– Olá, Nathan – respondi. Tirei o capuz, e ele observou meu cabelo. E deu um risinho de escárnio.

– Cabelo legal – comentou Nathan.

Comecei a dizer algo em resposta, mas me contive.

– Estou aqui para buscar algo para uma amiga – afirmei. – Tegan. Você conhece Tegan.

Achei que a menção à Tegan, cuja meiguice era interminável, poderia distrair Nathan da vingança.

Não funcionou.

– De fato, conheço – disse ele, com os olhos brilhando. – Estudamos na mesma escola. A mesma *minúscula* escola. Certamente seria difícil ignorar alguém em uma escola tão pequena.

Eu resmunguei. Lá vinha, de novo, como se não nos falássemos há quatro anos e ainda precisássemos reviver aquele incidente lamentável. Não precisávamos. Havíamos revivido muitas vezes, mas, ainda assim, aparentemente era uma via de mão única.

– Mas espere – disse ele com a voz robótica de um apresentador de infomercial ruim. – *Você* ignorou alguém em uma escola tão pequena!

– No sétimo *a*-no – respondi com os dentes trincados e uma voz cantada. – Muitos e muitos *anos* atrás.

– Sabe o que é um Pingo? – exigiu ele.

– Sim, Nathan você já...

– Um Pingo é uma criatura inofensiva desesperada por carinho, nativa do planeta Iota Geminorum Quatro.

– Achei que fosse Iota Gemi-blá-blá Cinco.

– E *não* faz muitos anos. – Ele arqueou as sobrancelhas para ter certeza de que eu entendia a ênfase. – Eu era um tremendo Pingo.

Encostei em uma estante de biscoitos para cachorro.

– Você não era um Pingo, Nathan.

— E, como um guerreiro Klingon com treinamento especial...

— Por favor, não me chame disso. Você sabe que detesto ser chamada assim.

— ... você me eliminou. — Ele reparou onde estava meu cotovelo e abriu as narinas. — Ei — murmurou Nathan, estalando os dedos repetidas vezes para a parte do corpo infratora. — Não toque nos Doggy de Lites.

Fiquei ereta.

— Desculpa, desculpa — falei. — E desculpa também por ter magoado você há *quatro anos*. Mas. E isto é importante. Está ouvindo?

— Em termos galáticos, quatro anos são apenas um nanossegundo.

Emiti um ruído de exasperação.

— Não recebi o bilhete! Juro por Deus, eu nunca o vi!

— Claro, claro. Só que, sabe o que eu acho? Acho que você o leu, jogou fora e prontamente esqueceu, porque, se tem a ver com as vontades de qualquer outra pessoa, não importa, certo?

— Não é verdade. Ouça, podemos apenas...

— Devo recitar o conteúdo do bilhete?

— Por favor, não.

Ele encarou o nada.

— Abre aspas: "Querida Addie, quer namorar comigo? Ligue para mim e responda."

— Eu não recebi o bilhete, Nathan.

— Mesmo que não quisesses namorar, deveria ter ligado.

– Eu teria! Mas não recebi o bilhete!

– O coração de um menino do sétimo ano é algo frágil – disse ele tragicamente.

Minha mão queria tocar a fileira de Doggy de Lites. Eu queria atirar um pacote nele.

– Tudo bem, Nathan? – falei. – Mesmo que eu tivesse recebido o bilhete, *que não recebi*, não pode deixar para lá? As pessoas seguem em frente. As pessoas crescem. As pessoas *mudam*.

– Ah, por favor – desconversou ele friamente. O modo como me olhou, como se eu fosse menos do que um barbante de palha, me lembrou que ele e Jeb eram amigos. – Pessoas como você não mudam.

Minha garganta se fechou. Era demais ele me atacar da mesma forma que todas as pessoas no planeta.

– Mas... – Saiu bem fraco. Tentei de novo e, com uma voz que tremulava, apesar das minhas melhores intenções, falei: – Ninguém consegue ver que estou tentando?

Depois de um longo momento, foi ele quem finalmente baixou os olhos.

– Estou aqui para buscar o porco de Tegan – falei. – Posso apenas levá-lo, por favor?

A testa de Nathan se enrugou.

– Que porco?

– O porco que deixaram aqui ontem à noite. – Tentei desvendar a expressão dele. – Pequenininho? Com um bilhete que dizia *Não venda para ninguém a não ser para Tegan Shepherd*?

— Não "vendemos" animais — informou ele. — Nós damos para adoção. E não havia um bilhete, somente um comprovante de pagamento.

— Mas *havia* um porco?

— Bem, sim.

— E era muito, muito pequeno?

— Talvez.

— Bem, deveria ter um bilhete preso à cesta do animal, mas não importa. Pode simplesmente pegá-lo para mim?

Nathan hesitou.

— Nathan, ai meu Deus. — Visualizei Gabriel sozinho na noite fria. — Por favor, não me diga que ele morreu.

— O quê?! *Não*.

— Então onde está ele?

Nathan não respondeu.

— Nathan, por favor — pedi. — Isso não é sobre mim. É sobre Tegan. Quer realmente puni-la porque está puto comigo?

— Alguém o adotou — murmurou ele.

— Desculpe-me. Como é?

— Uma senhora, ela adotou o porco. Entrou há mais ou menos meia hora e desembolsou duzentos dólares. Como eu deveria saber que ele não estava à venda, quer dizer, para adoção?

— Por causa do bilhete, seu idiota!

— Eu não *recebi* o bilhete!

Percebemos ao mesmo tempo a ironia do protesto dele. Encaramos um ao outro.

– Não estou mentindo – falou Nathan.

Não havia motivo para martelar a questão. Aquilo era ruim, ruim, ruim, e eu teria que descobrir como consertar e não ficar brigando com Nathan por causa de algo que era tarde demais para mudar.

– Tudo bem, hum, ainda tem o comprovante? – perguntei.

– Mostre o comprovante. – Ergui a mão e mexi os dedos.

Nathan bateu na registradora, e a gaveta de baixo se abriu. Ele tirou de dentro um pedaço de papel rosa esmaecido todo amassado.

Eu o peguei.

– Um miniporco, certificado e licenciado – li em voz alta.

– Duzentos dólares. – Virei o papel do outro lado, voltando minha atenção para a mensagem claramente escrita à caneta no final da página. – Pago à vista. Para ser retirado por Tegan Shepherd.

– Droga – disse Nathan.

Eu o virei de novo, procurando o nome de quem havia recomprado o porco de Tegan.

– Bob recebe animais novos o tempo todo – falou Nathan na defensiva. – Eles aparecem, e eu, sabe, os entrego para adoção. Porque é uma loja de animais.

– Nathan, preciso que me diga o nome da pessoa para quem o vendeu – pedi.

– Não posso. A informação é confidencial.

– Sim, mas o porco é de Tegan.

– Hum, daremos um reembolso a ela, acho.

Tecnicamente, Dorrie e eu deveríamos receber o reembolso, mas não mencionei isso. Não me importava com o reembolso.

— Apenas me diga para quem o vendeu, e eu vou lá explicar a situação.

Ele se mexeu, parecendo incrivelmente desconfortável.

— Você tem o nome da pessoa, certo? Quem o comprou?

— Não — respondeu ele. O olhar seguiu para a gaveta aberta da caixa registradora, onde vi a pontinha de um recibo de cartão de crédito. — Mesmo que soubesse, não há nada que eu possa fazer — continuou ele. — Não posso revelar os detalhes das transações dos clientes. Mas não sei o nome da senhora, de qualquer forma, então, hum... é isso.

— Tudo bem. Entendo. E... acredito em você quanto a não ter visto o bilhete.

— Acredita? — disse ele. A expressão que fez foi de deslumbramento.

— Acredito — respondi honestamente. Virei-me para ir embora, mas, no meio do caminho, prendi a ponta da bota sob a estante da Doggy de Lite e puxei. A estante caiu, e pacotes de celofane se espalharam pelo chão, abrindo-se e derramando biscoitos de cachorro por todo lado.

— Ah, não! — gritei.

— Ai, droga! — exclamou Nathan. Ele saiu de trás do balcão, ajoelhou-se e começou a separar os pacotes que ainda estavam intactos.

— Sinto muito, *muito* — falei. Conforme ele catava um biscoito de cachorro fujão, eu me inclinei sobre o balcão e peguei o recibo branco. Coloquei-o no bolso. – Você deve me odiar ainda mais agora, não?

Ele parou, endireitando-se e apoiando uma das mãos no joelho. Fez uma coisa esquisita com os lábios, como se estivesse travando uma batalha consigo mesmo.

– Eu não *odeio* você – disse ele finalmente.

– Não?

– Só acho que você não percebe, às vezes, como afeta as pessoas. E não estou falando só de mim.

– Então... de quem está falando? – Eu estava muito consciente do recibo no bolso, mas não poderia sair depois de um comentário como aquele.

– Esquece.

– De jeito nenhum. Fala.

Ele suspirou.

– Não quero que isso suba à sua cabeça, mas você nem *sempre* é irritante.

Nossa, obrigada, era o que eu queria dizer. Mas segurei a língua.

– Você tem essa... luz em você – disse Nathan, ficando vermelho. – Faz as pessoas se sentirem especiais, como se talvez também houvesse uma luz nelas. Mas, depois, se nunca liga para elas, ou se você, sabe, beija algum babaca pelas costas delas...

Minha visão ficou embaçada, e não só porque Nathan de repente estava dizendo coisas que em vez de grosseiras eram perigosamente próximas de serem gentis. Encarei o chão.

— É apenas cruel, Addie. É muito frio. — Ele acenou para um saco de Doggy de Lites perto da minha bota. — Passe esse saco, por favor?

Eu me abaixei e o peguei.

— Não tenho a intenção de ser fria — falei, constrangida. Entreguei a ele o saco de Doggy de Lites. — E não estou tentando inventar desculpas. — Engoli em seco, surpresa pelo quanto precisava dizer aquilo a uma pessoa que fosse amiga de Jeb e não minha. — Mas às vezes preciso que alguém jogue uma luz em mim também.

Os músculos do rosto de Nathan não se moveram. Ele deixou meu comentário pairar entre nós, apenas o suficiente para o arrependimento começar a bater.

Então ele resmungou.

— Jeb não é exatamente o cara mais afetivo — reconheceu Nathan.

— Você acha?

— Mas vê se você se toca. Quando o assunto é você, ele é totalmente apaixonado.

— *Era* apaixonado — comentei. — Não é mais. — Senti uma lágrima e depois outra abrirem caminho pela minha bochecha e me senti uma idiota. — É. Eu vou embora agora.

— Ei, Addie — disse Nathan.

Eu me virei.

— Se recebermos mais um miniporco, eu ligo.

Olhei além da acne e da camiseta de *Jornada nas estrelas* e vi apenas o velho Nathan, que, ao que parecia, também não era sempre irritante.

— Obrigada — respondi.

Capítulo Treze

Assim que cheguei a três metros de distância da loja de animais, catei o recibo surrupiado. Na linha que dizia "item", Nathan havia escrito *porco*. Onde a informação do cartão de crédito estava impressa dizia *Constance Billingsley*.

Limpei as lágrimas com o dorso da mão e respirei fundo para me acalmar. Em seguida, mandei uma mensagem psíquica para Gabriel: *Não se preocupe, carinha. Vou levá-lo até Tegan, a quem você pertence.*

Primeiro, liguei para Christina.

– Onde você está? – perguntou ela. – A pausa acabou faz cinco minutos.

– Quanto a isso... – falei. – Estou com uma pequena emergência, e, antes que você pergunte, não, não é um momento Addie. Essa emergência em especial tem a ver com Tegan. Preciso fazer algo para ela.

– O que precisa fazer?

— Hã, uma coisa importante. De vida ou morte, mas não se preocupe, ninguém vai efetivamente *morrer*. — Fiz uma pausa. — Exceto eu, se não fizer isso.

— Addie — disse Christina. O tom de voz sugeria que eu fazia esse tipo de coisa o tempo todo, o que não era verdade.

— Christina, não estou de palhaçada, e não estou sendo dramática sem motivo. Eu juro.

— Bem, Joyce acabou de bater o ponto — falou ela, irritada —, então acho que nós duas podemos segurar as pontas.

— Obrigada, obrigada, obrigada! Voltarei o mais rápido possível. — Comecei a desligar, mas a voz fina de Christina disse algo.

— Espere... espere aí!

Ergui o telefone de volta até a orelha, ansiosa para seguir caminho.

— O quê?

— Sua amiga com os dreadlocks está aqui.

— Brenna? *Ugh*. Não é minha amiga. — Ocorreu-me um pensamento horrível. — Ela não está com alguém, está?

— Ela não está com Jeb, se é o que quer saber.

— Graças a Deus. Então por que está me contando isso?

— Só achei que ficaria interessada. Ah, e seu pai passou aqui. Pediu para dizer a você que pegou o Explorer.

— Ele... *o quê?* — Meu olhar voou para a ponta norte do estacionamento. Havia um retângulo de neve amassada onde eu havia estacionado o Explorer. — Por quê? Por que diabos ele levaria meu carro?

— *Seu* carro?

— O carro dele, não importa. O que ele estava pensando?
— Não faço ideia. Por quê? Precisa dele para a sua *coisa*?
— Sim, preciso dele para a minha coisa. E agora não tenho noção de como vou... — Parei de falar, pois reclamar com Christina não ajudaria. — Não importa, eu dou um jeito — falei.
— Tchau.

Apertei o botão de desligar e liguei para minha caixa postal.

— Você tem três mensagens novas — falou a gravação.

Três?, pensei. Só tinha ouvido o telefone tocar uma vez, mas acho que as coisas ficaram um pouco barulhentas quando os Doggy de Lites se espatifaram.

— Addie, é papai — falou a voz dele na mensagem número um.

— Sim, pai, eu sei — comentei, sussurrando.

— Fui até a cidade com Phil porque sua mãe precisa de alguns produtos. Vou pegar o Explorer, então não se preocupe se olhar para fora e ele tiver sumido. Passarei para buscar você às duas horas.

— Nãããão! — gritei.

— Próxima mensagem — informou o telefone. Mordi o lábio, rezando para que fosse papai dizendo "Rá-rá, só de brincadeira. Não peguei o carro, apenas o movi de lugar. Rá-rá!".

Não era papai. Era Tegan.

— *Hola*, Addikins! — disse ela. — Está com Gabriel? Está, está, está? Mal posso *esperar* para vê-lo. Encontrei uma lâmpada de aquecimento no porão, lembra o ano em que papai tentou cultivar tomates? Instalei para Gabriel ficar quentinho na caminha dele. Ah, e enquanto estava lá embaixo encontrei as coisas da minha boneca American Girl, inclusive uma poltrona que é do tamanho certo para ele. E uma mochila com uma estrela estampada, embora eu não tenha certeza se ele vai precisar de uma mochila. Mas nunca se sabe, certo? Tudo bem, hã, *me liga*. Liga *assim que puder*. A escavadeira de neve está a duas ruas, então, se não tiver notícias suas, vou até a Starbucks, está bem? Tchau!

Meu estômago afundou até os dedos dos pés, e fiquei ali como uma idiota até o correio de voz anunciar a última mensagem. Era Tegan de novo.

— Ah, e Addie? — disse ela. — Obrigada. Muito, *muito* obrigada.

Bem, *isso* fez com que eu me sentisse melhor.

Fechei o telefone e me xinguei por não ir até a Pet World às nove em ponto como havia planejado. Mas, em vez de choramingar pateticamente, eu precisava lidar com aquilo. A velha eu teria ficado ali, sentindo pena de si mesma até ter uma ulceração pela neve e os dedos dos pés caírem, e boa sorte para encontrar sandálias de tirinha para a véspera do ano-novo depois disso, gracinha. Não que eu tivesse algum lugar para ir com sandálias de tirinha. Mas e daí?!

A nova eu, no entanto, não era uma chorona.

Então. Onde eu conseguiria um carro de última hora para resgatar o porco?

Capítulo Catorze

Christina? Não era uma opção. Tinha ido de carona naquela manhã com o namorado, como sempre. Joyce, a barista cujo turno acabara de começar, também não tinha carro. Joyce andava para o trabalho não importava o tempo e usava um daqueles pedômetros pessoais para medir quantos passos dava.

Hum, hum, hum. Dorrie e Tegan não, pois (a) a rua delas estava sendo escavada (eu esperava), e (b) de jeito nenhum eu diria a elas por que precisava do tal carro.

Brenna não, Deus me livre. Se pedisse a ela para me levar até o lado sul da cidade, ela dirigiria para o norte só para me irritar. E colocaria aos berros aquela porcaria de fusão entre reggae e emo, que soava como zumbis chapados.

Só restava uma pessoa. Uma pessoa maldosa, charmosa, bonita demais para o próprio bem. Chutei um bloco de neve, pois ele era a última pessoa no mundo para quem eu queria ligar, no mundo todo, inteiro.

Bem, adivinhe só?, falei a mim mesma. *Você vai ter que engolir esse sapo pelo bem de Tegan. Ou isso ou diga adeus a Gabriel para sempre.*

Abri o flip do celular, rolei a barra dos contatos e apertei LIGAR. Contraí os dedos dos pés dentro das botas enquanto contava os toques. Um toquezinho, dois toquezinhos, três toquez...

– Yo, mama! – disse Charlie ao atender. – E aí?

– É Addie – falei. – Preciso de uma carona e só estou pedindo porque não tenho outra escolha. Estou do lado de fora da Pet World. Venha me buscar.

– Alguém está mandona esta manhã – comentou Charlie. Eu praticamente conseguia ouvi-lo movendo as sobrancelhas.

– Gosto disso.

– Tanto faz. Só venha me buscar, está bem?

Ele baixou a voz.

– O que vai me dar em troca?

– Um *chai* grátis – respondi, inexpressiva.

– *Venti?*

Contraí o maxilar, pois, do modo como ele falava, até a palavra "venti" parecia obscena.

– Tudo bem, um *chai venti*. Já saiu?

Ele gargalhou.

– Espere aí, gatinha. Ainda estou de cueca. Minha cueca *venti*, e não porque sou gordo, mas porque sou... – pausa insinuantemente ridícula – ... *venti*.

– Apenas venha até aqui – ordenei. Comecei a desligar, depois pensei em uma última coisa. – Ah, e traga uma lista telefônica.

Desliguei, estremeci para desencanar da situação e me odiei novamente por andar com um imbecil daqueles. Sim, ele era gato – em tese – e muito tempo atrás, imagino, eu até o achava engraçado.

Mas ele não era Jeb.

Dorrie havia resumido a diferença entre os dois uma noite durante uma festa. Não *a* festa, mas uma festa normal, antes do término. Dorrie e eu estávamos esparramadas em um sofá, dando notas para um monte de garotos de acordo com os pontos fortes e fracos. Quando chegamos a Charlie, Dorrie suspirou.

– O problema com Charlie – disse ela – é que ele é bonito *demais* e sabe disso. Ele sabe que pode ter qualquer garota da sala...

– Eu não – interrompi, equilibrando meu drinque no joelho.

– ... então ele passa pela vida como um típico bebê de fundo de pensão.

– Charlie tem um fundo de pensão? Não sabia.

– Mas o que isso significa, infelizmente, é que ele não tem profundidade. Nunca precisou trabalhar por nada na vida.

– Eu queria nunca precisar trabalhar por nada – falei, desejosa. – Queria ter um fundo de pensão.

– Não, não queria – disse Dorrie. – Por acaso está ouvindo? – Ela tomou o drinque de mim e fez um ruído de protesto. – Pegue Jeb como exemplo – continuou. – Jeb vai crescer e se tornar o tipo de homem que passa os sábados ensinando o filhinho a andar de bicicleta.

– Ou filhinha – acrescentei. – Ou gêmeos! Talvez tenhamos gêmeos!

– Charlie, por outro lado, vai sair para jogar golfe enquanto o filho dele mata pessoas no Xbox. Charlie será estiloso e despreocupado e comprará todo tipo de porcaria para o filho, mas nunca *estará* lá de verdade.

– Isso é muito triste – falei. Peguei o drinque de volta e tomei um grande gole. – Isso quer dizer que o filho dele nunca aprenderá a andar de bicicleta?

– Não, a não ser que Jeb vá até lá ensinar a ele – respondeu Dorrie.

Ficamos sentadas. Por vários minutos observamos os garotos jogarem bilhar. A bola de Charlie atingiu a caçapa, e ele deu um puxão com o punho na lateral do corpo.

– É disso que estou falando – vibrou ele. – Entra, baby!

Jeb olhou do outro lado da sala para mim, e os lábios dele contiveram uma gargalhada. Senti-me aconchegada e feliz, pois a mensagem nos olhos dele era *Você é minha, e eu sou seu. E obrigado por não usar expressões como "Entra, baby"*.

Lábios contraídos e um olhar apaixonado... o que eu não daria para ter isso de volta. No entanto, eu joguei tudo fora pelo cara que entrava no estacionamento naquele exato segundo dentro do Hummer cinza ridículo.

Ele parou o carro perto, jogando neve em mim.

– Ei – disse ele, baixando o vidro da janela. Charlie apontou com o queixo para meu cabelo e sorriu. – Olhe só você, Pink!

– Pare de sorrir para mim – avisei. – Nem olhe para mim.
– Eu me arrastei até o lado do passageiro, atirei-me para dentro e estirei o quadríceps no movimento. Senti como se estivesse entrando em um tanque e eu, basicamente, estava.
– Trouxe a lista telefônica?
Ele indicou com o dedo e vi que ela estava apoiada no assento ao meu lado. Encontrei a seção residencial e folheei os Bs. Baker, Barnsfeld, Belmont...
– Fiquei feliz quando você ligou – falou Charlie. – Senti sua falta.
– Cala a boca – ordenei. – E não, não sentiu nada.
– Está sendo terrivelmente má com alguém que vai dar uma carona a você – comentou ele. Eu revirei os olhos. – Sério, Adds. Desde que você terminou com Jeb, e sinto muito por isso, aliás, eu esperava que nós pudéssemos, sabe, tentar.
– Isso não vai acontecer, e, sério, cala a boca.
– Por quê?
Eu o ignorei. Bichener, Biggers, Bilson...
– Addie – falou Charlie. – Eu larguei tudo para vir buscar você. Não acha que poderia ao menos falar comigo?
– Sinto muito, mas não.
– Por quê?
– Porque você é um tapado.
Ele engasgou.
– Desde quando você anda com JP Kim? – Charlie fechou a lista telefônica, e eu mal consegui deixar o dedo dentro para marcar a página.
– Ei! – exclamei.

– Sério, por que não quer sair comigo? – perguntou ele.

Ergui a cabeça e o encarei. Com certeza Charlie sabia o quanto eu me arrependia do nosso beijo e quanto eu odiava estar ali naquele Hummer ridículo com ele. Mas, conforme observei a expressão dele, vacilei. Aquilo era...? Ai, meu Deus. Seria *melancolia* estampada naqueles olhos verdes?

– Eu gosto de você, Addie, e sabe por quê? Porque você é *intrigante*. – Ele disse "intrigante" com a mesma breguice intencional de quando disse "*venti*".

– Não me chame de intrigante – falei. – Não sou intrigante.

– É intrigante, sim. E beija bem.

– Aquilo foi um erro. Era eu sendo bêbada e burra. – Minha garganta se fechou, e precisei olhar pela janela até me recompor. Virei-me para ele e tentei mudar o rumo da conversa. – De qualquer forma, o que aconteceu com Brenna?

– Brenna – disse ele, refletindo. Charlie se recostou no apoio de cabeça. – Brenna, Brenna, Brenna.

– Você ainda gosta dela, não?

Ele deu de ombros.

– Ela parece estar... envolvida com outra pessoa, como tenho certeza de que você sabe. Ao menos foi o que me disse. Eu mesmo não consigo entender. – Ele virou a cabeça. – Se tivesse escolha, você preferiria Jeb a mim?

– Sem piscar – respondi.

– Ai – respondeu ele. Charlie olhou para mim, e, sob a pose, vi melancolia mais uma vez. – Antes, Brenna teria me escolhido. Mas eu fui um cafajeste.

– Hã, é – falei com tristeza. – Eu estava lá. Fui mais cafajeste ainda.

– É por isso que seríamos incríveis juntos. Podemos fazer limonada, certo?

– Hã?

– Com os limões da vida – explicou ele. – Que somos nós. Nós somos os limões.

– É, entendi a referência. Eu só... – Não terminei a frase. Se tivesse terminado, seria algo como "Eu só não sabia que você se via assim. Como um limão".

Ele saiu do estado pensativo.

– Então, o que me diz, Pink? Trixie vai dar uma festa de ano-novo sensacional. Quer ir?

Sacudi a cabeça.

– Não.

Ele colocou a mão na minha coxa.

– Sei que está passando por um momento difícil. Deixe-me consolar você.

Eu o empurrei.

– Charlie, eu amo Jeb.

– Isso não impediu você antes. De qualquer forma, Jeb terminou com você.

Fiquei em silêncio, porque tudo o que ele estava dizendo era verdade. Exceto que eu não era mais aquela garota. Eu me recusava a ser.

– Charlie... não posso sair com você se amo outra pessoa – falei finalmente. – Mesmo que ele não me queira mais.

— *Uau!* — exclamou Charlie, levando a mão ao peito. — *Isso*, sim, foi uma rejeição. — Ele gargalhou e, do nada, voltou a ser o Charlie irritante. — E quanto a Tegan? Ela é gata. Acha que iria comigo à festa de Trixie?

— Devolva a lista telefônica — exigi.

Ele a soltou, e eu a puxei para o colo. Abri de novo, li os nomes e... *ahá!*

— Billingsley, Constance — li em voz alta. — Número 108, Teal Eye Court. Sabe onde fica a Teal Eye Court?

— Não faço ideia — disse ele. — Mas não tema, Lola está aqui.

— Os garotos *sempre* dão nome aos carros?

Ele digitou comandos no sistema de GPS.

— O caminho mais rápido ou com mais autoestradas?

— Mais rápido.

Ele pressionou SELECIONAR e uma voz sexy de mulher falou:

— Por favor, siga para a rota em destaque.

— Aaah — falei. — Oi, Lola.

— Ela é minha garota — disse Charlie. Ele mudou a marcha no Hummer e passou por cima dos montes de neve, reduzindo a velocidade ao chegar à saída do estacionamento. Ao comando de Lola, Charlie pegou a direita, dirigiu meio quarteirão, depois pegou outra direita para o beco estreito atrás das lojas.

— Prepare-se para virar à esquerda a cento e sessenta metros — ronronou Lola. — Vire à esquerda *agora*.

Charlie virou o volante para a esquerda e levou o Hummer para uma rua sem saída minúscula e ainda não escavada.

Um sino soou e Lola disse:

— Você chegou ao seu destino.

Charlie parou o Hummer. Ele se virou para mim e ergueu as sobrancelhas.

— Você precisava de uma carona até aqui?

Eu estava tão estarrecida quanto ele. Estiquei o pescoço para ler a placa da rua na esquina, e, com certeza, dizia Teal Eye Court. A trinta metros dali estavam os fundos da Starbucks. A viagem inteira havia levado trinta segundos no máximo.

Charlie soltou uma gargalhada.

— Cala a boca — falei, desejando que eu parasse de corar. — Você também não sabia onde era, ou não teria precisado usar Lola.

— Não me diga que não é intrigante — falou Charlie. — Você é intrigante com "I" maiúsculo.

Abri a porta do Hummer e saltei para fora, afundando em vários metros de neve.

— Quer que eu espere por você? — gritou ele.

— Acho que consigo voltar sozinha.

— Tem certeza? É um longo caminho.

Bati a porta e comecei a andar.

Ele desceu o vidro da janela do carona.

— Vejo você na Starbucks, vou esperar o *chai*!

Capítulo Quinze

Caminhei pelo beco nevado até o prédio número 108 da Teal Court, rezando para que Constance Billingsley não tivesse um filho pequeno, pois não sabia se conseguiria tirar um porquinho de uma criança.

Também rezei para que ela não fosse cega nem paralítica, nem anã, como a moça que vi no Discovery Channel que tinha menos de um metro de altura. Eu não conseguiria tirar um porquinho minúsculo de uma mulher minúscula, de jeito nenhum.

Alguém havia limpado a neve da entrada que dava para os apartamentos individuais, e subi no barranco de neve coesa para pular sobre o pavimento bem menos traiçoeiro. Um-zero-quatro, um-zero-seis... *um-zero-oito*.

Alinhei os ombros e toquei a campainha.

– Ora, oi, Addie! – exclamou a mulher de cabelos grisalhos que abriu a porta. – Que surpresa boa!

– Mayzie? – falei, confusa. Olhei para o recibo do cartão de crédito. – Eu... hã... estou procurando Constance Billingsley.

— Constance May Billingsley, sou eu — disse ela.
Meu cérebro lutava para entender.
— Mas...
— Agora, pense bem — falou Mayzie. — Você usaria o nome Constance se tivesse escolha?
— Hã...
Ela riu.
— Achei que não. Agora, entre, tenho algo para lhe mostrar. Venha, venha, venha!
Ela me levou até a cozinha, onde uma colcha azul dobrada diversas vezes acomodava o miniporco mais fofo que eu já tinha visto. Ele era rosa e preto e parecia macio. O focinho era uma coisinha engraçada e enrugada, e os olhos pareciam curiosos e alertas. O rabo enroscado parecia fazer *poing* mesmo sem ser puxado e solto e, sim, era do tamanho exato para caber em uma xícara de chá.
O porco grunhiu, e eu me derreti por dentro.
— Gabriel — falei. Ajoelhei-me na beira da colcha, e Gabriel se levantou e foi até mim. Ele cheirou minha mão e era tão fofo que eu não me importei de ser melecada com coriza de porco. De qualquer forma, não era coriza. O focinho de Gabriel era úmido, só isso. Nada demais.
— Do que você o chamou? — perguntou Mayzie. — Gabriel?
— Ergui a cabeça e a vi sorrindo de modo enigmático. — Gabriel — repetiu ela, testando o nome. Mayzie pegou o porquinho. — Como o anjo Gabriel!
— Hã?
Ela fez uma expressão de "vou fazer uma citação agora".

– "É o momento", disse a Morsa, "De falar de muita coisa: De sapatos, navios, lacres, De repolhos e de reis... Saber por que o mar ferve e Se os porcos têm asas, talvez."

– Tudo bem, não faço ideia do que você está falando – admiti.

– "Se os porcos têm asas, talvez" – repetiu Mayzie. – Um porco anjo, entende? O anjo Gabriel!

– Não acho que minha amiga queria ser tão profunda assim – comentei. – E, por favor, não comece a falar de anjos de novo. Por favor?

– Mas por que não, quando o universo se diverte tanto ao revelá-los para nós? – Ela olhou para mim com orgulho. – Você conseguiu, Addie. Eu sabia que conseguiria!

Apoiei as mãos nas coxas e dei impulso para ficar de pé.

– O que eu consegui?

– Você passou no teste.

– Que teste?

– E eu também – continuou ela, exaltada. – Ao menos, acho que passei. Descobriremos em breve, imagino.

Algo deu um nó sob minhas costelas.

– Mayzie, você foi até a Pet World e comprou Gabriel de propósito?

– Bem, eu não o comprei sem querer – respondeu ela.

– Sabe o que quero dizer. Você leu meu bilhete, o bilhete do porco. Comprou Gabriel somente para *implicar* comigo? – Senti o lábio inferior tremer.

Os olhos dela se arregalaram.

– Querida, *não*!

– Eu fui até a Pet World, e Gabriel não estava lá... e sabe como fiquei enlouquecida? – Combati as lágrimas. – E tive que lidar com Nathan, que me odeia – funguei. – Mas é possível que ele não me odeie mais.

– Claro que não odeia – falou Mayzie. – Como alguém poderia odiar você?

– E *depois* tive que lidar com Charlie, sobre o que, confie em mim, você não quer ouvir. – Passei o dorso da mão sob o nariz. – Embora, estranhamente, eu tenha lidado com isso muito bem.

– Continue – disse Mayzie, encorajadora.

– Acho que ele é ainda mais problemático do que eu.

Mayzie pareceu intrigada.

– Talvez ele seja meu próximo caso.

Com essas palavras, *meu próximo caso*, lembrei que Mayzie não era mais minha amiga, se é que algum dia fora. Era apenas uma lunática que estava com o porco da minha amiga.

– Vai devolver Gabriel? – perguntei, mantendo a voz o mais calma possível.

– Ah, sim. Eu nunca *ficaria* com ele. – Ela ergueu Gabriel de modo a ficarem nariz a focinho. – Embora eu vá sentir sua falta, sr. Gabriel. Foi legal ter companhia neste apartamento solitário, mesmo que só durante um tempo. – Ela o aninhou de volta na dobra do cotovelo e beijou o topo da cabeça do porco.

Contraí os dedos dos pés dentro das botas.

– Você vai devolvê-lo *hoje*?

– Ah, querida. Eu chateei você, não foi?

— Não importa, apenas me dê Gabriel.

— E eu achava que você ficaria feliz em saber que há um anjo tomando conta de você. Não é o que você queria?

— Pare com essa coisa de anjo – falei. – Não estou brincando. Se o universo me deu *você* como anjo, mereço um reembolso.

Mayzie deu um risinho. Um *risinho*, e eu queria esganá-la.

— Adeline, você torna as coisas muito mais difíceis para si mesma do que precisa – falou ela. – Garota bobinha, não é o que o universo *nos* dá que importa. É o que *nós* damos ao universo.

Abri a boca para dizer o quanto aquilo era estúpido e sentimentaloide e alucinógeno, mas não disse, pois algo mudou dentro de mim. Mudou *mesmo*, como uma avalanche, e não pude mais resistir. A sensação dentro de mim era tão grande, e eu era tão pequena...

Então me soltei. Entreguei-me à sensação e me soltei... e foi maravilhoso. Tão maravilhoso que não consegui entender por que, para início de conversa, havia resistido. *Tão maravilhoso, de fato, que pensei Nossa mãe, isto estava aqui o tempo todo? Um estado de ser que não é restrito e enroscado e cheio de eu eu eu?* Porque, *nossa*, aquilo era bom. E, *nossa*, parecia puro. E talvez eu *fosse* cheia de luz, como Nathan dissera, e talvez eu pudesse apenas... deixar essa luz em *paz*, e deixá-la brilhar, e mandar para o inferno a personalidade "irritadiça, birrenta, a vida é uma droga, eu sou uma droga, acho que vou comer minhocas". Seria possível na minha existência? Será que eu poderia, Adeline Lindsey... será que eu poderia evoluir?

Mayzie me levou até a porta.

— Acho que está na hora de você ir — disse ela.

— Hã, tudo bem — respondi. Mas arrastei os pés, porque não me sentia mais amarga em relação a ela e, na verdade, me sentia mal por deixá-la sozinha. Queria que ela se sentisse tão grande por dentro quanto eu me sentia, e achei que poderia ser difícil no apartamento de solteiro e em breve sem porco.

— Ei! — falei. — Posso, hum, visitar de vez em quando? Prometo que não serei entediante.

— Acho que você jamais conseguiria ser entediante, mesmo se tentasse — disse Mayzie. — E eu adoraria se você viesse me ver de vez em quando. Viu como ela tem um coração bom? — falou Mayzie para Gabriel.

Algo mais clicou dentro de mim.

— E vou conseguir seu dinheiro de volta com a Pet World. Explicarei a loucura toda para Nathan.

Ela deu um risinho abafado.

— Se alguém pode fazer isso, é você.

— Então... é — falei, sentindo-me muito bem em relação às coisas. — Vou trazer o reembolso e aqueles biscoitos cobertos de chocolate de que você gosta também. E tomaremos chá, está bem? Tomaremos um chá das damas toda semana. Ou café. O que acha?

— Acho que é uma ideia esplêndida — respondeu Mayzie.

Ela me entregou Gabriel, e ele balançou as pernas em busca de algo em que se agarrar. Respirei o cheiro divino dele. Era como chantilly.

Capítulo Dezesseis

Gabriel pressionou o focinho no meu casaco conforme eu tropeçava na neve do beco. Desejei que a van da Silver Sneaker aparecesse milagrosamente e me buscasse, ainda que eu tivesse dezesseis anos e não setenta e seis. No entanto, ao menos eu podia vencer os montes de neve com os músculos. Se eu tivesse setenta e seis? De jeito nenhum.

Gabriel gemeu.

– Segure firme, porquinho. Não vai levar muito tempo agora.

No meio do caminho para a Starbucks, vi o Civic de Tegan parar sob um sinal de trânsito duas ruas abaixo. *Iirc*, ela estaria ali em, tipo, dois minutos! Apertei o passo, porque queria entrar antes de Tegan chegar. Queria aconchegar Gabriel dentro de uma xícara de chá de verdade, ou caneca de café. Não seria a coisa mais fofa do mundo?

Usei o quadril para abrir a porta e Christina ergueu a cabeça da máquina de *espresso*. A outra barista, Joyce, não estava à vista.

— Finalmente! – gritou Christina. – Pode pegar o pedido destes aqui?

Ela apontou para o cara e a garota de pé no balcão, e eu tive que olhar de novo.

— Stuart! – falei, pois era Stuart Weintraub, da dupla "coração partido para sempre Stuart e Chloe". Mas a garota com quem ele estava não era Chloe. Na verdade, era bem o oposto de Chloe, com cabelos curtos estilo bob e óculos bonitinhos de armação tipo gatinha. Ela sorriu para mim, meio tímida, e meu coração fez um *aaaaah*, porque ela parecia legal, estava segurando a mão de Stuart e não usava batom vermelho vivo. Não parecia o tipo de garota que faz sessões vulgares de agarramento no banheiro com garotos que não são o namorado dela.

— Oi, Addie – disse Stuart. – Você cortou o cabelo.

Levei uma das mãos até a cabeça e com a outra segurei Gabriel firme, pois ele tentava chafurdar para fora do meu casaco.

— Hã, é. – Indiquei com o queixo a garota com quem ele estava. – Quem é essa? – Deve ter saído abruptamente, mas meu Deus! Stuart Weintraub não só estava sem Chloe, mas também sem os olhos tristes de Stuart! Quer dizer, ele ainda tinha olhos, mas estavam felizes. E a felicidade o tornava supergato também.

U-hu, Stuart, pensei. *U-hu para o milagre de Natal que finalmente aconteceu.*

Stuart sorriu para a menina.

— Esta é Jubileu. Jubileu, essa é Addie. Ela estuda na minha escola.

Aaaah, pensei de novo. *Que fofo ele sair com alguém que recebeu o nome em homenagem a uma sobremesa deliciosa de Natal.* Que fofo que ele conseguiu a sobremesa deliciosa de Natal *dele* – ainda que fosse judeu, ou sei lá o quê.

– Obrigada por isso – falou Jubileu para Stuart, corando. Ela se virou para mim. – Nome estranho. Eu sei. Não sou uma stripper, juro.

– Hã... tudo bem – respondi.

– Pode me chamar de Julie – disse ela.

– Nããо, eu gosto de Jubileu – falei. Ao dizer o nome dela em voz alta, uma lembrança surgiu em minha mente. *Tegan... a Patrulha do Beijo... um cara que não era Jeb erguendo o punho...*

– Pode anotar o pedido deles? – sugeriu Christina, derrubando qualquer que fosse a memória da minha cabeça. Ah, bem. Stuart estava com uma menina adorável chamada Jubileu, e ela não era uma stripper. Era tudo o que importava.

– Tipo agora? – falou Christina.

– Hm... *sim*! – respondi, entusiasmada. Possivelmente entusiasmada demais. – Em um segundo, está bem? Só preciso fazer uma coisinha.

– *Addie* – avisou Christina.

À minha direita, Tobin se revirou na poltrona roxa. Ele estava acabando de acordar? Tobin piscou para mim e disse:

– Opa. Seu nome é *Addie*?

– Hã, sim, sou eu, Addie – respondi, pensando: *Viu? Eu sabia que você não sabia meu nome.* Equilibrei Gabriel para mantê-lo escondido sob o casaco, e ele fez um barulho engraçado que pareceu um leve *uop*. – E agora vou correr lá para trás...

Gabriel guinchou de novo. Mais alto.

– Addie – chamou Christina com uma voz de "estou tentando não surtar". – O que tem debaixo do casaco?

– Addster! – falou Charlie do bar. – Vai me arranjar aquele *chai*? – Ele sorria, e eu percebi o motivo ao ver o braço dele em volta da garota ao lado. Ai, meu Deus, aquele lugar era tipo a central dos milagres de Natal.

– Oi, Addie – disse Brenna do mal. – Cabelo legal. – Talvez ela tenha soltado um risinho, mas não tive certeza, porque ela não parecia mais *tão* do mal quanto eu me lembrava. Naquele dia ela estava mais para exultante do que sarcástica. Talvez por causa do braço de Charlie?

– Sério – disse Tobin. – Seu nome é Addie? – Ele cutucou Angie, que acordou e esfregou o nariz. – O nome dela é Addie – disse ele a Angie. – Acha que ela é *a* Addie?

– *A* Addie? – perguntei. Do que ele estava falando?

Queria pressioná-lo por mais detalhes, mas me distraí com a visão do Civic de Tegan entrando no estacionamento. Dorrie estava no banco do carona apertando o ombro de Tegan e falando, concentrada, e eu só podia imaginar o que ela estava dizendo. Provavelmente algo como "Agora, lembre-se de que é Addie. É muito provável que ela esteja em uma crise e não tenha buscado Gabriel, no fim das contas".

– Adeline – falou Christina. – Isso não é... um porco, é?

Olhei para baixo e vi a cabeça de Gabriel despontando do topo do zíper. Ele guinchou e olhou em volta.

— Bem — falei orgulhosamente, já que o porco estava fora do casaco, de certo modo. Acariciei as orelhas de Gabriel. — Não é um porco qualquer, mas um *miniporco*. Muito raro.

Jubileu olhou para Stuart e riu.

— Você mora em uma cidade onde as pessoas têm porcos do tamanho de elfos? — perguntou ela. — E eu achando que a *minha* vida era esquisita.

— Não de elfos, de xícaras de chá — respondi. — E, falando nisso, preciso de uma das canecas de Natal, está bem, Christina? Pode descontar do meu pagamento. — Segui até a prateleira dos produtos, mas Tobin me parou e segurou meu cotovelo.

— Você é a Addie que namora Jeb Taylor? — perguntou ele.

Aquilo acabou comigo. Tobin não sabia meu nome, mas sabia que eu namorei Jeb?

— Eu... bem, hu... — engoli. — Por quê?

— Porque Jeb me deu uma mensagem para passar para você. Droga, pisei feio na bola.

Meu coração batucava no peito.

— Ele deu uma mensagem para você? Qual era a mensagem?

Tobin se virou para Angie.

— Sou um perfeito idiota. Por que você não me lembrou?

Ela sorriu, sonolenta.

— De que você é um idiota? Tudo bem: você é um idiota.

— Ah, que ótimo, obrigado — respondeu ele. Angie riu.

— A mensagem? — consegui falar.

— Certo! — disse Tobin. Ele voltou a atenção para mim. — A mensagem é que ele se atrasou.

— Por causa das líderes de torcida — contribuiu Angie.
— Como?
— Líderes de torcida? — falou Jubileu, de um modo maníaco. Ela e Stuart se aproximaram de onde estávamos. — Ai, meu Deus, líderes de torcida!
— As líderes de torcida estavam no trem com ele, mas o trem atolou — disse Tobin.
— *Eu* estava nesse trem! — gritou Jubileu. Stuart gargalhou do jeito que as pessoas fazem quando alguém que amam age como um doido pateta. — E você disse *Jeb*? Eu dei a ele uma minipizza de micro-ondas!
— Você deu a Jeb... o quê? — perguntei.
— Por causa da nevasca? — acrescentou Charlie.
Virei para ele, confusa.
— Por que Jeb precisaria de uma minipizza de micro-ondas por causa da nevasca?
— Cara, não — disse ele. Charlie desceu do banquinho e puxou Brenna consigo. Eles se juntaram a nós nas cadeiras roxas. — Eu perguntei se o *trem* atolou por causa da nevasca, tapado.
Tobin estremeceu ao ouvir a palavra "TAPADO" e ergueu o olhar para Charlie como se tivesse visto uma assombração. Então sacudiu a cabeça.
— Hã, é. Exatamente. E as líderes de torcida abduziram Jeb porque tinham necessidades.
Charlie riu.
— É isso aí.
— Não *esse* tipo de necessidades — falou Angie.

– É – disse Brenna. Ela cutucou Charlie nas costelas.

– Que tipo de necessidades? – perguntei, sentindo-me tonta. No fundo da minha consciência, registrei o som de uma porta de carro se fechando, depois outra. Pela visão periférica, vi Tegan e Dorrie se apressarem para dentro da loja.

– Hã – falou Tobin e exibiu aquele olhar introspectivo com o qual eu estava ficando familiarizada, aquele que queria dizer que nenhuma resposta viria.

– Bem... havia mais? – falei, tentando outra estratégia.

– Mais o quê? – perguntou Tobin.

– Mais na mensagem de Jeb!

– *Ah* – disse Tobin. – Sim! Sim, havia mais! – Ele mexeu o maxilar como se tivesse um objetivo, mas, depois de vários segundos, pareceu murchar. – Ah, droga – exclamou Tobin.

Angie ficou com pena de mim. A expressão dela passou de desorientada para gentil.

– Ele disse que está vindo – avisou ela. – E falou que você saberia o que isso quer dizer.

Meu coração parou, e o burburinho alegre da Starbucks se calou. Era como se alguém tivesse apertado um botão de mudo no mundo exterior, ou talvez o que estava acontecendo dentro de mim estivesse simplesmente sufocando todo o resto. *Ele disse que vem? Jeb vem?!*

Um soar metálico penetrou meu consciente, e, no estado apático em que estava, tive o mais aleatório dos pensamentos: *Sempre que um sino toca, um anjo ganha asas*. Então uma lufada de ar frio me levou de volta à realidade, e percebi que era o sino na porta que fazia o tal barulho.

– Addie, você está aqui! – gritou Dorrie, disparando na minha direção com um chapéu vermelho vivo.

Ao lado dela, Tegan estava radiante.

– E *ele* está aqui! Nós o vimos no estacionamento!

– Fui *eu* quem o viu – disse Dorrie. – Ele parece que passou dias em uma floresta, então se prepare. Para ser sincera, a palavra que vem à mente é Pé Grande. Mas... – Ela parou de falar ao notar Stuart e Jubileu. – *Stuart está com uma garota* – sussurrou Dorrie com a voz alta o bastante para derrubar uma casa.

– Eu sei! – sussurrei de volta. Sorri para Stuart e Jubileu, e ambos ficaram tão vermelhos quanto o chapéu de Dorrie.

– Oi, Dorrie – falou Stuart. – Oi, Tegan. – Ele colocou o braço em volta de Jubileu e deu tapinhas no ombro dela, metade por nervosismo e metade por ser simplesmente fofo.

– Gabriel! – gritou Tegan com a voz aguda. Ela correu até mim e arrancou Gabriel dos meus braços, o que foi uma sorte, pois meus músculos estavam fraquejando. Meu corpo inteiro estava fraquejando, pois o sino na porta soou de novo,

e era Jeb,

e ele estava um caos total,

e soluços emergiram de mim, e gargalhadas também, pois ele realmente parecia o Pé Grande, com o cabelo embaraçado, e as bochechas rachadas pelo vento, e o maxilar forte anuviado com uma barba por fazer.

Os olhos castanhos passaram de pessoa em pessoa, depois pousaram em mim. Ele caminhou até mim e me esmagou nos braços, e eu o abracei com cada pedacinho do corpo. Minhas células cantavam.

— Nossa, cara, Addie, foram dois dias pirados — murmurou ele no meu ouvido.

— É? — perguntei, absorvendo a realidade sólida e gloriosa que era Jeb.

— Primeiro meu trem atolou. Então havia essas líderes de torcida, e todos acabamos na Waffle House, e elas ficavam me obrigando a ajudá-las com os lançamentos...

— Os *lançamentos*? — Eu me afastei para poder ver o rosto dele, mas mantive os braços ao redor de Jeb.

— E todas elas deixaram o celular no trem para que pudessem se concentrar no *espírito* ou algo assim. E eu tentei usar o telefone da Waffle House, mas o gerente ficava dizendo "Foi mal, não dá. Situação de crise, cara".

— Ai — disse Tobin, encolhendo-se.

— Viu o que acontece quando garotos ficam obcecados com líderes de torcida? — falou Angie.

— Embora não seja justo ter preconceito contra *todas* as líderes de torcida — disse Jubileu. — Apenas aquelas cujo nome termina com *loe*. Certo, Stuart?

Stuart parecia achar tudo engraçado.

Jubileu acenou para Jeb.

— Oi, Jeb.

— Julie — falou Jeb. — O que está fazendo aqui?

— O nome dela não é Julie, é Jubileu — sussurrei, prestativa.

— Jubileu — repetiu Jeb. — *Uau*.

— Não — falou Christina, e nós oito nos viramos para ela. — Sou eu quem pode falar *uau* aqui, e vou dizer bem agora, está bem?

Ninguém respondeu, então, finalmente, eu disse:
— Hã, tudo bem. Mas, vamos lá, não é um nome *tão* estranho assim.
Ela fez uma expressão de dor.
— Addie — falou Christina. — Preciso que me diga agora: você trouxe um *porco* para dentro da minha loja?
Aaahh. Certo.
Porco na loja... Haveria algum modo de amenizar isso?
— Ele é um porco muito *fofo* — falei. — Isso não vale alguma coisa?
Christina apontou para a porta.
— O porco precisa ir. *Agora.*
— Tudo bem, tudo bem — respondi. — Só preciso dar a Tegan uma xícara para colocá-lo dentro.
— Acha que a Flobie algum dia vai se aventurar no setor de recipientes para bebidas? — sussurrou Stuart para Jubileu.
— Perdão, como é? — perguntei.
Dando risadinhas, Jubileu cutucou Stuart.
— Ignore. *Por favor* — disse ela.
Dorrie se aproximou de mim.
— Você se saiu bem, Addie — falou ela. — Duvidei de você, mas não deveria, e... bem, você se saiu bem.
— Obrigada — agradeci.
— Alô-ô? — interveio Christina. — Alguém me ouviu quando falei que *o porco precisa ir embora*?
— Alguém precisa de um curso de atualização em atendimento ao cliente — afirmou Tobin.
— Talvez Don-Keun possa ajudar? — falou Angie.

Christina ficou olhando, e Tegan recuou até a porta.

– Estou saindo, estou saindo!

– Espere! – falei. Soltei Jeb só o suficiente para pegar uma caneca de floco de neve da prateleira e entregá-la a Tegan. – Para Gabriel.

– Se o gerente regional passar por aqui, serei demitida – disse Christina, desolada. – Porcos não são parte da política da Starbucks.

– Aqui está, querido – falou Tegan, virando Gabriel para que ele escorregasse para dentro da caneca. Ele relutou um pouco, mas pareceu perceber que a caneca era do tamanho exato dele e era uma casa decente, na verdade. Ele se sentou nas patas traseiras e guinchou, e todos nós fizemos um *aaaahhh* coletivo. Até Christina.

– Excelente – disse Dorrie. – Agora vamos, melhor sairmos antes que Christina faça *plotz*.

Sorri para Jeb, que sorriu de volta. O olhar dele passou para meu cabelo, e as sobrancelhas dele se ergueram.

– Ei – exclamou ele. – Você mudou o cabelo.

– Ah, sim – falei. Parecia um século atrás. Aquela menininha loura e chorona que passou o Natal sentindo pena de si mesma, aquela era mesmo eu?

– Ficou bom – elogiou ele. Jeb esfregou um cacho entre o dedão e o indicador. Ele deslizou a parte de trás dos dedos para baixo, acariciando minha bochecha.

– Addie, eu quero você – sussurrou ele, e o calor subiu para meu rosto. Ele realmente tinha dito aquilo? Que ele me *queria*, bem ali, na *Starbucks*?

Então percebi o que ele queria dizer. Estava respondendo ao meu e-mail, a parte em que dizia *Se me quiser, sou sua*.

Minhas bochechas continuaram quentes, e fiquei feliz por ninguém na loja ter percepção extrassensorial, porque eu tinha feito uma interpretação errada que era clássica do egoísmo. Mas, mesmo que tivessem percepção extrassensorial – e como eu saberia, em todo caso? –, certamente não era uma crise.

Fiquei na ponta dos dedos dos pés e coloquei os braços no pescoço de Jeb.

– Vou beijar você agora – avisei, pois sabia como ele se sentia em relação a ficar agarrado em público.

– Não – falou ele de modo gentil, porém firme. – Eu vou beijar você.

Os lábios dele tocaram os meus, e o soar de um sino preencheu minha mente: doce, prateado e puro. Devia ser o sino da porta vibrando quando Dorrie e Tegan saíram. Mas eu estava ocupada demais para verificar.

Edição Especial

Esta é uma nova edição tie-in, revisada e com projeto gráfico atualizado, que acompanha o lançamento do filme homônimo da Netflix.

NETFLIX is a registered trademark of Netflix, Inc. and its affiliates. Artwork used with permission of Netflix, Inc.

Impressão e Acabamento:
LIS GRÁFICA E EDITORA LTDA.